河出文庫

シャーロック・ホームズ全集⑤

バスカヴィル家の犬

アーサー・コナン・ドイル

小林司／東山あかね 訳

［注・解説］W・W・ロブスン／高田寛 訳

河出書房新社

バスカヴィル家の犬　◇　目次

バスカヴィル家の犬　小林司／東山あかね訳

はじめに

日本語に訳されたシャーロック・ホームズ物語は多種あるが、その六十作品すべてを訳出された延原謙さんの新潮文庫版は特に長い歴史があり、多くの人に読みつがれてきた。彼の訳文は典雅であり、原文の雰囲気を最もよく伝えていたが、敗戦後まもなくの仕事であったから、現代の若い人たちには旧字体の漢字を読むことができないなどの不都合が生じてきた。そこで、ご子息の延原展さんが当用漢字ややさしい表現による改訂をされ、親子二代による立派な全訳として存在している。

しかしながら、私どもシャーロッキアンとしては、これまでの日本語訳では満足できない面があった。たとえば、言語的に、また、文法的に正しい訳文であっても、ホームズとワトスンや刑事などの人間関係が会話に正しく反映されていなくては困る。また、ホームズの話し方が「……だぜ」「あのさー……」などというのと、「……だね」「それでね……」というのとでは品格がまるで違ってしまう。さらに、表現を中学生でも読めるように、なるべくわかりやすく簡潔な日本語にしたいと思った。

新訳を出すもう一つの目的は、注釈をつけることであった。既にベアリング・グールドによる大部な注釈書（ちくま文庫）が存在していたが、これはあまりにもシャーロッキアン的な内容であった。事件がおきた月日を確定するために、当日の実際の天候記録を参照するなどである。もっと偏りのない注釈を私どもの手で付けようとして準備を進めていたところへ、英国のオックスフォード大学出版部から学問的にこれ以上のものを望むことができないほどすばらしい注釈のついたシャーロック・ホームズ全集が一九九三年に刊行された。そこで、屋上屋を重ねる必要はないので、私どもの案をやめて、オックスフォード版の注釈を訳出することにした。先に、グールドの注釈を全訳し、その後ロンドンに二年近く住んでおられた高田寛さんが幸いにもその大役を引き受けてくださったので、私どもが訳した本文以外の部分はオックスフォード版から高田さんに訳していただいた。ご覧になればわかるとおり、今回のホームズ全集は小林・東山・高田の合作である。いくつかの点だけに、小林・東山による注を追加したが、オックスフォード版と意見を異にした場合もある。

この全集の底本について述べておきたい。底本に何を選ぶかについては、いろいろな考え方がある。ドイルが最初に連載した「ストランド・マガジン」。それを基にして単行本九冊にまとめた各初版本。それを合本にして、短編集（一九二八年初版発行）

と長編集（一九二九年初版発行）という二巻本の形にして約七十年間も一貫して刊行し続け、ドイルが最も信頼をおいていたと言われるジョン・マリ版。新たに発掘された原稿などにも当たって、厳密に著述順に編集し直したオックスフォード版。それらには微妙な違いがあり、そのうちのどれを選ぶか。注釈をオックスフォード版から採っているのであるから、本文もオックスフォード版から採るのが当然であろう。しかし、著作権の問題があって、全集予告パンフレットにもあるように、最初はジョン・マリ版に基づくことにして『緋色の習作』の翻訳を進めてきた。しかし、著作権に触れないことがわかったので、『シャーロック・ホームズの冒険』以降は、急遽本文の翻訳もオックスフォード版に基づくことに方針を切り替えた。この点、予告とは異なったのでご了解をいただきたい。

この巻には、《バスカヴィル家の犬》（原題"The Hound of the Baskervilles"）を収めた。「ストランド・マガジン」の一九〇一年八月から翌年の四月号まで九回にわたって連載されたものである。題名の邦訳は、すでに定着している延原謙の訳を踏襲したが、本当は「バスカヴィル家の猟犬」という意味である。猟犬（hound）には、秋田犬、グレート・デン、スコッティッシュ・ウルフハウンドなどをも入れて二十種類ほどの犬が含まれる。この物語の魔犬を、ワトスンはブラッドハウンドとマスティフの雑種だと推定しているが、オーウェン・フリビーズによるとスタッグハウンドかブラッドハウンドらしい。とにかく体高八十センチ以上はあったものと思われ、単なる「犬」という訳語では充分に恐ろしさが伝わらないような気がする。私どもが邦訳の際に参考にしたエスペラント版では、ノーベル文学賞の候補に再三、名が挙がっているウイリアム・オールド（英国人）も「バスカヴィル家の猟犬」と翻訳している。

六十葉のイラストは、シドニー・パジット（一八六〇〜一九〇八）の最も円熟した時期の筆による。

最後に、M・Dというのは医学士（医学部卒業生）の称号にすぎないし、当時の医学教育の実情を検討しても、ワトスンは医学博士号を取得していなかったと考えられるので、一貫して「ドクター・ワトスン」を「ワトスン博士」でなしに「ワトスン先生」と訳したことをお断りしておきたい。この点と、固有名詞の表記（セルダン、セルデンなど）その他で私どもは高田寛さんと意見を異にする場合があったが、そのままにしてある。

小林司／東山あかね

シャーロック・ホームズ全集⑤

バスカヴィル家の犬

小林司／東山あかね訳

第1章　シャーロック・ホームズ氏

徹夜をすることもまれではないが、そういう場合を除《のぞ》けば、常日頃はひどく朝の遅いシャーロック・ホームズ氏が、すでに朝食の食卓(1)についていた。わたしは、暖炉《だんろ》の前の敷物の上に立ち、昨夜、客が忘れていったステッキ(2)を手に取ってみた。握《にぎ》りの部分がこぶ状になっている、木製の太くて立派なもので、「ペナン・ローヤー(3)」と呼ばれている品である。握りのすぐ下には一インチ（約二・五センチ）ほどの幅で、幅広の銀の帯が巻かれていた。そこには「謹呈《きんてい》　ジェイムズ・モーティマー氏、MRCS(4)へ、CCH友人たちより」と彫られ、年号は「一八八四」となっていた。昔かたぎの家庭医がかつてよく持ち歩いたような、品格があり、丈夫で、頼りになりそうなステッキであった。

「ねえ、ワトスン、君はそれをどう考えるかね」

ホームズはわたしに背を向けて座っていたし、わたしが何に気をとられているのかを知る手がかりは彼にはなかったはずだ。

「いったいどうして、ぼくのしていることがわかったのかな？　頭の後ろにも目がついているとしか思えないよ」

「つまり、ぼくの目の前に、表面がよく磨《みが》かれている銀製のコーヒーポットがあるということかな」と、彼は言った。「まあとにかく、ワトスン、君はぼくたちの客のステッキからどういう推理をするかね。残念ながら、ぼくたちはお客にはお目にかかれなかったし、訪問の目的もわからずじまいで、この置土産だけが頼りというわけさ。その観察結果から君がその人物像を再現してみたまえ」

「そうだね」と、わたしはわが友の推理方法を精いっぱいに真似て言った。「このモーティマー先生は年配の成功した医者で、厚い信頼を得ている。そうでなければ彼の知人たちからこのような感謝の記念品を贈《おく》られることはないだろう」

「いいぞ！」とホームズは言った。「見事だ！」

「さらに考えられるのは、彼が地方の開業医で、往診は徒歩《とほ》で行くことがきわめて多いということかな」

「どうしてそう思うのかね？」

「初めはきれいだったはずのステッキのいたみがこれほどひどいところを見れば、都会の医者が使っていたとは思えないよ。先端の厚い石突き《いしづ》(5)の部分も、すっかり磨《す》り減ってしまっている。だから、このステッキを使ってかなり歩きまわったということははっきりしている」

「完璧な推理だよ！」とホームズは言った。

「そして、それに加えて、ここにある『CCH友人たちより』についてだけれども。『CCH』というのは地元の何とかいう狩猟クラブ⑹のことで、彼はおそらくこのクラブの会員が怪我でもした折りに助けた、それでささやかな感謝の印として、これが贈られたのだろう」

「ワトスン、実に立派だよ」とホームズは言うと、椅子《いす》を後ろにずらして、タバコに火をつけた。「ぼくは、君にどうしても言っておかなくてはいけないね。ぼくのことを、事件でのさほどでもない成果まで、もれなく君が記録してくれるのは、本当にありがたく思っているのだけれども、同じ事件記録の中で、なぜ、君は自分の優秀さをいつでもあれほどに過小評価するのかな。おそらく、君自身は光ではないだろうけれど、ぼくという光を伝えているではないか。世の中には、君のように、自分は特別の天分に恵まれていなくとも、他人の天分を引き出すことにかけては特別の才能がある人間がいるものだよ。だから、ぼくは君の恩恵をどれほど受けたかを白状しなければならないね」

彼は、今までこのようなことを言ったことは一回もなかった。わたしがどのように彼を賛美《さんび》しても、また、彼独自の推理方法を世間に知らせる努力を払っても、本人が無関心で、気を悪くしていたので、正直いって、これほどうれしいことはなかった。そのうえ、彼からほめられるまでに、自分の推理能力が上達したかと思うと、思わず、誇らしい気持ちがこみ上げてきた。彼はわたしの手からステッキを取ると、二、三分観察していた。興味をそそられたのか、吸いかけのタバコを置いて、窓際までそれを持っていくと、再び拡大鏡で丹念《たんねん》に調べた。

「これはおもしろい、だがきわめて初歩的だね」と、つぶやくと、長椅子の、いつものお気に入りの場所に腰を下ろした。「確かに、ステッキには、一、二の手がかりがある。そこからいくつかの推理を展開できる」

「ぼくが見落としたことがあるとでもいうのかね？」わたしは自信をもって問い返した。「大事な点は見逃してはいないはずだが」

「ところが、ワトスン、君の結論の大部分は誤《あやま》りのようだ。君はぼくに刺激を与えてくれると言ったのも、はっきり言えば、君が間違うことが、ぼくに真実に近づくきっかけをつくってくれるのだよ。今回も、君がすべて間違っていると言っているわけではない。この男が地方の開業医であることは確かだ。それに、かなりの距離を歩いているのも事実だ」

「それでは、ぼくは間違っていなかったわけだね」

「そこまではね」

「ええっ？　それで全てではないのかい」

「いや、いや、ワトスン、それだけではないよ。例えば、医者が記念品を贈られるのは、狩猟クラブよりは、病院（Hospital）からのほうが可能性が高いよ。Hが病院を意味するとなれば、その前に来る『CC』という頭文字は『チャリング・クロス（Charing Cross）』と考えるのがごく自然の流れだと、ぼくは思うよ」

「それはそうかもしれないね」

「その可能性が高いよ。もしそうだとすれば、ぼくたちはこの見ず知らずの客の身元

確定の第一歩を踏《ふ》み出すことができるのだけどね」

「さてと、もし『CCH』が『チャリング・クロス病院』(7)である、と仮定すると、次にどういう推論が可能なのかな」

「ほら、何か思いつかないかな。君はぼくの推理方法をわかっているではないか。応用してみたまえ」

「ぼくには、当たり前の結論しか思いつかないね。田園に引っ込むまでは、都会で医者をしていたことくらいだよ」

「ぼくたちは、もう一歩先までいってみよう。こうは考えられないだろうか。このような記念品を贈るのはどういう場合が多いだろうか。親しい友人たちが感謝の気持ちをこめて贈り物をするのはどういう時だろうか。それははっきりしているよ、モーティマー先生が開業するために、病院を退職する時だよ。まずぼくたちには、ステッキがプレゼントされたことはわかっている。次に、都会の病院勤務から地方での開業という変化がおきたと考えられる。そこで、このプレゼントの時期がこの変化がおきた時だと考えるのは論理の飛躍《ひやく》だろうか」

「いや、おそらくそのとおりだろうね」

「それに、いうまでもないけれど、彼はその病院の勤務医であったはずはないね(8)。あそこは、ロンドンで開業して、実績を積んだ医者だけが勤務医になれるところなのだ。

そういう医者が都落《みやこお》ちするわけがないよ。それでは、彼はどういう身分だったか。仮に病院に勤務していて、しかも常勤医でないとすれば、外科か内科の、院内住み込み研修医(9)だろうね。もっとも、これは医学部の研修学生と大差ないわけだからね。病院を辞《や》めたのが五年前。つまり、ステッキにある日付だがね。ねえ、こうするとワトスン、結局、君の思い描いていたような、見るからに威厳《いげん》のある、年配の家庭医だという可能性は、残念ながら、霧散《むさん》したようだ。その代わりに浮かび上がってきたのは、三十歳以下の青年で、誰にでも好かれる人柄、出世欲のない、そそっかしい人物ということになるね。それから、愛犬がいるね。その犬は、おそらくテリアよりは大きくて、マスティフ(10)ほどではない中型犬だね」

あまりの唐突《とうとつ》さに思わず吹き出したわたしをしりめに、シャーロック・ホームズは長椅子に深く身を沈めると、小さな煙の輪をいくつも天井に向かって吹き出した。

「後半の部分については、ぼくには確かめようがないよ」とわたしは言った。「けれども、この依頼人の年齢と医者としての経歴についてなら、二、三の確実な事実をいくつか発見することくらいはそう厄介《やっかい》なことではないよ」

さっそくわたしは、自分用の医学関連の小さな書棚から『医師名鑑《めいかん》』を取り出して、問題の名前を当たってみた。モーティマーという名の人物は数人見つかったが、わたしたちの依頼人と思われる人物は一人しかいなかった。

モーティマー、ジェイムズ、一八八二年よりMRCS（王立外科医師会会員）。デヴォン州、ダートムア[11]、グリンペン[12]在住。一八八二～一八八四年、チャリング・クロス病院にて住み込み研修外科医。論文『疾病先祖返り説[13]』により、ジャクソン賞比較病理学[14]部門受賞。スウェーデン病理学会客員会員[15]。主要論文に、『隔世遺伝[16]における奇形』（ランセット[17]、一八八二年）、『人類の進歩は可能か』（ジャーナル・オブ・サイコロジー、一八八三年三月）。グリンペン、ソーズリー、ハイバロウ各教区医官。

「ワトスン、地元の狩猟クラブは出てこないようだね」と、ホームズはいたずらっぽく笑った。「けれども、君のお見通しのとおり、確かに地方の医者だった。でも、ぼくの推理もおおむね正しかったようだ。ぼくは、確か、誰にでも好かれる人柄、出世欲のない、そそっかしい人物、と言ったと思うけれど。ぼくの経験からいうと、この世の中で人から記念品をプレゼントされるのは、誰にでも好かれる人間だけだし、出世欲のない者だけが、ロンドンでの職を捨てて、地方に行くものさ。それから、そそっかしい人物に限って、人の家を訪ねて一時間も待ったあげく、自分のステッキを置いていきて、名刺は置いていかなかったりするのさ」

「それから犬のことは？」

「犬はこのステッキを口にくわえて主人の後ろについて歩いていたようだよ。かなりの重さのステッキだから、犬はいつも、ステッキの真ん中あたりをしっかりくわえていたようだね。歯型が見間違えようのないほどくっきりと付いている。歯の間隔を見るとあごの大きさは、テリアでは大きすぎるし、マスティフにしては少し小さいと思ったわけさ。そして、そう、それは、巻き毛のスパニエル、これに違いない！」

ホームズは話しながら、立ち上がると、部屋を行ったり来たりした。そして、奥まった窓際のところで立ち止まった。そのときの、確信ありげな口ぶりに驚いて、わたしは思わずホームズの顔を見上げた。

「いや、それにしても、君はずいぶん自信ありげだね」

「ああ、それは簡単なことさ。ここから、その犬が玄関先にお出ましなのが見えている。ほら、ご主人が玄関のベルを鳴らしている。ワトスン、そこにいてくれたまえ。お客様は君の同業らしいから。同席してもらえるとありがたいよ。ほら、わくわくするような運命の瞬間だね、ワトスン、階段を踏みしめる足音が聞こえ、その歩みがぼくたちの世界へ入り込んでくる。それが幸福をもたらしてくれるものなのか、不幸の始まりなのかは、まだ見当がつかない。科学者である、ジェイムズ・モーティマー医師は、犯罪専門家シャーロック・ホームズに何を期待しているのだろうか？　どうぞ、お入りください！」

現われた依頼人の外見が、予想とは違って、典型的な地方の開業医ではなかったので、わたしは驚いた。きわめて長身でやせている男だった。鼻は長く伸び、鳥のくちばしのようで、その両わきには、鋭い灰色の目が二つ接近して、金縁《きんぶち》メガネの奥で明るく輝《かがや》いていた。(18) なるほど、医者らしい服装ではあったが、いくぶん不精《ぶしよう》で、フロックコートにしても薄汚れており、ズボンもあちこちすり切れていた。ひょろりとした背中は、若いに似ず、もう曲がり始めていて、頭を前にかがめて歩く姿が善意の人という雰囲気をかもし出した。客は部屋に入るなり、ホームズが手にしていたステッキに目を止め、歓声を上げながら、駆《か》け寄った。

「ああ、よかった、よかった！」と彼は言った。「ここに忘れたのか、それとも船会社に忘れてきたのかはっきりしなかったものでして。いやもう、どうしてもなくしたくないステッキだものですから」

「贈り物のようですね」

「はい、そのとおりです」

「チャリング・クロス病院からですね？」

「結婚した折りに、病院の仲間たちから、もらったのです」

「おやおや、それは少々まずい！」と、ホームズは頭を振った。

いささか驚いたように、モーティマー医師は眼鏡の奥で目をしばたたいた。

SP

「まずいとは、いったいどういうことですか」

「いや、ただ、わたしたちのちょっとした推理がはずれたということです。今、結婚とおっしゃいましたね」

「はい、そうです。結婚をしたので、病院を辞めることになったものですから。無給の研修医を続けて、いつかは顧問《こもん》医師の地位を得ようという望みも捨てました。一家を構えなくてはいけないわけですから」

「ほらほら、結局のところ、ここまではそれほどはずれてはなかった。ところで、ドクター・ジェイムズ・モーティマー――」

「いえ、ドクターと呼ばれる資格はありません、ミスターと呼んでください。(19) 王立外科医師会の一会員でしかありませんから」

「実にきちょうめんですね」

「ホームズさん、わたしは科学を道楽にしておりましてね、科学という未知の大海からすれば、じつに小さな海岸で、戯《たわむ》れに貝殻《かいがら》を集めているようなものですが。(20) ところで、わたしはホームズさんにお話ししているつもりでしたが、こちらの方は……」

「こちらはわたしの友人のワトスン先生です」

「初めまして。お名前は、あなたの友人のホームズさんともどもいつもお聞きしておりますので、充分存じ上げております。ホームズさん、いや、あなたは実に興味深い。

まさか、これほど立派な長頭の頭蓋骨《ずがいこつ》や、眼窩《がんか》上部の見事な発達を拝見できるとは夢にも思いませんでした[21]。失礼なこととは思いますが、ホームズさん、その頭頂骨の裂《れっ》溝《こう》[22]をじかに指でなぞらせてはいただけないでしょうか。あなたの頭蓋骨の実物が手に入るまでは模型でも、どこの人類学博物館に持って行っても、貴重な宝となることは請《う》け合いです。これはお世辞ではありません。正直に申しまして、あなたの頭蓋骨が欲しくてたまりません」

　シャーロック・ホームズは、この奇妙な訪問客を手招きして椅子に座らせた。

「専門の分野にかけては、まことにご熱心なようすですね。わたしも自分の専門の話になるとそうなのですが」と彼は言った。「人さし指を拝見するところ、ご自分でタバコを巻かれますね。どうぞ、ご遠慮《えんりょ》なく」

　男は紙と刻《きざ》みタバコを取り出すと、見事な手さばきで、あっという間に一本の巻きタバコを作りあげた。かすかに震えている長い指は、まさに昆虫の触角のように活発に動き続けた。

　ホームズは黙っていたが、時折り投げかける彼の鋭い視線から、一風変わったこの依頼人に彼が興味をそそられているのが、わたしには見てとれた。

「ところで、お察ししますに」と彼はついに口を開いた。「昨夜と今日、わざわざおいでいただいたのは、わたしの頭蓋骨の調査が目的ではないのでしょう」

「ええ、そのとおりです。でも調査もできればうれしいですね。それはともかくホームズさん、わたしはもともと、世事にはまったくうとい人間なのですが、それが、突然、深刻でかつ異常な問題に直面したので、ここへまいりました。あなたは、ヨーロッパで第二番の犯罪の専門家とうけたまわっておりますーー」

「さあ、どうでしょうか。つかぬことをおたずねしますが、その栄光の第一人者とは誰ですかな?」ホームズはいくぶん、無愛想《ぶあいそう》にたずねた。

「厳密に科学的な思考を重んじる者にとっては、やはり、ベルティヨン氏の業績(23)の魅力はこたえられません」

「それでは、その方に相談されてはいかがですかな」

「いま申したように、厳密に科学的思考を重んじる者にとってはの話です。しかし、実際問題となりますと、あなたの右に出る方はおられないでしょう。気を悪くなさらないでくださいーー」

「まあ、いいでしょう」と、ホームズは言った。「モーティマー先生、これ以上の前置きはぬきにして、わたしの助けが必要だという問題の正確な内容を、はっきりお話しいただくほうが賢明というものでしょう」

第2章　バスカヴィル家の呪い

「ポケットに文書が入っています」と、モーティマー医師は言った。

「部屋にお入りになられた時に、気がついていました」と、ホームズは言った。

「かなりの年代物です」

「偽物《にせもの》でなければ、十八世紀初頭のものでしょう」

「どうして、そのようなことがおわかりになるのですか？」

「お話の間じゅう、ずっと、一、二インチ（約三～六センチ）、ポケットからのぞいていましたので、少々観察させていただきました。十年程度までの誤差で年代を確定できないようでは、専門家としては失格です。この分野については、わたしもささやかな論文を発表していますので、お読みになられているかもしれませんね。おそらく一七三〇年頃のものだと思います」

「正確な日づけは一七四二年です」モーティマー医師は胸のポケットから古文書を取り出した。「バスカヴィル家に伝わるこの文書は、三ヶ月ほど前に、突如、悲劇的な死を遂《と》げられてデヴォンシァ中を騒《さわ》がせたサー・チャールズ・バスカヴィルからわたしがお預かりしていたものです。わたしは主治医であるだけでなく、親しい友人でもあったからです。彼は、意志が強く、思慮分別《しりょふんべつ》に富んでいて、現実的な人物であり、わたしもそうですが、夢想とは無縁でした。ところが、この古文書をひどく気になさっていて、結局は彼を襲ったようなことがおきるのではないか、と覚悟を決めておられたようです」

ホームズは古文書に手を伸ばし、それを膝《ひざ》の上に置いて、押し広げた。

「ワトスン、『S』の字の字体が長いものと短いものが交互に使われているのがわかるかね。これがこの年代を決定する手がかりのひとつなのだ」

わたしは彼の肩越しに、黄ばんだ紙の薄ぼやけた書きつけを覗《のぞ》いてみた。古文書の冒頭には「バスカヴィル館」と書かれ、一番下には「1742」という年号が、走り書きされたような数字で大きく記されていた。

「なにか陳述書《ちんじゅつしょ》のようなものらしいですね」

「はい。これはバスカヴィル家に代々伝わる特別な言い伝えを記したものなのです」

「しかし、あなたがご相談になりたいというのは、もっと最近の、現実的な問題ではなかったのですか?」

「最新の問題です。最も現実的な問題で、二十四時間以内に解決を求められる緊急事態なのです。ですが、この古文書は短いもので、しかも現実の問題と深くつながっていますので、お許しいただければ読みあげさせていただきます」

ホームズは椅子《いす》にもたれかかり、両手の指を重ね合わせて、仕方がないと観念して、目を閉じた。モーティマー医師は古文書を光の方に向けると、甲高く、しわがれた声で、古色蒼《こしょくそう》然《ぜん》たる世界の物語を読み上げた。

＊

バスカヴィル家の犬の物語起源に関し

っては諸説《しょせつ》があるが、ヒューゴー・バスカヴィルの直系の子孫の一人として、代々伝わってきた伝承《でんしょう》を、わたしの父より聞き得た内容をここに記そうと思う。ここに記す内容は嘘《うそ》いつわりのない完全な真実であると確信して書き残すのである。わが息子達よ、人の罪を罰し給《たま》う神の義は、同様に人の罪をも慈悲《じひ》深く許し給うことをわたしは切に願う。どれほどの重い罪も、祈りと悔い改めによって許されることを信じて欲しい。この物語から、過ぎ去った過去の因果を恐れるのではなく、未来に向けて思慮深くなるように、またわが家族がひどく苦しみ続けてきたあの邪悪な熱情が再び家族に湧《わ》いてきて我々を亡ぼすことがないように、学びとってほしい。

大反乱の時代（その史実に関してはクラレンドン卿《きょう》(24)の学識豊かな研究を必ず参照すべし）、バスカヴィル館の領主はヒューゴー・バスカヴィルその人であった。彼の性分は放埓《ほうらつ》で不遜《ふそん》、神をも恐れぬ不信心であった。しかしながら聖者が活動したことのない土地柄ゆえ、さほど世間から糾弾《きゅうだん》されたようすは見られない。とは言え身もちが悪くて残虐《ざんぎゃく》とあれば、西部地方中でその悪名を知らぬ者は一人たりともいなかった。どうした巡り合わせか、このヒューゴーがバスカヴィル家の領地の近くに土地を所有する郷士の娘を愛してしまった（この邪悪な情欲に対して、麗《うるわ》しきはずの愛という言葉を使うのははばかられるが）。貞淑《ていしゅく》(25)で誉《ほま》れの高い娘は、彼の悪名を恐れ、ひたすら逃げ回っていた。そこでミカエル祭の日、遂にヒューゴーは仲間のならず者五、六人を引き連れて、父兄弟の留守を知って農場を急襲《きゅうしゅう》し、娘をさらってしまった。館に戻ると娘を階上の部屋に閉じこめ、常のとおりの夜ごとの、いつ終わるとも知れない酒宴《しゅえん》に興《きょう》じた。階下から押し寄せる凄まじい歌声、喚《わめ》き声、罵声《ばせい》の恐ろしさに、娘は失神寸前であった。酒の入ったヒューゴーが吐くけがらわしい言葉を真似る者は地獄に落ちるであろう。ついに、娘は恐怖のあまりに、いかなる勇者も力自慢の男も尻ごみするような行動に打って出た。建物の南壁に絡まる蔦《つた》を（今日も生い茂っている）伝わって降りたのである。そして、館から父の農場までのムア㉖（荒れ地）を横切る三リーグ㉗（約一五キロメートル）の道を駆けていった。

しばらくしてヒューゴーは席を外し、食べ物と飲み物を――それとよこしまな企《たくら》みを抱いて――囚われている娘のところへ運んだところが、かごの鳥は逃げていた。そこで、さながら悪魔と化したヒューゴーは、階段を駆け降りると大広間に行き、ワインの大瓶やら大皿㉘を蹴《け》散らして巨大な食卓の上にとび上がり、あの小娘を捕まえることができれば、今夜にでもこの身も魂も全て悪魔にくれてやるぞとわめいた。ヒューゴーの烈火《れっか》のような怒りに酔客たちは皆、茫然《ぼうぜん》と立ちつくした。そして、悪にかけても酔いの程度でも他をしのぐ者一人が、猟犬どもを放って娘を追いかけろと叫んだ。その瞬間ヒューゴーは屋敷を飛び出し、馬扱い人を怒鳴りつけて、自分の馬に鞍《くら》をおかせ、猟犬の群れを小屋から出した。そして猟犬に娘のハンカチをかがせるや、娘が向かった方向に解き放つと、凄まじい大声で叫びつつ、月光のもとにムアを目指して馬を疾駆《しっく》させた。

一方、事の成り行きの慌《あわ》ただしさにしばらく茫然としていた酔客達も我に返ると、ムアでこれから何が始まるのかを悟った。周囲は大騒ぎで、拳銃《けんじゅう》をさがす者、馬を出せと怒鳴る者、酒瓶を持って来いと叫ぶ者もあった。騒ぎの間にいくらか正気に返り、総勢十三人は、馬に乗って追跡し始めた。月が煌々《こうこう》と輝く下を一丸となって急行し、家を目指して娘が通ったと思しき道を探しながら駆けていった。

一、二マイル（約一・六〜三・二キロメートル）も過ぎた頃、ムアで夜番をする羊飼いに一団は追跡している主人と犬の群れとを知らないかと叫んだ。すっかり怖じ気づいた男ははじめは言葉も出なかったが、やっとおろおろと、気の毒な娘を猟犬が追うのを見た、と答えた。「それればかりかヒューゴー・バスカヴィル様が真っ黒な雌馬に跨《また》がり、風のように通り過ぎていきました。いや恐ろしい、そのすぐ後を地獄の魔犬が一頭、音もなく追っていきました」

酔いしれた地主たちは羊飼いに悪態を吐き散らして先を急いだ。間もなく、一行は恐れに凍《い》てついた。ムアにこだまする馬の蹄《ひづめ》の音が聞こえてきたかと思うと黒い雌馬が現われ、白い泡を吹いて、手綱を地面に引きずりながら、鞍に主のいないまま、走り去った。思わず皆は馬を寄せ合った。もし自分一人だったなら、すぐにも馬首を返すものを、と思いつつムアを進んだ。そのままおずおずと進んでいくと、ついに猟犬の群れに追いついた。勇猛で鳴る血統もどこへやら、深い窪地《ゴャル》のへりで猟犬たちは一つにかたまって身を寄せ合い、哀れげに鳴くばかりであった。こそこそと逃げようとしている犬もあれば、首の毛を逆立てて狭い谷の方向をじっと見つづける犬もいた。

一行は当初の酔いも醒《さ》め切って正気に立ち戻り、その場にとどまった。しかし、勇気のためか、あるいは酔いしれていたためか、そのうちの三人が窪地《ゴャル》を一気に駆け降りた。そして、ひらけた場所に出ると、そこには先史時代の、今は忘れ去られた種族が建てたという巨石(29)が二つそびえ立っていた。これは今日でもそこにある。月が照らし出した、その中央には、恐怖と衰弱のためにここで力尽きた哀れな娘が横たわっていた。しかし、恐いもの知らずの酔いどれ三人が髪を逆立てたのは、娘の亡骸《なきがら》でもそばに横たわるヒューゴー・バスカヴィルの死体でもなかった。それはヒューゴーの死体におおいかぶさりのど笛に食らいつく、おぞましい怪物であった。大きく黒いこの獣は、姿は猟犬に似てはいるが、かつて人の目に触れたこともない巨大な化け物であった。彼らが見つめているなかで、それはヒューゴー・バスカヴィルののどを食いちぎった。その途端に獣が振り向くと、その目は火のようで、口からは血が滴り落ちた。三人は恐れおののき悲鳴を上げ、命からがらムアを走る間じゅう、泣きわめきながら馬を走らせた。この三人のうち一人はその夜のうちに亡くなり、残る二人もそれ以来廃人同様になったまま生涯を終えたと言われている。

　息子たちよ、以上がその時以来わが一族をずっと苦しめてきたと言われる魔犬の由来である。ここにこうして記したのも、明確な知識は臆測《おくそく》よりも恐れを生まぬと信じたからこそである。一族の者の多くが不幸な最期を遂げ、血なまぐさい謎めいた急死を迎えたのもあえて否定はしない。神の深い恵みを請い願えば救われるのだ。三世代四世代を越え、自らが犯したものではない罪ゆえに永《とこし》えに罰せられることはない[30]と聖書も教えているとおりだ。息子たちよ、神の深い恵みを願うだけだ。そして最後に警《けい》告《こく》しておく。悪霊のはびこる暗い夜更けに、ムアに、決して足を踏み入れるな、と。

（この文章はヒューゴー・バスカヴィルから息子、ロジャーとジョンにあてたものである。姉妹のエリザベスにはこの事を一切漏《も》らすことのないように。）

＊

　この奇怪な物語を語り終えると、モーティマー医師はメガネを額に押し上げ、シャーロック・ホームズ氏をじっと見つめた。当の本人はといえば、あくびをして、暖炉《だんろ》の火にタバコの吸いさしを放り投げた。

「それで？」と、彼は言った。

「興味を引かれることはありませんか？」

「おとぎ話の収集家ならば別でしょうがね」

モーティマー医師はポケットから折りたたんだ新聞をとり出した。

「それでは、ホームズさん、今度はもっと新しいものをお聞かせしましょう。これは、今年の六月十四日付のデヴォン・カウンティ・クロニクル紙(31)です。短い記事で、その日の数日前におきたサー・チャールズ・バスカヴィルの死について報《ほう》じています」

わが友は身を少し前に乗り出し、真剣な表情を見せた。依頼人はメガネをかけ直すと、記事を読み始めた。

「次期選挙で、デヴォンシァ中部選挙地区自由党候補と目されていたサー・チャールズ・バスカヴィルの不慮《ふりょ》の死はデヴォンシァ中に暗い影を投げかけている。バスカヴィル館で過ごした歳月は比較的短かったが、サー・チャールズと交流を持ったものは誰もがその温厚な人柄と寛大な心に、ひとしく敬愛をいだいていた。このところの『成金《なりきん》』(32)ばかりが幅をきかす時代にあって、不遇な時代が続き、没落に瀕《ひん》していた、伝統ある名家の子孫が新たな財産を貯《たくわ》え、家名を盛り返すために当地へ戻ってきたことは、まさしく一服の清涼剤《せいりょうざい》と言えよう。周知のとおり、サー・チャールズは南アフリカでの投機(33)により巨万の富を貯えた。欲に目がくらみ、ツキのなくなるまで投機を続けて失敗する者が多いなかで、聡明《そうめい》なサー・チャールズは見事に財産を換金して、無事にイングランドへ戻って来たのである。バスカヴィル館に戻ってからその死までは、わずか二年間であったが、彼の死によって中断された地方再建計画がいかに壮大であったかを語らぬ者はない。子どもがないことから、彼は地域の人々が、自分の存命中にその財産の恩恵をこうむることができればよいと、常々明言していた。その不慮の死を個人的な理由から悼《いた》む者も多くあるようである。彼が惜しげもなく行なってきた地元および州の慈善団体への多額な寄付の模様については、本欄《ほんらん》でもしばしば報告してきたとおりである。

サー・チャールズの死亡の状況は検死により全てが明らかにされたわけではないが、地元の迷信から生じた噂《うわさ》が根も葉もないものであることは充分証明された。他殺の疑いもないし、何か超自然現象によることも考えられない。サー・チャールズは夫人に先立たれ、ある意味では、いささか変人とも言われていた。あり余る財産がありながら、贅沢《ぜいたく》には縁がなく、バスカヴィル館にいる使用人は、わずかにバリモア夫妻二人だけで、夫が執事、妻が家政婦として仕えていた。彼らと、数人の友人の証言によると、このところずっとサー・チャールズは健康を害していて、心臓が悪く、顔色も変わってしまっていて、息切れがひどく、鬱病《うつびょう》の波が悪化している事実も明らかになっている。故人の主治医であり、友人でもあったモーティマー医師の証言が確たる裏付けとなった。

死亡の事実関係はきわめて明らかであった。サー・バスカヴィルは就寝前にバスカヴィル邸内にある、有名なイチイの並木道(34)を散歩するのが日課であった。バリモア夫妻の証言からも、この夜の散歩が習慣であったことはまちがいない。六月四日に、サー・チャールズは翌日ロンドンに行く旨《むね》をバリモアに伝え、荷造りを命じている。その夜、いつものように葉巻を吸いながら夜の散歩に出た。ところが、いつまで経っても帰ってこなかった。十二時に、バリモアが館のドアが開けたままになっているのを発見し、事の重大さに驚き、ランタンで照らしながら主人を探しに行った。その日は雨が降ったので、サー・チャールズの足跡を並木に沿ってたどるのは容易であった。散歩道のちょうど半分行ったところに、ムアに通じる門がある。サー・チャールズがこの門のところにしばらくたたずんでいた形跡が残っていた。その後、彼はさらに並木道を進んだ。死体が発見されたのはこの並木道が終わった所であった。ムアに通じる門がある地点から足跡のようすが一変し、爪先立ちで歩いていったとしか考えられ(35)ないという、バリモアの証言の意味はいまだ解明されてない。マーフィーというロマの馬商人がムアにいて、その現場にも近かったものと思われるが、本人が認めているように、ロマはかなりの酩酊《めいてい》状態にあった。そのため、悲鳴は聞いたが、どの方向からかはわからなかったと証言している。サー・チャールズの体には暴行の跡は見られなかった。しかし、死体の顔貌《がんぼう》はひどくゆがんでいて、モーティマー医師はそれが彼の友人であり、患者であるサー・チャールズであるとは当初信じられなかった。しか

SP

しながら、それは、呼吸困難や、心臓麻痺《まひ》などの死亡症例では、必ずしもまれな現象ではないことが後に説明された。また、検死解剖の結果ではっきりしたことなのだが、彼には長く器質性疾患《しっかん》があったこともわかった。それで、医学的証明を元にして検死陪審(36)の判断も下された。サー・チャールズの遺産相続人がバスカヴィル館に住みつき、不幸にも中断してしまっている慈善事業を再開してくれるかどうかが最大の懸案《けんあん》になっている事情を考慮すれば、こうした調査結果が出たのは幸いなことであった。実際、冷静な科学的検死報告が公表されなければ、巷《ちまた》で盛んにささやかれる、事件にまつわる空想的な伝説は一蹴《いっしゅう》されず、バスカヴィル館に居住者(37)を迎えることもままならなかったはずである。健在であれば、サー・チャールズの弟の息子に当たるヘンリー・バスカヴィル氏が一番近い血縁として、バスカヴィル館を相続する予定である。彼の消息が最後に確認されているのはアメリカであったが、この幸運を知らせるべく目下鋭《えい》意《い》調査中とのことである」

　モーティマー医師は新聞をたたむと、再びポケットに戻した。

「ホームズさん、これがサー・チャールズ・バスカヴィルの死に関する公《おおやけ》になった事実関係です」

「実に興味深い特徴がいろいろ見受けられる珍しい事件をご紹介いただき、感謝にたえません」とシャーロック・ホームズは言った。「当時、わたしもこの事件についての論評は新聞で見かけましたが、なにぶん、例のバチカンのカメオ[38]にまつわるちょっとした事件に没頭していて、法王[39]にも喜んでいただきたいと頭が一杯でしたから、イングランドでおきた興味深い事件もいくつか見逃してしまいました。公になった事実はこの新聞記事で、すべてですか？」

「そうです」

「それでは、あなたが個人的にご存じの未公表の事実をお話しください」彼はこう言うと、両手の指先を重ね合わせ、いつもの冷静きわまる、理知的な表情を浮かべた。

「そういたしましょう」モーティマー医師の話しぶりからは、ひときわ気持ちが高ぶっているのが伝わってきた。「これまで誰にも話さなかったことを今になって初めて明かしましょう。わたしが検死官にも話さなかったのは、まず、いやしくも科学者たるものが、公に、世間の迷信にお墨付《すみつ》きを与えるようなまねはできないという気持ちからでした。さらにもうひとつには、さきほどの新聞記事にありましたが、それでなくとも暗い一族の印象を、これ以上陰鬱《いんうつ》なものにするようなことをすれば、バスカヴィル館に当主が住まなくなってしまうのではないかという心配からでした。この二つの理由から、知っていることをすべて語らなくてもよいはずだとわたしは考えました。実際上、何にもならないようなことはしたくないと思ったのです。しかし、今、あなたには何ひとつ隠しだてする理由がありません。

　ムアは住む人もまれですから、近くに住む者は非常によく一緒に時を過ごします。それで、わたしもサー・チャールズとお会いすることが多かったのです。また、ラフター荘㊵のフランクランド氏と博物学者のステイプルトン氏の二人をのぞけば、このあたりには教育のある人間はおりません。もともと、サー・チャールズは社交的な性質の方ではなかったのですが、病気がご縁で親しくなり、科学に対する関心も共通で、一段と親しくなりました。あの方は南アフリカから科学知識をたくさん持ち帰られまして、ブッシュマンとホッテントット㊶の比較解剖学を論じ合ったりして、実に楽しい夜を過ごしたものです。

　しかし、この数ヶ月間というもの、サー・チャールズの神経の緊張が極限にまで張りつめていることが、次第にわたしにもわかってきました。邸内をよく散歩しておられましたが、さきほどお話しした伝説のことをサー・チャールズは真剣に受けとめておられましたので、どのようなことがあっても、夜にムアに足を踏《ふ》み入れるようなことはありませんでした。ホームズさん、まさかとお思いでしょうが、彼は、恐ろしい呪いが一族にかけられていると信じ込み、つゆほどの疑いもはさまなかったのです。たしかに、話してくださった先祖の悲惨な末路の伝承は、気持ちのいいものではありませんでした。何か空恐《そらおそ》ろしいものにつきまとわれているのではないかという恐怖が、彼の頭から離れたことはなかったようです。夜の往診の途中で、何か変わった獣を見なかったか、猟犬のような妙な吠《ほ》え声を聞かなかったかなどと、しばしばたずねられました。とりわけ犬のことについては繰り返したずね、その時の彼の声は、いつも、興奮のあまり震えておられました。

あの不幸なことがおこる三週間ほど前のことでした。今でもはっきりと覚えているのですが、館を馬車《ギグ》(42)で訪ねますと、玄関に立ちつくしているサー・チャールズの姿がありました。わたしが馬車から降りて、目の前に立っても、彼の視線は釘《くぎ》づけのまま、わたしの後ろの、はるか向こうをおびえきったようすでじっと見つめていました。わたしも急いで振り返ってみますと、ちょうど、車寄せの道の入口の所を、子牛ほどもある大きな黒い生き物が走り抜けていくのが、一瞬見えました。サー・チャールズの動揺があまりにもひどかったので、わたしはさきほどの動物がいたあたりまで行ってみました。しかし、走り去ったあとでした。しかし、このことが彼の精神を最もいためつけたようでした。結局、わたしはその夜おそくまで、彼のそばにいましたが、実はこの時に、わたしがここに来た時にあなた方に読み上げました古文書を、彼はわたしに託したのです。その時に、なぜ動揺したのかを説明してくださったのです。こうしたささいなできごとをお話ししますのも、この後にあの悲劇がおこったことを思いおこせば、重要な意味があると考えたからです。しかし、その時は、重大な事とも思えませんでしたし、彼の混乱ぶりも根も葉もないたわごとと感じました。

サー・チャールズがロンドンへ出かける計画を立てておられたのは、わたしの勧めによるものです。彼の心臓が悪いことは承知していましたが、ありそうもない噂を気にしただけとはいっても、とにかく、たえまなく不安にさいなまれていることのほうが彼の健康を著《いちじる》しく害すると考えたからでした。そこで、二、三ヶ月都会で気晴らしでもすれば、気分も一新されて、元の健康な状態に戻れるだろうと、わたしは思ったのです。彼の健康を案じていた共通の友人、ステイプルトン氏もまったく同じ意見でした。ところが最後のところにきて、あの痛ましい事件がおきてしまったのです。

サー・チャールズが亡くなった夜、第一発見者の執事のバリモアは、馬扱い人のパーキンズを馬でわたしのところに急行させました。わたしは、まだ起きていましたので、バスカヴィル館までは事故がおきて一時間もしないうちに到着できました。検死のときに述べられた事実については、わたしもチェックして確認しています。イチイ並木に足跡をたどり、ムアの出入り口になっている門にはサー・チャールズがたちどまっていた痕跡《こんせき》を発見しましたし、その地点から先への足跡が変わっていたことにも気づきました。柔らかくなっていた砂利道には、バリモア以外の足跡は発見できませんでした。最後に遺体を丹念《たんねん》に調べてみました。わたしが来るまでは誰も手を触れていませんでした。サー・チャールズはうつぶせに倒れ、腕を広げ、両手の指は地面に

喰《く》い込んでいました。何か強い恐怖に襲われたのか、顔の表情は異常に歪《ゆが》み、あの方だとすぐにはわからなかったほどです。外傷らしいものはまったく見当たりませんでした。検死陪審で証言したバリモアの発言には一つ間違いがありました。彼は遺体の近くの地面には何の形跡もなかったと言いました。確かに、彼は何も見つけられなかったのでしょう。しかし、わたしは見つけ

たのです。それは少し離れたところに、新しい、はっきりとした――」

「足跡ですか?」

「足跡です」

「男ですか、女ですか?」

一瞬、異様な表情で、モーティマー医師はわれわれを見つめた。それから、ささやくように声をひそめて言った。

「ホームズさん、それは、巨大な犬の足跡だったのです!」

第3章　問題

　わたしはこの言葉を聞いて、冷水を浴びせかけられたようにぞっとしたことを、正直に白状しよう。医師の声も震えていて、わたしたちに語った内容に、本人自身が動揺していることが伝わってきた。ホームズも、身を乗り出してきて、彼の目は、ひどく心を奪われた時にだけ見せる、鋭く冷たい光を放っていた。

「それをあなたはご覧《らん》になった?」

「今、わたしがあなたの顔を見ているのと同じように、しっかりと見ました」

「それなのに、何もお話しにならなかった?」

「話してどうなるというのですか」

「他にその足跡を見た人がいないというのは、どういうわけですか」

「死体から二十ヤード(約一八メートル)ほど離れていましたから、誰も思ってもみなかったでしょう。いえ、わたしも、あの言い伝えが頭になければ、気づくことはなかったでしょう」

「ムアには羊の番犬は珍しくはないでしょうね」

「おっしゃるとおりですが、あれは羊の番犬などではありません」

「大きかったとおっしゃいましたね」

「とにかく巨大でした」

「しかし、死体に近づいた形跡はなかったのですね？」

「そのとおりです」

「どういう夜でしたか」

「じめじめして、底冷えがしました」

「雨が降っていたわけではないのですね」

「降っていませんでした」

「並木道はどうなっていますか？」

「古いイチイの生け垣が二列に並んでいて、高さは十二フィート（約三・六メートル）もあり、出入りは不可能です。それにはさまれた歩道が中央部にあって、八フィート（約二・四メートル）ほどの幅です」

「生け垣と歩道の間には何があるのですか」

「はい、両側は六フィート（約一・八メートル）くらいの幅の芝生になっています」

「イチイの生け垣は門からの他は出入りできないということですね」

「はい、ムアに出られるのはそのくぐり門からだけです」

「他に開いている所はありませんか？」

「まったく、ありません」

「そうしますと、イチイの並木道に入るには、屋敷から入るか、ムアに通じる門からしかないということですね」

「並木道の終わりに東屋《あずまや》がありまして、そこから入ることもできます」

「サー・チャールズはそこまでたどり着けたのでしょうか？」

「いいえ、その五十ヤード（約四五メートル）手前に倒れていました」

「としますと、モーティマー先生、ここが肝心な点なのですが、あなたがご覧になった足跡は歩道にあって、芝生ではなかったのですね」

「芝生に足跡は残りませんから」

「としますと、それはムアへの門と同じ側にあったのですか」

「はい、そうです。門のある側です」

「実に興味深いお話です。もう一点。そのくぐり門は閉まっていましたか」

「閉まっていて、南京錠《なんきんじょう》がかかっていました」

「高さは？」

「およそ四フィート（約一・二メートル）です」

「それでは誰でも乗り越えられますね」

「そうです」

「そのくぐり門の近くには何かの跡がありましたか」

「いえ、特別なことは何もなかったようですが」

「何ということだ！　誰も調べなかったのでしょうか？」

「いえ、わたしが自分で調べてみたのです」

「それでも、何も見つからなかったのですか？」

「わけがわからないのです。サー・チャールズが五分か十分、そこに立っていたことは確かです」

「なぜそのようなことがわかったのですか」

「サー・チャールズの葉巻から二度、灰が落ちていたからです」

「お見事です。ワトスン、この方はまさに、ぼくらの仲間だ。しかし、足跡は？」

「彼の足跡は、砂利道の狭い範囲に集中していました。その他には何もありませんでした」

シャーロック・ホームズは悔しそうに膝《ひざ》を叩いた。

「ああ、わたしがそこにいたら！」彼は叫んだ。「これは、実に興味が尽きない事件です。犯罪の科学的捜査をする者にとって、格好の場を与えてくれたはずの事件です。

わたしなら、あれこれ多くの情報を収拾できたでしょうが、かなりたっていますから、いまや雨で消えたり、物見高い農夫たちの木靴《きぐつ》でめちゃめちゃになってしまったことでしょう。いや、モーティマー先生、どうして、その時、わたしを呼んでくださらなかったのです。これはあなたにも責任がありますね」
「ホームズさん、あなたをお呼びすれば、今まで話した内容を世間

に公表することになるからです。そうしたくなかった事情はすでにお話ししました。それから、そのうえ……」

「どうして、ためらわれるのですか」

「どのようにすぐれた探偵にも、手に負えない領域があるものです」

「ということは、あなたは今回の事件は超自然現象だとおっしゃりたいのですね」

「はっきりそうだとは断言できませんが」

「そうでしょう。しかし、そうお考えになっていらっしゃる」

「ホームズさん、あの悲劇がおきてからというもの、どう考えても自然現象の法則とは相容《あいい》れない、不可思議なできごとを見たという噂《うわさ》がいくつも、わたしの耳に入ってきています」

「例えば？」

「あの恐るべき事件がおきる前のことですが、科学では説明のしようがない獣、つまり、バスカヴィル家の言い伝えの魔犬を何人かの人が見たというのです。妖しい青白い光を放ち、途方もなく巨大な化け物だったと異口同音に語っています。わたしは自ら会って、いろいろと質問をし、問い詰《つ》めてもみました。ひとりは、いかにも現実的な考え方をするこの地方の住民、ひとりは蹄鉄工《ていてつこう》(43)、そして、ひとりはムアに暮らす農夫でした。奇《く》しくも、誰もが口をそろえて、伝説に出てくる地獄の魔犬の描写と寸分も違《たが》わぬ化け物を目撃したというのです。それで、誰もが怖じけづいてしまい、この地域はひどい恐慌状態に陥っています。ですから、夜、ムアを歩いて横切るのはよほど勇敢な者ですよ」

「科学を学んだあなたのような方でも、超自然現象をお信じになるのですか」

「わたしも、何を信じてよいかわからないのです」

ホームズは肩をすくめて見せた。「わたしも、捜査はもっぱらこの現実世界に限られていましたので」と彼は言った。「これまで微力ながら、わたしも悪と戦ってきました。しかし、魔王本人と対決しろというのは、無茶というものです。ところで、その足跡は現実のものだとあなたは認めておられますね」

「あの伝説に出てきた魔犬も、人ののどを食い破ったのですから、現実の存在ではありますが、悪魔でもあるのです」

「ということは、あなたは完全に超自然現象の信奉者になられたということですね。それでは、モーティマー先生、お聞きしておきたいのです。そうした考えをお持ちなら、なぜ、わたしのところへご相談にいらしたのですか？　サー・チャールズの死因を究明するのはむだだとおっしゃったそばから、今度はわたしにそれをするように言われる」

「いいえ、究明してほしいなどとは申しておりません」

「では、どうすれば、あなたのお力になれますか」

「ウォータールー駅[44]にまもなく到着されるサー・ヘンリー・バスカヴィルをどうしたものか、ご助言をいただきたいのです」こう言うと、モーティマー医師は自分の懐中《かいちゅう》時計を確かめた。「ちょうど一時間と十五分後にです」

「相続人となられる方ですね」

「そうです。サー・チャールズが亡くなられてから、調査しましたところ、この若い紳士が、カナダで農場を経営されていることがわかったのです。わたしたちの知る限りでは、どこから見ても申し分のない方です。これは、わたしが医者の立場から言っているのではなく、サー・チャールズの遺言執行人[45]として申し上げているのです」

「他に相続権を主張できる人はいないのですか」

「はい。他に見つかった血縁は、ロジャー・バスカヴィルで、三人兄弟の末子です。亡くなったサー・チャールズが一番上でした。二男は若くして亡くなっているのですが、これがその若者ヘンリーの父親に当たります。三番目のロジャーは、一族の鼻つまみだったようです。先祖帰りのように悪い血統を濃く引いたのか、一家に伝わる肖像画に残る父祖ヒューゴーと瓜二つだったと言います。結局、イングランドに居づらくなり、中央アメリカへ逃げていったのです。そこで、一八七六年に黄熱病[46]で亡くなっています。ですから、ヘンリーはバスカヴィル家の最後の子孫ということになります。今から一時間五分後に、ウォータールー駅でその方にお会いすることになっています。さきほど、サウサンプトンに今朝着いたという電報を受け取ったばかりです。そこでホームズさん、わたしは彼にどうしてあげたらいいのかについての助言をお願いします」

「先祖のふるさとへ行っていただけばいいではないですか」

「それがごく当然のことだと思います。しかし、そこに行ったバスカヴィル家の者は一人の例外もなく、皆、不可解な運命をたどっています。もし、サー・チャールズが亡くなる直前にわたしと話す機会があったのなら、莫大《ばくだい》な財産を相続する伝統ある一族の最後の相続人を、あのような不吉な場所に連れていくことを押しとどめていたことでしょう。そうは言っても、貧しい寒村のこの地域の繁栄はひとえに、当主が館に住むようになるかどうかにかかっているのです。館に主がいなければ、サー・チャールズによって行なわれた慈善事業はすべて宙に浮いてしまいます。こういう個人的な利害関係があるので、わたしには冷静な判断はむずかしいのです。それで、あなたにこの件を説明して、ご助言をあおぎたいと思っているのです」

ホームズはしばし考え込んだ。「わかりやすく言うと、こういうことでしょうか」と彼は言った。「あなたのお考えでは、悪魔が暗躍《あんやく》していて、ダートムアはバスカヴィル家の人間が住むには危険である――と、これがあなたのご意見ですね」

「そうだと申しあげてもよい証拠があるのです」

「そうですか。しかし、もし、あなたのおっしゃるような超自然説が正しいとするのなら、デヴォンシァにいなくとも、ロンドンであっても、その魔力はその若い当主に働きかけることができるはずですね。力が特定の地域にしか及ばない悪魔というのは教会の教区委員(47)ではあるまいし、少々考えにくい代物《しろもの》ですよ」

「ずいぶんと軽々しく扱われますね、ホームズさん。あなたも実際に体験されていれば、そのようなことはおっしゃれないでしょう。とにかく、あなたのご意見によれば、若き当主はロンドンでもデヴォンシァでも、身の危険はないということですね。彼はあと五十分でロンドンに着きます。わたしは、まず何をすればよいでしょうか」

「まず、辻馬車をつかまえて、いやその前に玄関の戸をガリガリ引っ掻《か》いている、おたくのスパニエルをなんとかしていただいて、そしてウォータールー駅へ行き、サー・ヘンリー・バスカヴィルにお会いになることです」

「その後は?」

「その後、サー・ヘンリーにはわたしが事件を見定めるまでは、何もお話しにならないでください」

「あなたのご意見が決まるまでどのくらいかかりますか」

「二十四時間。モーティマー先生、明日の十時に再びここへお越し願えないでしょう

か。その折り、サー・ヘンリー・バスカヴィルにもご同行願えれば、これからの計画に大いに役立つことになります」

「はい、そうしましょう、ホームズさん」

　彼はワイシャツの袖口《そでぐち》に約束の時刻を書き込むと、じっと何かを見つめて、放心状態のような奇妙なしぐさで、そそくさと部屋を出ていこうとした。

　階段を降りようとするモーティマー医師をホームズは呼び止めて、質問した。

「モーティマー先生、あとひとつだけお聞かせください。サー・チャールズ・バスカヴィルが亡くなられる前に、ムアで化け物を見た人が何人かいた、とおっしゃいましたね？」

「三人見ています」

「その後、誰か見た人はいますか」

「いいえ、そういう話は聞きません」

「ありがとう。それでは、また」

いつもの席に戻るとホームズは、心にかなった事件を手にした時に見せる満ち足りた静かな表情を浮かべた。

「出かけるのかい、ワトスン」

「君の役に立てることがないのならね」

「そう、今のところはね。行動を開始すると君の助けが必要になるよ。それにしても、この事件には驚かされるね、実に特異な特徴が目立つのだよ。ブラッドレイの店(48)の前を通ったら、すまないけど、シャグタバコ(49)の一番強いものを一ポンド（約四五〇グラム）配達させてもらえないだろうか。それから、夕方まで戻らないようにしてもらえるとありがたいよ。君が帰ってきたら、このきわめて興味深い事件について、いろいろと意見を交換できるとうれしいね」

わが友は事件のすべての些細《ささい》な証拠を考慮《こうりょ》し、あらゆる仮説を組み立て、比較検討して、重要な事柄と不要な事柄とを取捨選択するのだ。こうした作業に精神を集中し、思考に没頭するときには、人を避け、一人になることが必要なことをわたしはよく承知している。それで、わたしは自分のクラブで一日を過ごし、夜までベイカー街には帰らないことにした。再び、わたしが居間に戻ったのは、九時すこし前であった。

ドアを開けたとたん、わたしは火災が起きたのかと思った。部屋にはもうもうと煙が立ちこめ、テーブルの上のランプの明りもかすんで見えた。部屋に足を踏《ふ》み入れると、それはわたしの取り越し苦労だったことに気がついた。煙はタバコ、それも強烈な安タバコの煙のせいで、その煙がのどを襲い、せきこんでしまった。そのかすみの中に、ガウンを羽織《はお》り、陶製《とうせい》の黒いパイプをくわえて肘掛《ひじか》け椅子《いす》にこしかけるホームズの姿がぼんやりと見えた。彼の周りには、巻き紙が何枚か散らばっていた。

「ワトスン、風邪でもひいたのかい」と、彼が尋ねた。

「いいや。この有毒環境のせいだよ」

「そう言われてみれば、少々煙がこもっているようだ」

「少々どころではないよ！　我慢できないね」

「それでは、窓を開けたまえ。一日中、ずっとクラブにいたようだね」

「え、どうして、ホームズ？」

「当たっているかな」

「そのとおりだよ。でも、どうして――」

戸惑っているわたしを見て、彼は笑った。

「ワトスン、君はいつだって新鮮な気持ちを持ちつづけているね。君には悪いが、ぼくのささやかな能力を使ってみるのは楽しいものだよ。ある紳士がにわか雨が降って、道のぬかるんでいる日に外出する。夜に戻ってくるが、服装には汚れがないし、帽子やブーツもピカピカだ。とすれば、この紳士は終日ずっと家の中にいたことは確かだ。また、彼には親しい友人はいない。さて、では、どこへ行っていたのか。はっきりしているね」

「そう、ご明瞭《めいりょう》しごくだね」

「この世界というのは、わかりきったことばかりで成り立っているのだけど、誰もがそれをしっかり観察しているわけではないのだ。ぼくはどこへ行っていたと思う」

「部屋にとじ込もっていたんだろうね」

「そんなことはないよ。デヴォンシァに行ってきたよ」

「魂がかい」

「そのとおり。肉体は肘掛け椅子に座っていたよ。ただし、魂が不在の間に、コーヒ

ーを大きなポットで二杯分、タバコもとてつもなく大量に消費してしまったのだけどね。君が出かけたあとで、スタンフォードの店[50]に使いをやって、ムアのその地区の陸地測量部作成の地図[51]を買ってこさせた。そして一日中、ぼくの魂は、その辺をさまよっていたというわけさ。自慢じゃあないが、あのあたりは自由自在に行き来できるさ」

「強拡大の地図だろうね」

「非常にくわしいものだよ」彼は地図を広げて、その部分だけが見えるようにして、膝《ひざ》に載《の》せた。「ここがその問題の地区だ。中央にあるのがバスカヴィル館さ」

「周囲は森だね」

「そのとおりだ。記載されてはいないけれど、イチイ並木がこの線にそって続いていて、見てわかるとおり、右手にはムアが広がっている。この小さな集落がグリンペンで、ぼくたちの友人のモーティマー先生が医院を構えている所だ。見てご覧、五マイル(約八キロメートル)ほどの半径の円の中には、住居はばらばらとあるだけだ。ここが話に出てきたラフター荘だ。これが、ステイプルトンとかいう博物学者の家のようだ。ムア地帯にはハイ・トアとファウルマイアー[52]の二ヶ所に農場がある。それから十四マイル(約二二・五キロメートル)行ったところに、有名なプリンスタウン監獄[53]がある。ぽつぽつと、人の住む家がまばらにあって、後は、人の住まない荒野が広がっている。

ここで悲劇が演じられ、ぼくたちも、その劇で一役を演じることになるかもしれないよ」

「それにしても荒涼とした所だね」

「こうした舞台にこそ意味があるのだよ。もし、悪魔が人間の運命に余計な手出しをするとすれば、それは、きっと――」

「とすると、君までもが超自然説に傾いていたのかい」

「悪魔の手先は生身の人間かもしれないよ、そうだろう。そこで、二つの問題が浮上した。第一は、何らかの犯罪行為が行なわれたのかどうか？　第二に、もし、行なわれたのなら、犯罪がどのように行なわれたのかだ。言うまでもなく、モーティマー先生が述べたことが正しいとすれば、自然現象のらち外の話になってしまうから、ぼくたちの捜査はそこでおしまいさ。しかし、そうした仮説に頼る前に、あらゆる可能性について検証してみなければならないよ。きみさえよければ、窓を閉めておきたいのだが。奇妙だと思うかもしれないけれど、ぼくは密閉された空間のほうが思考の密度が高まるのだよ。とはいっても、柩《ひつぎ》の中に入って考えようとまでは思わないけどね。まあ、理屈からするとそうなるかもしれないね。君もこの事件のことを考えてみたかい、ワトスン？」

「そう、ぼくも一日中、いろいろと考えてみたよ」

「きみの考えは？」

「これは難事件だね」

「確かにこれは特徴のある事件だ。特異な点がいくつも見受けられるね。足跡の変化もそのひとつだ。君はこれをどう思うかな」

「モーティマーは、被害者が並木道のその区間は爪先立ちで歩いたのだろうと言ってたね」

「検死陪審の時に、頭の切れない人物が言ったことを彼はうのみにしたのだろう。並木道を爪先立ちで歩く人間なんぞは考えられないよ」

「それでは、どうしたのだろう」

「走ったのだよワトスン、命からがら必死で走ったのだよ。そして、とうとう、心臓が耐えきれなくなって破裂して、うつぶせに倒れて、死んだのだ」

「でも、何から逃げたのだろうか」

「そこに問題があるのだよ。彼は走り出す前に何かを恐れて、錯乱《さくらん》状態でわけがわからなくなっていたのだろう」

「何を根拠にそんなことが言えるのかね」

「ムアを横切って恐怖の原因となるようなものが襲ってきたのだと思うのだけどね。とすれば、それはほとんどまちがいないのだが、錯乱状態ででもなければ屋敷の方へ向かってではなく、逆に屋敷から離れた方へ逃げたことの説明がつかない。それに、ロマたちの証言を信じれば、助けを求め、すさまじい悲鳴を上げて、いちばん見当外れの方向へ逃げたのだからね。もう一つ問題になるのは、あの夜、彼は誰を待っていたか、そして、なぜ邸内ではなく、イチイの並木道で待っていたかという点だよ」

「彼は人を待っていたと君は考えるわけだね」

「年配のうえに、病気がちだ。夕刻に散歩をしていたというのは納得がいくけれども、道はぬかるみ、寒さも厳しい夜にだよ、モーティマー先生が、ぼくも一目置いた持ち前の実証的方法で、葉巻の灰から推理してくれたとおり、彼がその場に五分も十分も、立ちつくしていたというのは、いかにも不自然だよ」

「しかし、毎晩欠かさず散歩していたようだよ」

「けれども、毎晩、ムアへの門で人を待つとはまず考えられない。逆に彼はムアをひどく恐れていたことは確かだ。それなのに、その夜は、そこで人を待っていたのだ。そして、それはちょうど、ロンドンへ出かけようとしていた前の夜だ。これで事件の全体像が見えてきたようだ、ワトスン。つじつまもぴったり合う。すまないが、ぼくのヴァイオリンを取ってくれたまえ。事件のことをこれ以上詮索《せんさく》するのはやめにして、後は、明日の朝、モーティマー先生とサー・ヘンリー・バスカヴィルに会ってからのことにしよう」

第4章　サー・ヘンリー・バスカヴィル

朝食の食卓は早めに片づけられ、ガウン姿でホームズは予定の面会を待ち受けていた。依頼人は約束の時刻(54)に正確で、時計が十時を告げるやいなや、モーティマー医師が姿を見せ、若い準男爵がそれに続いた。準男爵は黒い瞳《ひとみ》で、身のこなしのきびきびとした、小柄だが、がっしりとした体格で、三十歳くらいに見えた。太くて濃い、黒のまゆ毛が目立ち、気の強そうな、精悍《せいかん》な顔だ。赤味がかったツイードの服を着て、野外で働くことが多いらしく、日焼けしていたが、その、じっとみつめるまなざしと、静かで自信に満ちた身のこなしは紳士にふさわしいものであった。

「こちらがサー・ヘンリー・バスカヴィルです」モーティマー医師が紹介した。

「いや、いや」――と彼は言った。「実に妙なことなのですが、ホームズさん、もしこの友人から、今朝あなたのところへの誘いを受けなくとも、わたしは自分からこちらへうかがわなければならなかったでしょう。あなたは謎解きに取り組んでおられるとお聞きしています。ところで、わたしに今朝、奇妙なことがおきたのです。それが、どうもわたしの手には負えないものなのです」

「どうぞ、おかけください、サー・ヘンリー。すると、ロンドンへ到着されて早々に、ご自身でも何か驚くような経験をされたというわけですね」

「さほど重大なこととは思えないのですが、ホームズさん、まあ、ちょっとした、いたずらでしょう。今朝、この手紙が届いたのです、これを手紙と呼んでよければの話ですが」

彼が封筒をテーブルに置くと、わたしたち全員が身を乗り出した。それはありふれた封筒で、少し灰色がかっていた。「ノーサンバランド・ホテル、(55)サー・ヘンリー・バスカヴィル」と、宛《あ》て名が活字体で乱暴に書き記されていた。「チャリング・クロス局」の消印が押され、日付は前日の夕刻となっていた。

「ノーサンバランド・ホテルにあなたがお泊りになる予定だと知っている人が誰かいらしたのですか?」鋭い視線を投げかけながら、ホームズは相手にこう聞いた。

「いいえ、誰も知っているはずはありません。決めたのはモーティマー先生にお会いしてからですから」

「けれども、おそらく、モーティマー先生は、前からそちらに泊まっておいでだったのでしょう?」

「いいえ、わたしは友人のところに泊めてもらっていました」とモーティマーは言った。「ですから、そのホテルにわたしたちが泊まる予定だということを、誰も知っているはずはありません」

「そうですか。とすると、あなたの動きに、ひとかたならぬ関心を寄せている人間がいるということになりますね」彼はそう言うと、封筒から四つに折りたたまれた、半分にしたフールスキャップ判の紙をとり出し、これを開いてテーブルの上に載《の》せた。その紙には、切り抜いた印刷の文字が単語ごとにのり付けされ、これが一つの文章になっていた。「あなたの 命 と 正気 が 大事 なら あなたは ムア からは 遠 ざ かれ（"As you value your life or your reason keep away from the moor."）」「moor（ムア）」という単語だけがイ

ンクで書かれていた。

「それにしても」と、サー・ヘンリー・バスカヴィルは言った。「いったい、何のつもりなのでしょうか。わたしのことにそこまで関心を持っているのは、何者なのでしょう。ホームズさん、あなたなら、お教えいただけると思うのですが？」

「モーティマー先生、あなたはどうお考えですか。少なくとも、この件に関しては超自然的なことではないと思われるでしょうね」

「ええ、そうですね。しかし、その手紙は、あの問題が超自然的だと信じている誰かから来たというのがいちばんありそうな線です」

「その問題とは」と、サー・ヘンリーが鋭くたずねた。「当人のわたしより、あなた方のほうがくわしいように見えますが」

「お帰りになるまでにはおわかりいただけるはずです。お約束しますよ、サー・ヘンリー」と、ホームズがとりなした。「とりあえず今は、この非常に興味深い文書に集中させていただけないでしょうか。これが昨夕作られ、投函《とうかん》されたことはまちがいありません。ワトスン、きのうの『タイムズ』紙(56)はあるかな？」

「ここの隅にある」

「すまないけど、こちらにわたしてくれないかね。論説記事が載っている、中のページだ」ホームズは記事の欄《らん》を上下に見ながら、急いで目を通した。「これこれ、自由

貿易を論じているこの記事だ。読んでみましょう。『あなたはあなたの関連する商業や産業にとって、保護主義的関税こそが重要で、発展はすべてこれに係わっていると信じてしまいやすい。しかしながら、こうした保護主義的法規制のみが大事であるかのように信じるのなら、それは、正気の沙汰《さた》とは言いがたい。長期的視野に立って考察するならば、保護主義的関税は、富から確実に遠ざかれと主張するようなものであり、また貿易からは本来の価値を減じてしまう。この国家全体の国民生活《ライフ》の水準を下降させる元凶《げんきょう》と見なさねばならないのは、当然と言えよう』ワトスン、君はどう思う」と、ホームズは、満足そうに両手をすり合わせると、声高《こわだか》に叫んだ。「これは立派な意見だとは思わないかい」

医学的興味をもったようすでモーティマー医師はホームズをじっと見つめ、サー・ヘンリー・バスカヴィルのほうは困惑した暗い瞳でわたしをちらりと見た。

「関税とか何とか言われてもわたしにはさっぱりわかりません」と彼は言った。「さきほどの手紙が大事だというのに、すこし脱線したのではありませんか」

「いえ、それは逆です。獲物をめざしてまっしぐらに進んでいますよ、サー・ヘンリー。ワトスンは、あなたと違って、わたしの方法については百も承知なはずなのに、それでもまだ、この文章の持つ重大な意味をつかみそこねているようですな」

「そう、はっきり言って、まだなんのことかわからないよ」

「いやいや、ワトスン、この二つの関係はこれほどまでにはっきりしているではないか。『あなたの』、『あなたは』、『命《ライフ》』、『正気』、『大事』、『なら』、『遠ざ』、『かれ』、『からは』。ここまで言えば、これらの言葉がどこから取られたかわかっただろうね」

「いやはや、まさにぴったり、おっしゃるとおりだ！　みごとだ！」と、サー・ヘンリーが感嘆の声を上げた。

「それでもお疑いなら、『遠ざ　かれ（keep away)』、『から　は（from the)』がひと続きで切り取られているのを見てもらえれば、納得されるでしょう」

「いや、そう、そのとおりだ！」

「それにしても、ホームズさん、これは信じられないほどの推理だ！」モーティマー医師は、感動してわが友を見つめた。

「単語が新聞から採られたという人がいても、驚かないでしょうが、どの言葉がどのように使われていて、しかも、どの新聞の論説からだと名ざしされるなどという芸当は見たこともありませんよ。どうして、それがわかったのですか？」

「先生、あなたもアフリカ系の人の頭蓋骨《ずがいこつ》とイヌイットの頭蓋骨とを見分けることがおできでしょう」

「おやすい御用です」

「では、どうやってなさるのですか」

「それはわたしの特別の趣味ですから。その違いは一目でわかります。眼窩《がんか》上縁の隆起線[57]、顔面角、上顎骨《じょうがくこつ》曲線[58]、それに――」

「そうならば、これがわたしの特別の趣味なのですよ。そのような違いはひと目でわかります。『タイムズ』紙の行間のあいているバージョイス活字書体と三流の半ペニー夕刊紙の安物活字の差はわたしには歴然としています。あなたがアフリカ系の人とイヌイットの頭蓋骨を見分けることができるのと同じことです。そもそも、活字の見分けは犯罪学の専門家にとっては最も基本です。もっとも、わたしもかなり若い時には『リーズ・マーキュリー』紙と『ウェスタン・モーニング・ニューズ』紙の区別がつかなかった[59]こともありましたがね。それにしても、『タイムズ』の論説はまったく独特のものですから、これらの言葉がそれ以外のものから取られたとは考えられません。それに、これが昨日作られたとすれば、昨日の版を探せば見つかる確率が高いですからね」

「ここまでは、あなたの推理についてこれました、ホームズさん」とサー・ヘンリー・バスカヴィルは言った。「それから、はさみで切り取ってこの文章を作ったというわけですね――」

「爪《つめ》切り用のはさみです」とホームズは言った。「特に刃の長さが短く、ごらんのように『遠ざかれ』の言葉を切るために二度はさみを入れています」

「そうですね。すると、刃の短いはさみでこの文章を切り抜き、それから、のりで貼《は》りつけたということですか――」

「ゴムのり[60]でですね」と、ホームズは言った。

「その単語を新聞から見つけた。しかし、『ムア』だけがなぜ手書きなのですか」

「それ以外の言葉はどれもありふれていますから、どういう出版物からでも見つかるでしょうが、『ムア』はかなりまれですからね」

「いや、なるほど、それで納得しました。ホームズさん、その他にもこの伝言から読みとられたことが何かありますか」

「一つ二つあります。それから、手がかりを残さないようにとかなり苦労したようすが見えます。宛て名にしても、乱暴な字で書かれていましたね。しかし、『タイムズ』は、かなり高い教育を受けた人しか手にしません。とすれば、その手紙は教育のある人間が、無学を装《よそお》いたかったのでしょう。しかも、自らの筆跡《ひっせき》を隠そうとしたということは、筆跡があなたにすぐわかるか、あるいは、わかってしまう恐れがあるのでしょう。また、のり付けもまっすぐではなく、高さがまちまちになっているのに気づかれたでしょう。たとえば、『命』は完全にずれています。これは作った者がずぼらか、あるいはあせってあわてたのかでしょう。わたしとしては後者の意見です。このようにいかにも重大な手紙の差出し人が、いいかげんな作業をするとは考えにくいですから。あせっていたとすれば、なぜあせっていたのかは興味深い問題です。郵便物は午前中早めに投函しておけば、サー・ヘンリーがホテルを出るまでに届きます。その差出し人は手紙を投函するのを邪魔される恐れがあった、とすれば、それは誰からなのか？」

「それはもう推測《すいそく》の域《いき》ですね」と、モーティマー医師は言った。

「いいえ、単なる推測ではありません。もっともありそうなことと、もっともそれらしいこととを考えあわせた結果です。想像力の科学的利用とでもいえます。常に何かしら物証にもとづいて、そこから推論を押し進めます。まあ、あなたがたは、これを推測といわれるかもしれませんが、おそらくこの宛て名はホテルで書かれたものに違いありません」

「どうして、そのようなことまで言えるのですか」

「よく観察していただくと、書き手がペンとインクで苦労していることがわかるでしょう。ペンが悪いのか、単語一つ書くのに、二度もインクが飛び跳《は》ねていますし、短い宛て名を書くのに三回もインクが切れていますから、インクつぼがほとんど空になりかけていることがわかります。そう、個人のペンやインクつぼが、このようになっていることはめったにありません。ましてや、両方そろってだめなことは、ほとんど考えられません。しかし、ご承知のように、ホテルのペンやインクはおよそこういうものと相場が決まっています。ですから、チャリング・クロス周辺のホテルのごみ箱を丹念《たんねん》に探して、論説が切り取られた『タイムズ』紙を発見すれば、この奇妙なメッセージを送りつけてきた人物をただちに捕らえられると、少々言いすぎかもしれませ

んがわたしは断言します。あっ、これは何かな」

ホームズは文字が貼りつけられているフールスキャップ紙を一、二インチ（約二〜五センチ）くらいまで目に近づけてじっと観察した。

「どうしたのですか」

「いや、別に」と言うと、彼はそれを放り出した。「透《す》かし模様(61)も何も入っていない、白い普通の紙です。奇妙なこの手紙からの情報は引き出せる限り引き出しつくしました。さて、サー・ヘンリー、ロンドンに来られてから、何か気になるようなことはおきてはいませんか」

「なぜですか、ありませんね、ホームズさん、なさそうです」

「あとをつけられたとか、見張られたとかはありませんか」

「いや、そうすると、わたしはまるで三文犯罪小説《ダイム・ノヴェル》(62)の世界に迷いこんだようなものですね」と依頼人は言った。「それにしても、どうして、このわたしがあとをつけられたり、見張られたりしなければいけないのですか」

「いえ、これから、その点をお話ししようとしているのです。その件に入る前に、何かほかにわたしたちに報告しておかれたほうがいいようなできごとはありませんでしたか」

「そうですね、どれが報告に値するのかはわかりませんが」

「ふだんとは違うできごとなら何でも、報告していただく価値があると思います」

サー・ヘンリーは笑いを浮かべた。「わたしは、英国の生活に不慣れです。これまではほとんどアメリカとカナダで過ごしてきました。それで、ブーツの片方を取られたりするのは、こちらの日常茶飯事だなどとは勘弁《かんべん》してもらいたいのですよ」

「ブーツの片方をなくされたのですか」

「いやいや」と、モーティマー医師が叫んだ。「それは単に置き忘れたのでしょう。ホテルに帰れば、きっと無事に戻っていますよ。そういうつまらないことで、ホームズさんを煩《わずら》わせてもらっては困りますよ」

「いや、ふだんとは違うことは、何でも言うようにとのことでしたから」

「そのとおりです」とホームズは言った。「どんな取るに足りないことでもいいのです。ブーツの片方をなくされたとおっしゃいましたね？」

「いずれにしても、置き忘れでしょう。昨夜、ブーツを一足、ドアの外に置いておきましたが、朝になると片方しかないのです。ブーツを磨いたボーイにたずねても、まるで要領《ようりょう》を得ません。運が悪いですよ、ストランドにある店で昨夜買ったばかりで、まだ一度もはいてないのですから」

「はいていない[63]のなら、磨《みが》きに出す必要はなかったのではありませんか？」

「ブーツはタン革で、まだつや出しをしていなかったのです。それで、外に出しておきました」

「としますと、昨日はロンドンに着かれて、さっそくブーツを購入されたのですね」

「かなり買い込みましたよ。こちらのモーティマー先生にもご一緒願いました。ご存じのとおり、わたしは地主になるのですから、それなりの格好を整《ととの》えようと思いましてね。西部にいた時には、身だしなみなどにはかまいませんでしたから。いろいろ買った中にその茶色のブーツもありました。六ドルでしたよ。それが、はく間もないうちに盗まれてしまいました」

「それにしても、奇妙な役にも立たぬ品が盗まれたものですね」とシャーロック・ホームズは言った。「わたしもモーティマー先生と同意見で、すぐ見つかると思います」

「それでは、皆様」と準男爵がきっぱりと切り出した。「これで、わたしのほうからはすべての事情をお話ししました。お約束のとおり、わたしたちが直面している一件を包み隠さずお聞かせ願いたいものです」

「それはごもっともなことです」とホームズは答えた。「モーティマー先生、あなたがいちばん適役ですから、わたしたちに話されたあの物語を語っていただきましょう」

こう促《うなが》されて、わたしたちの科学の友はポケットから古文書を取り出すと、前日の朝と同じように、余《あま》すところなく事件を説明した。その間、サー・ヘンリー・バスカヴィルはひたすら耳を傾け、時折り驚きの声をもらした。

「いや、わたしはとんでもない財産を相続したことになるようですね」長い話が終わると、彼はこう言った。「幼い頃から、あの魔犬のことはずいぶん聞かされてきましたよ。一族のおはこといってもいいようなお話ですから。ただし、本気にしたことは、一度だってありませんでしたよ。伯父の死――いや、考えると、頭の中が混乱状態で、もうどうしていいかわかりません。あなた方もこの問題は警官が扱うべきか、聖職者《せいしょくしゃ》が扱うべきなのかを決めかねているごようすですね」

「そのとおりです」

「そして、ホテルにはこの手紙が送りつけられた。なんとなく、つじつまはあうような気がしますよ」

「ムアで何がおこるのかを、わたしたちよりもはるかによく知っている者がいるということのようですね」と、モーティマー医師が言った。

「それからまた」とホームズは言った。「その人物はあなたに悪意は持っていません。あなたに、わざわざ危険だと警告しているのですから」

「いや、それとも、その人物にはそれなりの狙いがあって、わたしを脅《おど》して近づけないつもりなのかもしれません」

「そう、それも、もちろん考えられます。モーティマー先生、いくつかの興味深い仮説が成りたつこの問題に取り組めるのも、みなあなたのおかげです。サー・ヘンリー、実際のところ、今あなたが決めなければならないのは、バスカヴィル館に行くべきか否かについてでしょう」

「なぜ、わたしが行かないほうがよいなどと？」

「危険が待ち受けているかもしれないからです」

「あなたのおっしゃる危険とはこの一族につきまとうもののことですか、それとも誰か人間によるものですか」

「いや、それは調べてみるほかはありません」

「どちらにしても、わたしの答えは変わりません。ホームズさん、たとえ地獄の悪魔がいたとしても、このわたしが自分の一族の故郷へ帰るのを止めることはこの地上の世界にいる人間にはできないはずです。これがわたしの最終の結論です！」濃い眉《まゆ》をしかめ、日焼けした顔を紅潮《こうちょう》させながら、彼は話した。バスカヴィル家の激《げき》しやすい血すじが、この最後の相続人にまでまごうかたなく受け継がれているのは明らかであった。「ところで」と彼は言った。「いろいろと承《うけたまわ》りましたが、それに関して、すぐに落ち着いて充分考える余裕がありませんでした。一度に大事な問題を飲み込んで、すぐに決断を下すのは無理です。わたしもひとりで静かに考えてから心を決めます。ホームズさん、いま十一時半ですから、わたしはまっすぐホテルに戻ります。あなたとご友人のワトスン先生と、ご一緒に二時に昼食というのはいかがですか？　その時に、わたしの意見をもう少しはっきりとお伝えできるでしょう」

「ワトスン、君はそれでいいかい」

「いいよ」

「それでは、そういうことで。馬車をお呼びしましょうか」

「いいえ、この一件で、わたしも少々神経がまいりましたから、歩いていきたいのです」

「わたしも喜んで一緒に歩きましょう」と、モーティマー医師も言った。

「それでは、二時にお会いしましょう。これでごきげんよう」

客が階段を下り、玄関のドアを閉める音が聞こえてきた。その瞬間、ホームズはものうげな夢みがちな人物から一転し、行動の人と化した。

「ワトスン、ブーツと帽子を持って。急ぐのだ！　ぐずぐずしてるひまはない」ガウン姿のホームズは自室に飛び込むと、一瞬のうちにフロックコート姿で現われた。わたしたちは、同時に階段を駆《か》け下り、通りに出た。オックスフォード街方向に向かう二人の姿が二百ヤード（約一八〇メートル）ほど先に見えた。

「ぼくが走っていって、呼び止めようか」

「いやいや、それはだめだよ、ワトスン。ぼくは君と一緒のほうがいいのさ、もし君がいやでなければだけどね。あの二人の判断は正解だよ。散歩にはまたとない、気持ちのいい朝だよ」

彼はその距離が半分に縮まるまで速歩で歩いた。そして、百ヤード（約九〇メートル）の距離を保ちながら、オックスフォード街からリージェント街へとあとをつけた。先を行く二人が、店のショー・ウィンドーをのぞくと、ホームズもそれに合わせた。と、突然、ホームズは小さく、うれしそうな声をあげた。彼の視線の先を見てみると、一台の二輪馬車があり、中に男を一人乗せて道の反対側に止まっていたが、ふたたびゆっくりと走り始めた。

「あれがぼくたちが求めている男だ。ワトスン！　来てみたまえ！　今は何もできないから顔だけはしっかり見ておこう」

その瞬間、濃いあごひげを生やし、眼光《がんこう》鋭い男の顔が馬車の窓ごしに見えた。それもつかの間、屋根の跳ね上げ戸が開き、駁者《ぎょしゃ》に何事か叫んだかと思うと、馬車は一目散《いちもくさん》にリージェント街を駆け抜けていった。ホームズもあたりを必死で探したが、空の馬車は見当たらなかった。そこですぐさま、激しい交通の流れをものともせずに、猛然《もうぜん》と走って、追跡を始めたが、馬車の出足は早く、影も見えなかった。

「してやられたよ！」と、悔しそうに言って、激しい馬車の流れの中からいまいましげに息を切らせて蒼《あお》ざめたホームズが戻ってきた。「それにしても、ついていないし、

※このイラストは、「ストランド・マガジン」が誤って裏返しに刷って載せたものであるが、ここでは誤りのまま再録した（英国では、馬車は左側通行である）。

手際も悪かったよ！　ワトスン、ねえ、ワトスン、君が本当に正直者だったら、ぼくの成功談の反証《はんしょう》としてこのことも書き残しておいてくれたまえ」

「いったい、あの男は誰なのかね」

「まったくわからないよ」

「スパイかな」

「そう、さきほどの話からも、バスカヴィルは、この町に来てから、ずっと何者かに尾行されていたことに間違いないよ。そうでなければ、たまたま泊まったホテルがノーサンバランド・ホテルというのがわかったはずがないからね。もし彼らが一日目から尾行をしたとすれば、二日目にもあとをつけていると、ぼくはにらんだのだ。モーティマー先生があの伝説を読み上げている間に、ぼくが二回、窓際へ近づいたのに気がついたかい」

「そう、覚えている」

「ぼくは通りに不審な者がいないかと確かめていたのだが、誰もいなかった。ぼくたちの相手はなかなかの切れ者だよ、ワトスン。この事件は根が相当に深い。だから、ぼくたちがかかわっている相手が味方なのか悪党なのか、それさえもまだ決めかねている始末さ。けれども力量があり、計画性があるということは確かだ。依頼人が帰ったらすぐに彼らのあとを追いかけたのは姿を見せないやからを見定めたかったからだよ。しかし、敵もさる者だよ、徒歩《とほ》で尾行をしたりしないで、馬車を使った。馬車なら、のろのろついていてもいけるし、もし、見つかった時には追い越して逃げればいいからね。そのうえ、都合のいいことには、二人が馬車に乗っても、すぐに追跡できる。けれども、ひとつだけはっきりとした弱点がある」

「馭者に弱みをにぎられてしまう」

「そのとおり」

「それなら、馬車の馭者登録番号を控《ひか》えておけばよかった！」

「ワトスン、ぼくがいくら大失態をしたとしても、登録番号まで見逃すと思ってはいないだろうね？　二七〇四番だよ。今のところは、何の足しにもならないけれどね」

「それだけでも、上出来ではないか」

「馬車を見つけたときにぼくはその馬車の進む方向と反対の方向に歩いて行くべきだったよ。そして、ゆっくりと次に来た馬車を拾って、その馬車と慎重に距離を保って、追跡する。さらにいい手だては、ノーサンバランド・ホテルまで行って、そこで待っていればよかった。そうすれば、バスカヴィルを追っているその人物がホテルに帰りついたところで、今度は逆に尾行して、どこへ帰るのかつきとめられたのだよ。そうは言っても、実際には勇み足だったから、したたかで俊敏《しゅんびん》な敵に見事に裏をかかれ、ぼくたちは見破られ、取り逃がしてしまった」

わたしたちは話しながら、リージェント街をゆっくりと歩いていった。モーティマー医師とその連れは、かなり前から姿が見えなくなっていた。

「彼らを追いかけるのはむだだね」とホームズは言った。「あの尾行した男は行ったきり戻ってこないよ。後は、手元に残った持ち札を調べ、それを、思い切って使ってみるしかないね。馬車に乗っていた男の顔はしっかり確認できたかい？」

「あごひげがあることだけはたしかだよ」

「ぼくもそれは見た、けれども、それはつけひげの可能性がかなり強いね。こういう大事な任務を帯《お》びた賢い人物は、人相を知られないように、つけひげを使うにきまっているよ。ここに寄ってみよう、ワトスン」[64]

　彼はディストリクト・メッセンジャー会社の事務所に入ると、支配人から下にも置かぬ歓迎を受けた。

「ところで、ウィルスン、以前に、ちょっとした事件で、お手伝いしたことがありましたが、お忘れではありませんね」

「もちろんでございます、忘れはいたしません！　わたしの名誉《めいよ》とおそらく命までも守っていただいたのですから」

「いや、いや、そこまで言っていただくとは。ウィルスン、たしか、あなたのところにいる少年たちの中に、あの捜査でなかなか役に立ってくれたカートライトという若

者がいたような気がするのですが」

「はい、今でもうちで働いていますよ」

「その子を呼んでいただけませんか。それからこの五ポンド（約一二万円）紙幣を両替してもらえるとありがたいのですが」

朗らかで利発《りはつ》そうな顔つきの十四歳くらいの少年が支配人の呼び出しに応じて現われた。有名な探偵を、少年は心からの尊敬のまなざしでみつめた。

「ホテル名鑑《めいかん》を持ってきてくれないかな」ホームズは言った。「ああ、ありがとう。カートライト、いいかい、チャリング・クロス近辺の二十三のホテルの名がここに並んでいる。わかるかね？」

「はい」

「その一軒一軒を回ってもらいたいのだ」

「はい」

「ホテルに行ったら、まず、玄関に立っているポーターに、一シリング（約一二〇〇円）ずつ渡す。ここに、二十三シリングあるからね」

「はい」

「それから、昨日のごみ箱の中身を見せてくださいと頼むのだ。大事な電報が誤配《ごはい》されて、それを探しているのだと言うといい。わかるね」

「はい、わかりました」

「けれども、本当は、はさみで中ほどのページが切り取られている『タイムズ』紙を探すのさ。これがその『タイムズ』紙だよ。このページだよ。君ならすぐにわかるさ、だいじょうぶだね」

「はい、だいじょうぶです」

「玄関に立っているポーターが中のホール・ポーターを呼んでくれるから、今度はその人に一シリングずつあげるのだよ。ここにその分の二十三シリングもある。二十三のうちたぶん二十のホテルではきのうのゴミは焼却《しょうきゃく》したとか、どこかに持っていってしまったと言われるよ。けれども、残りの三軒では紙くずの山を見せてもらえるだろう。そうしたら、その中から『タイムズ』紙の、このページがあるかどうかを探すのだ。なかなか見つからないとは思うがね。それから、急な時のために十シリング預けておく。結果は夕刻までに、ベイカー街へ電報で知らせるのだ。それから、ワトスン、後は電報で二七〇四の番号の馭者の名前を確認するだけだ。そのあとで、ボンド街(65)の画廊の一つにでも立ち寄って、ホテルでの約束まで暇《ひま》をつぶそう」

第5章　切れた三本の糸

シャーロック・ホームズは驚くほど思うままに頭を切り替えることができた。奇妙な事件に巻き込まれているのを忘れ、今度は二時間ものあいだ、近代ベルギー派の巨匠[66]たちの絵画にすっかり夢中になった。画廊を出てからノーサンバランド・ホテルに着くまでの間、彼がおよそ不得意なはずの美術に関することばかりを話し続けた。

「サー・ヘンリー・バスカヴィルは二階でお待ちです」と、受付で言われた。「おいでになられたら、すぐにご案内するようにと言われております」

「宿泊名簿《めいぼ》を見せてもらってもかまわないだろうか」と、ホームズはたずねた。

「はい、どうぞ」

名簿には、バスカヴィルの名前の後に二つ名前が書き加えてあった。ニューカッスル[67]のシオフィラス・ジョンスンとその家族、それからオールトン[68]のハイ・ロッジに住むオールドモア夫人とそのメイドであった。

「そう、ジョンスン氏というのはわたしの昔なじみのジョンスンに違いない」と、ホームズはポーターに言った。「弁護士で、白髪で、足がちょっと悪い?」

「いいえ、こちらの方は鉱山主《こうざんぬし》のジョンスン様です。大変に活躍中《かつやくちゅう》の紳士で、歳はあなた様より年上ということはありません」

「いや、きっと、君はこの方の職業を勘違《かんちが》いしているのでしょう」

「いいえ、とんでもございません! こちらの方は長年ご利用なさっていただいておりますので、よく存じあげております」

「そう、それでは、それはいいとして。こちらのオールドモア夫人というお名前も存じあげている気がするのです。詮索《せんさく》して申しわけありませんが、友達に会いに来ると、また別の友達にばったり会ったりするもので(69)してね」

「病気がちのご婦人で、ご主人はグロスターの市長も務められた方です。ロンドンにおいでのおりには、必ずわたくしどもへお泊りいただいています」

「ありがとう。知り合いではなさそうです。ワトスン、これで大事な事実が確かめられたよ」と、階段を登りながら彼が小声で話しかけてきた。「ぼくたちの友人に特別の関心を持っている連中は、彼が宿泊しているこのホテルにはいないことがはっきりした。ということは、彼らは、ぼくたちも目撃《もくげき》したように、実に熱心に見張っているが、同様に自分たちが見つからないようにと用心深くしている。いいかい、ここに重大な意味があるのだ」

「どういう意味かね」

「それはね――おや、ねえ、いったい、どうしたというんだろう?」

　階段を上がりきったところで、サー・ヘンリー・バスカヴィルと出くわしたのだ。怒りで顔を赤らめ、手に埃《ほこり》まみれのくたびれたブーツの片方をぶら下げていた。怒りに燃えて、言葉も出ないほどであった。そして、やっと言葉が出た時には、今朝とはまったく違うアメリカ西部の強いなまりで言った。

「ここのホテルは俺をコケにしてるんだ」と、彼は叫んだ。「おまえらは誰にちょっかいを出そうとしてるかわかってるのか?　ええ?　なくした俺のブーツを見つけられなかったら、おまえらがどうなるかみてやがれ!　おや、ホームズさん、わたしも人並みに冗談はわかりますが、今回は、どうも度を越しています」

「では、まだあのブーツは見つからないのですね」

「そうですよ。わたしは探してみせますよ」

「いや、あなたは茶の新しいブーツとおっしゃっていましたよね」

「そうだったのです。ところが今度は古い黒のブーツです」

「何ですって。まさか――」

「そう、まさにそのまさかですからね。わたしが持っているブーツは全部で三足(70)しかありません。新品の茶のブーツ、古い黒のもの、今はいているエナメル革のもの。それが、昨夜、茶の片方が盗まれ、今日は、また黒の片方を盗まれたのです。おい、わかったか？　ええ、つっ立って見てないで、何とか言ったらどうだ！」

　ドイツ人のボーイが現われて、そこに立ちつくしていた。

「はい、ホテル中を探して回ったのですが、まったくわからないのです」

「ようし、それなら、いいか。あのブーツが夕方までに出てこなかったら、支配人を呼んでこのホテルからただちに出ていくと言うからな」

「きっと見つけますから――お約束しますので、みつかるまでいましばらくご猶予《ゆうよ》ください」

「よく覚えておけ！　ここがいくら盗人《ぬすっと》のたまり場だからって、俺の物がなくなるのはこれで終わりにしてほしいね。いや、ホームズさん、つまらんことで、お騒《さわ》がせして申しわけありません」

「いいえ、わたしはけっしてつまらないことだとは思いません」

「いや、深刻にお考えのごようすですね」

「あなたは、これをどうお考えですか」

「どうもこうもありません。これほどに、奇妙きわまりないできごとは、生まれてこのかた初めてですよ」

「おそらく、奇妙きわまりないことの最たるものでしょう」と、ホームズは考え深げに言った。

「あなたご自身はどうお考えなのですか」

「そう、もうわかったなどと偉そうに言う気にはなれません。サー・ヘンリー、あなたのこの事件は、きわめて複雑です。あなたの伯父上の死との関わりをみますと、わたしが解決しました五百もの重要事件の中に今回のように奥底の計り知れないものはありませんでした。しかしながら、わたしたちはいくつか大事な糸口をつかんでいますから、おそらくこのうちのどれかが真相につながるでしょう。的外れな糸口をたどり、まわり道をするかもしれませんが、必ず、いつかは正しい糸口に当たるはずです」

わたしたちは昼食を和《なご》やかな雰囲気のうちに共にした。わたしたちを引き合わせるきっかけとなった事件には触れなかった。食事のあと、小さなサロンに席を移すと、ホームズはバスカヴィルに彼の意向をたしかめた。

「バスカヴィル館へ行きます」

「いつですか」

「週末に」

「いろいろ考え合わせてみますと」と、ホームズは言った。「賢明《けんめい》なご判断だとわたしも思います。あなたがロンドンで尾行されているという証拠は山ほどあります。何百万人という人のうごめくこの巨大都市では、その連中を見つけ出し、その狙いを探るのはむずかしいですね。万一、悪い魂胆《こんたん》を持っていれば、あなたに危害が及びます。これに対して、わたしたちにはそれを防ぐ手だてがありません。モーティマー先生、今朝、尾行されていたのには気づかれませんでしたね？」

モーティマー医師は驚いて飛び上がった。「尾行されていた！　誰にですか？」

「残念ですが、わたしにもお答えできないのです。ダートムアでの知り合いか近隣の方で、黒いあごひげの人に心当たりはありませんか」

「いませんよ。いや、待ってください。サー・チャールズの執事のバリモアは黒いあごひげをはやしていましたが」

「おや！　バリモアは、今どこにいますか」

「バスカヴィル館を取り仕切っています」

「彼が本当にそこにいるのか、万一、ロンドンに来ていないかどうかを、確認しておくのが最善の策です」

「どうやってそれをするのですか」

「電報用紙を一枚ください。『サー・ヘンリーお迎えの準備は完了か？』これでいい。宛《あ》て名はバスカヴィル館、バリモア氏とします。最寄りの電報局はどこにありますか？　グリンペンね、これでいい。もう一通はグリンペンの郵便局長宛てに出しましょう。『電報は直接バリモア氏に手渡すように。不在のときはノーサンバランド・ホテルのサー・ヘンリー・バスカヴィルに差し戻し願いたし』これで、夕方までに、バリモアが実際にデヴォンシァで仕事をしているかどうかがはっきりします」

「なるほど」とバスカヴィルが言った。「ところでモーティマー先生、このバリモアというのはどういう人物ですか?」

「亡くなった前の管理人の息子です。この一家は四世代にわたってバスカヴィル館を管理してきました。わたしが知っているかぎり、地元ではどこに出しても恥《は》ずかしくない夫婦で通っています」

「そうは言っても」とバスカヴィルは言った。「館に一族が住んでいない間は、これといった仕事もなく、楽な暮らしを送っていられるのでしょう」

「そういうことです」

「サー・チャールズの遺言《ゆいごん》によって、バリモアは分け前にあずかりましたか」ホームズが尋ねた。

「夫も妻もそれぞれ五百ポンド（約一二〇〇万円）ずつ受け取りました」

「ほう。彼らは受け取れることをあらかじめ知っていましたか」

「はい。サー・チャールズは遺言の中身を人に話すのがことのほかお好きでしたから」

「それは興味深い」

「しかしですね」と、モーティマー医師は言った。「サー・チャールズから遺言の一部をもらう者を、すべて疑いの目で見ないでいただきたいですよ。わたしも千ポンド（約二四〇〇万円）いただきましたからね」

「そうですか。まだ、他にもらった人はいますか」

「少額もらい受けた個人は多いですし、公《おおやけ》の慈善《じぜん》団体も相当の数です。残りはすべてサー・ヘンリーの手に渡りました」

「その額はどのくらいですか」

「七十四万ポンド（約一七七億円）です」

ホームズは驚きに、眉《まゆ》を吊《つ》り上げて言った。「それにしても、それほど巨額の遺産がからんでいるとは知りませんでした」

「サー・チャールズは資産家として有名でしたが、残された有価証券(71)を調べるまでは、わたしたちもこれほどの資産があるとは知りませんでした。遺産総額は百万ポンド（約二四〇億円）にも届こうというものでした」

「いや驚きました！　それを手に入れるためには手段を選ばないという人間が現われても、おかしくない。もう一つお聞きしたいのですが、モーティマー先生。たとえば、不謹慎《ふきんしん》な仮定で恐縮ですが、万が一、こちらの若いご友人の身に何かがおこったら、この財産の相続人は誰になりますか」

「サー・チャールズの弟に当たるロジャー・バスカヴィルは独身のまま亡くなりましたので、財産は遠縁《とおえん》の(72)いとこのデズモンド家に渡ります。ジェイムズ・デズモンドはウェスト・モーランドの牧師で、年配の方です」

「ありがとうございます。今お聞かせいただいたことは実に参考になりました。ジェイムズ・デズモンド氏には、お会いになったことがありますか」

「はい、サー・チャールズを訪ねておいでになったことがありました。尊敬に値するご立派な聖職者の方でした。わたしも居合わせて、そのやり取りをよく覚えているのですが、サー・チャールズが遺言で財産の贈与《ぞうよ》をしたいと申されましたが断わられたのを覚えています」

「その清貧《せいひん》の士がサー・チャールズの莫大《ばくだい》な巨万の富の相続人になるというわけですか」

「不動産の相続は直系の子孫に限られるという設定がされていますから、彼のものになります。現在の所有者が別の人を相続人と特定しない限りは金銭の相続もされることになります。もちろん、動産については、現在の所有者が自由にできるわけですが」

「あなたは遺言状を作成されましたか、サー・ヘンリー」

「いや、まだですよ、ホームズさん。事情を知ったのは、昨日ですから、そんな暇《ひま》はありませんでした。とにかく、金銭も、称号《しょうごう》と土地建物と一緒に扱うべきだとわたしは思います。それが故人となった伯父の意向でもあります。不動産を維持するだけの金がなければ、当主がバスカヴィル家の栄光を取り戻すことはかないません。館、土地、そしてお金と全部がそろっていなければ」

「まさに、そのとおりです。サー・ヘンリー、すぐさまデヴォンシァに向かわれるというお考えには、わたしにもまったく異存がありません。ただし、一つだけ条件を出させていただきます。それは、あなたお一人で行かれないということです」

「モーティマー先生がご一緒してくださいます」

「モーティマー先生は開業の仕事がおありですし、お宅も館から何マイルも離れています。どんなにモーティマー先生が親切な方でも、そこまでお願いするのは無理でしょう。ですから、サー・ヘンリー、あなたのそばから離れない、頼もしい人物と行っていただきます」

「ホームズさん、あなたにご一緒していただくわけにはいかないのですか」

「危険が迫《せま》れば、わたしもすぐに駆《か》けつけます。しかし、わたくしも手広く探偵活動を展開しておりまして、多方面より依頼がまいりますので、ロンドンをいつまでも留守にするわけにはいかないのです。そのうえ、ちょうど現在は、イングランドでも一、二を争う高貴な方の名が脅迫により汚されそうなのです。この醜聞を解決できるのはわたしだけでして。わたしがダートムアに行かれない事情はご理解いただけたかと思います」

「それで、誰をご推薦《すいせん》くださるのですか」

ホームズはわたしの腕に手を置いた。

「もしわたしの親友が引き受けてくれれば、まさかの時にも、彼ほど安心のできる人間は他にありません。誰よりも、このわたしが太鼓判《たいこばん》を押します」

予想もしない申し出にわたしは驚いたが、ひとこと答える間もなく、バスカヴィルはわたしの手をとり、ぎゅっと握り締《し》めた。

「いや、これはほんとにありがたいです、ワトスン先生」と彼は言った。「あなたなら、わたしの立場もわかっておられるし、わたしと同様にこの件をご存じです。バスカヴィル館に一緒に行っていただき、わたしを守っていただければ、一生忘れることはないでしょう」

これから冒険が始まると思う瞬間ほど心の躍《おど》る時はない。さらにホームズはほめ言葉をかけてくれるし、準男爵はわたしを同伴者として熱烈に歓迎してくれたのだ。

「喜んで、行かせていただきます」とわたしは言った。「本当に有意義《ゆういぎ》な時間が過ごせるかと思います」

「詳しく報告してくれたまえ」と、ホームズは言った。「もし危険が迫った時は、――きっとそうなると思うのだが、ぼくのほうから指令を出す。土曜日までに出発の準備はできるだろうね？」

「ワトスン先生はそれでよろしいのですか」

「もちろんです」

「それでは土曜日に、特に連絡がいかなければ、パディントン駅[73]発十時三十分の列車でお会いしましょう」

　わたしたちが帰ろうと腰を浮かせた時、バスカヴィルはうれしそうな声を上げた。そして、部屋の隅に身をかがめ、戸棚から茶色のブーツの片方を引き出した。

「なくなった、わたしのブーツです！」と彼は叫んだ。

「このくらい、簡単に、わたしたちの問題も片づけられればいいのですがね！」と、ホームズは言った。

「いや、それにしても奇妙な話です」とモーティマー医師は付け加えた。「昼食の前にもこの部屋は注意深く捜《さが》しましたよ」

「わたしも捜しましたよ、端《はし》から端まで」と、バスカヴィルも口をそろえた。

「確かにあの時は、ブーツはありませんでした」

「そうなると、わたしたちが昼食をとっているあいだに、ボーイが置いたとしか考えられません」

ドイツ人のボーイがさっそく呼ばれたが、何も知らないと言うだけで、真相はわからないままであった。とにかく次々と出現する目的不明の小さな謎の連続に、さらに、またひとつ謎が加えられたわけである。サー・チャールズの死にまつわるすべての恐ろしい物語を除《のぞ》いても、この二日間に、次々とどうにも説明のつかないことが続いている。活字が貼《は》りつけられた手紙、馬車の中の黒ひげのスパイ、新品の茶色のブーツ片方の紛失《ふんしつ》、古い黒のブーツ片方の紛失、そして今、新品の茶色のブーツ片方の返還《へんかん》。ベイカー街に戻る馬車の中で、ホームズは黙り込んでいた。彼の眉間《みけん》の深い皺《しわ》と真摯《しんし》なその表情を見て、彼の心もわたしと同様に、この奇妙で、一見ばらばらに見えるできごとをなんとか一つにまとめあげようと努力していることがよくわかった。午後の間じゅうも、そして夜おそくになっても、座ったままタバコをふかし、考えにふけっていた。

夕食の直前、二通の電報が来た。一通目にはこう記されていた。

バリモアは館にいたとの連絡をうけた——バスカヴィル

二通目はこうだった。

指示通り二十三のホテルを訪ねたが、残念ながらタイムズの切り残りを発見できず——カートライト

「頼りの糸口は二つともだめだった、ワトスン。ただし、やることなすことが裏目に出るほどやる気はかき立てられるけれどもね。ぼくたちは別の手がかりを当たってみる必要があるな」

「スパイを乗せた駅者《ぎよしや》の線が残っている」

「そのとおりだ。馭者の名前と住所を知らせてくれるように、馬車登録事務所に電報を打ってある。そう、そうだ、これがその返事かもしれない」

聞こえてきたベルは単なる返事よりもずっとましなものとわかった。ドアが開くと、無骨《ぶこつ》そうな男が顔を出したが、彼がまさにその馭者本人だったからである。

「この住所に二七〇四番をお探しの旦那《だんな》がおられるから行ってこいと言われたんで来たんですがね」と、男は言った。「あたしゃこの七年間というもの、ずうっと馬車をころがしてますが、一度だって文句を言われたことがなかったんだ。じかに顔を出して、どんな文句か聞いてやろうと思って、車置場からまっすぐ飛んで来たんですぜ」

「いえいえ、あなたに文句などひとつもありませんよ」とホームズは言った。「まったく逆ですよ、もし、わたしの質問にきちんと答えてくれれば、半ソブリン（約一万二〇〇〇円）あげたいと思っているんですよ」

「いや、きょうはまったくいい日だぜ、そいつぁーどうも」馭者はにやっと笑った。

「ところで、旦那、聞きたいことってえのは何ですかい」

「まずは、また尋ねたいことができた時の用意に、名前と住所を教えてもらおうか」

「ジョン・クレイトン、バラ地区(74)のタービー街三番。馬車はウォータールー駅近くのシップレイ車置場のもんです」

シャーロック・ホームズはこれを書き留めた。

「それで、クレイトン、今朝の十時頃、ここに来て、この家を見張り、その後、リージェント街へ向かう二人の紳士のあとをつけた客があったね。その男について知っていることをすべて聞かせてもらいたいのだが」

男は驚き、ちょっと戸惑ったようなようすを見せた。

「あれ、あっしの知っていることはみんな知っていなさるようでは、何にもならねえだろうが」と彼は言った。「それに、あの旦那は自分は探偵だから、人には何ももらしてはいかんと、言ってましたぜ」

「いいかい、君、これはきわめて重大な問題だ、つまらぬ隠し立てをしたりすると、身のためにならない。彼は確かに探偵だと言ったのだね」

「ええ、そう言いやした」

「彼はいつ言ったのかな」

「別れ際でした」

「その他に言ったことは？」

「名前も名のってました」

ホームズはしたり顔で、わたしをちらりと見た。

「おや、名前まで名のったのだね。なんとも軽はずみな。それでその名前というのは？」

「名前は」と、馭者が答えた。「シャーロック・ホームズさんでした」

馭者の返事を聞いた時に、わが友が見せた驚きの表情は、今までに、わたしが見たことがないものであった。しばらく彼は茫然《ぼうぜん》としてすわっていた。そして次に、彼は腹の底から声高《こわだか》に笑い出した。

「一本とられたね、ワトスン。完全にしてやられたよ！」と、彼は言った。「素早さといい、柔軟《じゅうなん》さといい、ぼくと互角《ごかく》の剣さばきだ。今回は、見事にやられたよ。とにかくその名前はシャーロック・ホームズ、そうだったね」

「はい、そうおっしゃっていました」

「いや、いいねえ。客はどこで乗せて、それから、何があったかね」

「トラファルガー広場で九時半に呼び止められましてね。おれは探偵だ、一日中、つべこべ言わずに言うとおりにすれば、二ギニー(75)（約五万四〇〇〇円）やるぞ、と言われたんですよ。あたしゃ喜んで引き受けましたよ。初めにノーサンバランド・ホテルに行って、二人のだんな衆《しゅう》が、ホテルから出てきたんで、馬車乗場から馬車に乗りこむのを待ってました。それからそいつを追って、このあたりで停まるまでつけてました」

「ここの戸口だね」と、ホームズが言った。

「いや、そいつはよくわからないんですが、お客さんのほうはよくご存じだったようですぜ。この通りを半分ほど行ったとこで、一時間半も待ったかな。するってえと、

そのお二人さんが出てきて、わたしらの馬車のわきを歩いて通り過ぎて行っちまいましてね。それだもんで、ベイカー街を歩いていく二人をずっと追っかけて……」

「そこは知っているよ」と、ホームズは言った。

「リージェント街を四分の三ほど来たところでした。突然、お客さんがはね戸をあげてどなったんです。ウォータールー駅までぶっとばせって。あっしは馬に鞭《むち》をくれて、走りに走って、十分もしないで着きましたぜ。そしたら、お客さんは、ちゃんと約束の二ギニー渡してくれて、駅の中に入っていきましたぜ。そんとき、こっちを振り返って、言ってましたっけ。『おまえの乗せた客はシャーロック・ホームズ様だと覚えておくと、いいことがあるぞ』ってね。そんなわけで名前も知っちまったんですよ」

「わかったよ。それからは彼を見なかったか、そうだね?」

「ええ、駅の中に入っちまってからは」

「それで、シャーロック・ホームズさんはどんな人だったかな」

駅者は頭をかいて、説明した。「それなんですけどね、ちょいと言葉じゃ説明しにくいんですがね。まあ歳の頃は四十ってとこですか、中背《ちゅうぜい》でね、旦那よりは二、三インチ(約五~七センチ)低かったんじゃあないですかね。しゃれ者だね、粋《いき》な奴でしたぜ。四角張った顔に黒いあごひげをはやし、顔は青白かったね。こんなところでいいですかい」

「目の色は?」

「いや、わからねえな」

「ほかに覚えていることはないかな」

「いえ、これだけです」

「そうか、それでは約束の半ソブリンをあげよう。また、新しい情報を持ってきてくれれば、いつでもまたあげよう。それでは、おやすみ」

「おやすみなせえよ、だんなさん、ありがとうございました」

ジョン・クレイトンは、こみ上げるほくそ笑みをこらえながら出ていき、ホームズは苦笑しながら肩をすくめて、わたしの方を見た。

「これで三本目の糸も切れたね。振り出しにもどって出直そう」と、彼は言った。

「それにしても、油断のならない悪党だ。ぼくたちの住所も知っている。サー・ヘンリー・バスカヴィルがぼくたちに相談を持ちかけたのも知っているし、リージェント街ではぼくを見て、ぼくが馭者の登録番号から、馭者を探し出すのも見通して、あの大胆不敵なメッセージを送り返してきた。ワトスン、今度の敵は手ごわいが、好敵手《こうてきしゅ》を得たことは確かだよ。ロンドンで王手《チェックメイト》をかけられた気分だ。君がデヴォンシァではうまく切りぬけてくれることを願うよ。しかし、ぼくは心配でならないのだ」

「何がだい」

「君を行かせることだよ。これは不吉な事件だ、ワトスン、不吉なうえに危険な事件だ。考えれば考えるほど、そう思えるのだ。そう、親愛なる友よ、君は笑うかもしれないが、ぼくは本気だよ。君がベイカー街に再び無事に帰ることを心の底から願ってやまないよ」

第6章　バスカヴィル館

サー・ヘンリー・バスカヴィルとモーティマー医師の二人は、決められた日に準備も整《ととの》い、わたしたちはデヴォンシァへ向けて予定どおり出発した。シャーロック・ホームズ氏は駅まで馬車で送ってきて、わたしに最後の注意と忠告《ちゅうこく》を与えてくれた。

「ワトスン、ぼくは仮説や先入観《せんにゅうかん》を君の頭に入れたくないのだよ。だから、君には事実だけをくまなく報告してもらいたい。そうして、事件を推理するのは全部ぼくに任せてほしいのだ」

「どういう事実をかい」と、わたしは聞き返した。

「事件にかかわることなら何でもさ。直接につながらないようなことでもいい。なかでも、若い当主バスカヴィルと近くに住む人たちとの関係とか、サー・チャールズの死に関わる、さらなる細かい事実をだよ。この数日、ぼくも調査にあたってみたが、残念ながら、結果はかんばしくないものばかりなのだ。そして、ひとつだけ確実と思われるのは、次の相続人に当たるジェイムズ・デズモンド氏はきわめて温厚《おんこう》な年配の紳士で、今回の脅迫状《きょうはくじょう》の騒動《そうどう》とは無関係だということだ。この人物を除外《じょがい》していいと、ぼくは確信した。とすると残るのは、ムアに住み、実際にサー・ヘンリー・バスカヴィルを取り巻く連中ということになる」

「まずはじめに、あのバリモア夫妻に出ていってもらってはどうだろうか」

「それはだめだ。大きな誤《あやま》りを犯すことになる。二人が無罪なら、正義に反することになるし、もし、彼らが有罪なら、その罪を告発することができなくなる。だから、この二人は容疑者《ようぎしゃ》のリストに入れておこう。確か、館には馬扱い人がいたね。それからムアには二人、農場主がいたね。それからぼくたちの友人のモーティマー先生だ。先生(76)は問題なく潔白《けっぱく》だとぼくは思うけれど、奥さんについては何もわかっていないからね。あとは博物学者のステイプルトンがいて、その妹はなかなかの美人だという話だ。ラフター荘にはフランクランド氏がいるが、この人物についてはまったく未知数で、ほかには一人、二人隣人がある。が、今あげたのが君に調査してほしい人物だよ」

「全力を尽くすよ」

「武器を持ってきているね」

「そう、ぼくも持っていったほうがいいと思ったからね」

「もちろんだよ。いいかい、拳銃《けんじゅう》を昼夜を問わず肌身から離さないで、一瞬でも気を

ぬかずに注意してくれたまえ」

友人たちはすでに一等車の席も確保して、ホームでわたしを待ち受けていた。

「いえ、今回はお知らせするような新しい情報は何もありません」と、モーティマー医師はホームズの質問に答えて言った。「この二日間は、誰からもあとをつけられていなかったことだけは確かです。わたしたちは怠《おこた》りなく周りを監視していましたから、不審な者なら見逃さなかったはずです」

「いつでもご一緒に行動されていたのですね」

「はい、昨日の午後を除《のぞ》いてですが。ロンドンに来たときは、純粋に娯楽に興《きょう》ずる(77)ために一日をあてるのをならわしにしていますので、王立外科医師会附属の博物館で過ごしました」

「それで、わたしも公園で人を眺めていました」と、バスカヴィルは言った。「何の問題もおこりませんでした」

「とにかく、それは軽率でしたね」と、ホームズは首を振りながら深刻な表情を浮かべて言った。「サー・ヘンリー、いいですか、どうぞお願いですから、お一人で出かけないでください。さもないと、とんでもない不幸が身に降《ふ》りかかります。あなたのもうひとつのブーツの片われは見つかりましたか」

「いいえ、なくなったきりです」

「そうですか。それは、非常に興味深いことです。それでは、わたしはこれで失礼します」列車が滑るようにゆっくりとプラットホームを離れるときに、ホームズがつけ加えた。「モーティマー先生が読んできかせてくださった、奇怪《きかい》な古い物語の一節を、しっかり胸に刻んでおいてくださいよ、サー・ヘンリー。邪悪な悪霊《あくりよう》のはびこる暗い夜は、ムアに近づかないことです」

遠ざかるプラットホームを振り返ると、そこにはひときわ長身で、威厳《いげん》を感じさせるホームズがわたしたちを見送ってくれていた。

列車での道中は快適で、時の長さを感じさせなかった。連れの二人の友人とは、いっそう親しくなり、モーティマー医師のスパニエル犬と戯《たわむ》れたりもした。二、三時間の後に、大地の色が茶から赤茶に変わり、建物はレンガから花崗岩《かこうがん》(78)になった。石垣できれいに区切られた牧草地で赤い牛が草を食《は》む姿が目立つようになった。青々とした牧草と植物が盛んに生い茂っているのは、湿気の多い豊かな気候を示しているのだ。デヴォンシァのこの懐《なつ》かしい風景に気づくと、バスカヴィルの若当主も車窓《しやそう》から、じっとこれを見つめ、歓声を上げた。

「ここを出てからというもの、世界のあちこちをまわりましたが、ワトスン先生」と彼は言った。「ここにまさる土地はありませんね」

「デヴォンシァの人で、故郷を悪く言う人に、お目にかかったことはありませんよ」

と、わたしも答えた。

「そうは言いますが、それは土地柄よりは、その人の血すじによるのではありませんか」と、モーティマー医師は言った。「こちらのご友人をごらんなさい。ケルト民族特有の丸い頭をされているのがおわかりでしょう。ここにはケルト人ならではの情熱と愛着がひそんでいるのです。お気の毒なサー・チャールズの頭の型は、純血ではなく、スコットランド・ゲール人の血が半分、アイルランド人の血が半分という非常にまれなものでした。あなたがバスカヴィル館を最後にごらんになったのは、かなり若いご時分でしょうね」

「父が亡くなったのがわたしが十代の頃ですし、父は当時、南海岸の小さな家に住んでいましたから、わたしは館を目にしたことはないのです。そのあと、わたしはアメリカの友人のところへ行ってしまいました。ですから、ワトスン先生と同様に、わたしにもここは新鮮そのものです。いや、ムアを見ることができると思うと胸がわくわくしますよ」

「そうですか。それでしたら、その望みはすぐにかないますよ。ほら、ムアが見えてきました」モーティマー医師が列車の窓の外を指さした。

四角に区画された緑の牧草地と、森の低い曲線のはるか向こうの、頂きが奇妙に角ばっている灰色に暗く沈みこんでいる丘陵《きゅうりょう》は霞《かすみ》がかかり、まるで夢の中の光景であった。バスカヴィルは丘陵を車窓からずっと見つめていた。この奇怪な場所を初めて見て、ここは一族が長期間支配し、その跡を刻みこんできた土地であり、かけがえのないものだと感じとっていることが、彼の顔つきから見てとれた。ツイードのジャケットを着て、アメリカなまりで話し、殺風景《さっぷうけい》な列車の片隅に彼は座っているが、その浅黒く表情豊かな顔を見ると、わたしは前にもまして、彼が気性の激しい、他者を威圧《いあつ》する、高貴な一族の血を引いている子孫であることを思い知った。誇り、気概《きがい》、猛々《たけだけ》しさは、濃い眉《まゆ》に、繊細《せんさい》な鼻に、大きなハシバミ色の目にも現われていた。たとえ、この恐ろしげなムアに、いかなる困難や危険な冒険が待ち受けていようとも、この人物が行動を共にしてくれるのなら、その危険に共に立ち向かえるような気がした。

　列車はひなびた小さな駅に止まり、わたしたちは降りたった。外へ出ると、低く白い垣根の先に二頭のコッブ種の馬が付けられた四輪馬車(79)が待っていた。わたしたちの到着は、大事件のようで、駅長やポーターたちがわたしたちの周りを取り囲み、荷物を運んでくれた。穏やかで、飾り気がなく、気持ちのよい田園の光景であった。しかし、黒っぽい制服に身を包んで、小銃にもたれかかっていた、兵隊らしい男二人が、わたしたちが通り過ぎる時に、厳しい視線を投げかけてきたのには、驚いた。馭者《ぎょしゃ》は堅い表情のしわがれた小柄な男で、サー・ヘンリー・バスカヴィルに挨拶をすると、瞬《またた》くうちに、広く、白い道を飛ばした。両側の牧草地は波のように次第に高くなっていき、びっしりと茂る青々とした木々の間からは、破風造《はふづく》りの古い家々がのぞいた。太陽が降り注ぐ、のどかなたたずまいのかなたに、ムアの長く延びた、沈鬱《ちんうつ》な曲線が夕暮れの空に続き、それをのこぎりの歯のような無気味な丘が、さえぎっていた。

馬車は脇道に入り、何百年もの馬車の往来で轍《わだち》が深く刻まれた、くねくねした小道を登っていった。その両側は盛り上がった土手で、湿ったコケや、シダがびっしりと覆っていた。褐色《かっしょく》に変色したワラビやまだら模様のイバラが夕日の中で光っていた。さらに登っていき、今度は、狭い花崗岩の橋を渡ると、大きな、灰色の岩石のあいだを泡をたてて轟々《ごうごう》と流れる急流に出た。馬車はこの川に沿って登っていった。小道も川も、オークやモミの密集する谷間をうねうねと続いた。山道を曲がるたびに、バスカヴィルは歓声をあげ、辺りの景色に見入ったかと思うと、次には答えきれないほど多くの質問を浴びせかけた。彼の目には、すべてが美しく映ったようであるが、晩秋の訪れが明らかに感じられるこの光景に、わたしは、うつうつとしたものを感じないわけにはいかなかった。黄色い落葉が小道につもり、通っていくわたしたちの上にはらはらと降りかかった。車輪のガタガタという音さえもが降りつもった古い枯葉に打ち消された。バスカヴィルの新しい当主へ、大自然はなんと寂しい贈物をするのであろうか。

「おや」とモーティマー医師が叫んだ。「あれは何だ」

ヒースに覆われた険しい崖が、ムアのはずれにせり出して現われた。その頂上に、台座に据《す》えられた彫像のように黒く浮き出た、騎馬兵の姿があり、腕に小銃を構えていた。兵隊は周囲に凄味《すごみ》を利《き》かせ、わたしたちの行く手に目を光らせていた。

「いったい、何だい、パーキンズ？」と、モーティマー医師が聞いた。馭者は自分の座席で体をなかばよじった。

「プリンスタウン監獄で脱走があったんでね。もう、三日にもなりますよ。ああやって看守が道路や駅をくまなく見張ってるんですけど、影も形もありません。ここいらあたりの農家はいやな気分でしょうよ、まったくね」

「しかし、情報提供すれば、五ポンド（約一二万円）の懸賞金《けんしょうきん》が出るはずだよ」

「そりゃあ、そうですけど、五ポンドやそこいらのほうびで、のどでもかっ切られちゃ、たまりませんよ。囚人っていったって、ただもんじゃねえんですから。奴は何をやらかすかわかったもんじゃありませんぜ」

「それは誰なのだい？」

「セルダンですよ、あのノッティング・ヒルの殺人鬼(80)ですよ」

わたしも、事件のことはよく覚えていた。犯罪の異常なまでの凶悪さ、この殺人犯特有の残虐《ざんぎゃく》な手口に、あのときホームズが強い関心を示したからである。死刑宣告が控《ひか》えられたのは、精神障害の疑いがあったためで、言ってみれば犯行はそれほどまでに残虐であった。馬車が坂を登りきると、そこにはムアが果てしなく広がり、こぶのように隆起《りゅうき》したり、ごつごつとしている石塚やトア(81)が点在しているのが見えた。一陣の寒風が吹き寄せ、皆を震え上がらせた。寒々とした、このムアのどこかに、凶悪な男が、自分を追い出した社会への恨みを噛《か》みしめながら、野獣のように身をひそめているのだ。それを思うと、不毛のムアに吹きすさぶ冷たい風と暮れなずむ空とは見る者を心の底から寒々とさせた。さすがのバスカヴィルも、押し黙り、コートのえりを立てた。

さきほどの緑豊かな土地は、遥《はる》か下の方に遠ざかってしまった。わたしたちがふり返ると、沈もうとしている夕日の斜光《しゃこう》が川の流れを金色の糸に変え、新たに耕された赤茶けた地面と、森とが絡み合って、真赤に染まっていた。大きな丸い岩石があちこちに散在するほかは、一面が枯葉色、あるいはオリーブ色に染まった広大な丘陵を進むにつれ、道はどんどん険しくなって、荒れていくばかりである。ムア地帯に点々とある壁も屋根も石造りでツタもからまぬ小さな小屋を通りすぎる。突然、カップのような窪地《くぼち》が見下ろせる場所に出た。窪地には、オークや、モミの木々が生えていたが、長年烈風にさらされたため、歪《ゆが》んでしまい、伸びきらないまま立っていた。その木々の間に細長い尖塔《せんとう》が二つのぞいていた。駆者は鞭《むち》で指さした。

「あれが、バスカヴィル館です」と、彼は言った。

　当主は立ち上がり、頰を紅潮《こうちょう》させ、目を輝かせて、それを見つめた。二、三分ののち、番小屋のある門に出た。複雑に入り組んだ、幻想的な模様の鉄の門であった。風雨にさらされて、ひどく苔《こけ》むした門柱が両脇に立ち、上にはバスカヴィル家の紋章である猪《いのしし》の頭が刻まれていた。番小屋は黒い花崗岩と、むき出しの垂木《たるき》がわずかに残る廃屋で、その向かいに、半分でき上がっている新しい番小屋があった。これは、サー・チャールズの南アフリカでの黄金が生み出した最初の産物であろうか。

　門を入り、並木道に沿って行ったが、ここもまた、枯葉で、馬車の車輪は音を立てなかった。歳月を経た木々の枝が、頭上をトンネルのように覆い、陰気な雰囲気を醸《かも》し出していた。暗いこの並木道の遥か向こうの端に、亡霊のように浮かんでいる館を見つけた瞬間、バスカヴィルは恐怖に震えた。

「ここで、おきたのですか?」バスカヴィルは低い声で確かめた。

「いえ、いえ、イチイ並木は別の方です」

　周囲をうかがう若い当主の表情は暗くなった。

「不幸が迫っていると、伯父が感じていたというのも、こういう場所ならうなずけます」と彼は言った。「これでは、誰でも恐ろしいでしょう。わたしは六ヶ月のうちに、この辺り(82)に明るい電灯を取りつけますよ。千燭光《しょっこう》の、あのスワン・アンド・エジソンの白熱電灯を玄関の前につけさえすれば、気分も変わりますよ」

　並木道の先は芝生が広々と展開し、私たちの目の前に館が出現した。夕闇の中で、ポーチの突き出た、重厚な建物の中央部分がわたしの目に飛び込んできた。建物の前面はツタに覆いつくされ、窓や紋章飾りの部分だけ、この黒々としたツタのヴェールが刈り取られていた。この中央の建物には、一対の古い塔があり、それには銃眼や小窓が数多くついていた。その小塔の左右には、黒の花崗岩で造られた、比較的時代の新しい棟がつけ加えられていた。縦仕切の大きな窓からは鈍い光が漏《も》れ、急傾斜の屋根から出た高い煙突からは黒い煙が一筋立ち昇っていた。

「ようこそおいでくださいました、サー・ヘンリー。バスカヴィル館へようこそ！」

　長身の男が玄関の暗がりから歩み出て、馬車のドアを開けた。ホールの黄色い明りを背にした女性の影もあった。彼女は出てくると、男が馬車からわたしたちの荷物を降ろすのを手伝った。

「サー・ヘンリー、わたしはまっすぐに家に戻りますが、よろしいですね」と、モーティマー医師が言った。「妻が待っていますので」

「いや、そうおっしゃらず、一緒に夕食でもいかがですか」

「いいえ、わたしは行かなくてはなりません。仕事も待っていますし。わたしが館をご案内できればいいのですが、でもバリモアは、わたしより適役でしょう。では、失礼します。わたしでお役に立つことがあれば、夜でも昼でも、遠慮《えんりょ》なく使いをよこしてください」

馬車の遠ざかる音を耳にしながら、サー・ヘンリーとわたしが玄関に入ると、背後でドアが重苦しい音を立てて閉まった。中は豪勢な玄関ホールで、天井も高く、時代物の黒光りのするオーク材の垂木が渡されてあった。背の高い鉄製の薪載《まきの》せ台がある古風で見事な暖炉《だんろ》には薪がぱちぱちとはねている。サー・ヘンリーとわたしはそれに手をかざした。長く馬車に乗っていたので、冷えきっていたのだ。わたしたちは丹念《たんねん》に部屋の中を見回した。古いステンドグラスの細長い窓が高い位置にあり、オーク材の羽目板、紋章、壁の雄鹿の頭の剝製《はくせい》が、中央のランプのほの暗い明りの中にぼんやりと見えた。

「これはわたしの想像したとおりです」とサー・ヘンリーが言った。「由緒《ゆいしょ》ある旧家を絵に描いたようじゃあないですか。考えてもみてください、このわたしの一族が五百年もの間、ずっとこの館で暮らしてきたのですよ。厳粛《げんしゅく》な気分になりますねえ」

あたりを眺めている彼の日焼けした顔は、まるで少年のように感激で輝いていた。ランプの明りは立ちつくす彼に注がれていて、天井から壁にかけては暗がりとなり、それはまるで黒い天蓋《てんがい》が彼の頭上にかぶさっているように見えた。バリモアが荷物をそれぞれの部屋に運び終わり、こちらに戻ってきた。彼はいかにも、経験を積んだ執事らしい、控えめな態度で、前に立っていた。外見のいい男で背が高く、美男であり、黒いあごひげを四角に切りそろえて、蒼《あお》ざめてはいたものの、立派な目鼻立ちをしていた。

「すぐ夕食になさいますか」

「用意はいいのかな」

「はい、ととのっております。お部屋にはお湯も置いてございます。サー・ヘンリー、家内もわたしも、新しい手はずが整うまではありますがあなたにお仕えできまして光栄でございます。申し上げるまでもございませんが、新しい環境になりましたら、この屋敷には、使用人の数も相当要ることになりましょう」

「新しい環境というのは何なのかな」

「はい、サー・チャールズは、世間を避けたお暮らしぶりでしたので、わたくしどもだけで充分お世話することができました。ですが、あなた様はお付き合いもなさいましょうから、そうなれば館の運営もあなたの方式にお変えになられるでしょう、と申しあげたかったのです」

「ということは、あなたたち夫婦は辞めたいということなのかな」

「ご都合がつきしだいそうさせていただきたいのです」

「だが、あなたの一族は代々、この家に仕えてきてくれたということではなかったのかな。ここで生活を始めようというのに永年の付き合いをやめにするというのでは、わたしの気が済まないよ」

執事の色白の顔に、一瞬、ある種の感情が走ったのが見てとれたような気がした。

「それは、家内もわたしも同様に感じております。しかし、正直に申しあげますと、わたくしどもはサー・チャールズ様への思い入れが強すぎるのでございます。お亡くなりになられたことは、大変なショックで、この館にあるものすべてがつらい思いを誘うばかりです。バスカヴィル館におりましては、心の休まる時は二度と訪れないのではと思うのでございます」

「では、これから、どうするつもりなのかね」

「何か商売でも始めて、なんとかやりくりができるかと考えております。サー・チャールズ様からは、それだけの資金もいただいております。それはさておき、お部屋へご案内させていただかなくてはなりません」

古い玄関ホールには、手すりのついたバルコニーが四方にめぐらされていて、二つ折れになった階段でそこへ上っていくように造ってあった。バルコニーの中央から、左右へと長い廊下が建物の両端まで続いており、寝室が並んでいた。わたしの部屋は、バスカヴィルと同じ棟でほとんど隣り合わせであった。この部屋は、中心部の建物と違い、かなり現代的な造りであった。壁紙が明るく、燭台《しょくだい》が多いので、到着時点での陰気な印象をかなりぬぐい去ってくれた。

しかし、玄関ホールに続く食堂は、また湿っぽく、陰鬱《いんうつ》であった。細長い部屋で、家族用の席は一段高く、使用人席と区分されていた。その一方の隅には小さな音楽師用の中二階が張り出していた。わたしたちの頭上には黒いはりがあり、その上にはすすけて黒ずんでしまった天井があった。ここで、燃え盛る松明《たいまつ》に照らし出された、陽気でにぎにぎしい昔風の盛大な酒宴《しゅえん》でも張られていれば気分もやわらぐだろうと思われた。ところが、現実には、シェード付きランプの明りが照らし出す小さな光の円の中に、黒い衣服をまとった紳士が二人いるだけでは話もはずまず、気持ちが暗く沈んでくるのも当然のなりゆきであった。バスカヴィル家の先祖たちの、エリザベス朝の騎士から摂政時代の伊達《だて》男まで、実にさまざまな服装に身を包んだ肖像画が並び、わたしたちに睨《にら》みをきかせて、静かに威圧している。もはや、わたしたちは口をきくこともなくなり、食事が終わって現代風のビリヤード室に入ると、タバコを一服してやっとほっとした。

「いやあ、ここはどうも愉快な場所ではありませんな」と、サー・ヘンリーは漏らした。「住めば都とはいいますが、今はとてもそういう心境にはなれませんよ。こういう屋敷にひとりで暮らしていた伯父が、神経をやられたのもよくわかります。とにかく、今夜は、早めに休みませんか。まあ、朝になれば、多少はあたりも明るくなるでしょうから」

ベッドに入る前に、わたしはカーテンを開け、窓から外をのぞいてみた。玄関の前には芝生が一面に広がっている。その先には二群の林がさきほどから吹き始めた強風にうなりを上げて揺れ動いていた。流れる雲の切れ目から、半月が顔を出した。寒々とした月明りに林のむこうのぎざぎざの岩山と、長く低いカーブを描く暗く沈んでいるムアが照らし出されていた。カーテンを閉めたが、その日最後に感じたわたしの印象に変わりはなかった。

しかし、正確にはこれで一日が終わったわけではなかった。長い旅で疲れたのだが、目がさえて寝つけず、いらいらと寝返りを繰り返していた。遠くで鳴る、十五分ごとの時計のチャイムが耳に入るものの、その音を除けば、この古い館は、死んだように静まり返っていた。それが、突然、真夜中の静けさを破るはっきりとした音が、紛《まぎ》れもなく、わたしの耳に届いたのだ。女のすすり泣く声である。悲しみに堪《こら》えきれず、そのうえ無理に押し殺したような泣き方なのだ。わたしは起き上がって、耳をじっと傾けた。それは遠くからではなく、この建物の中から聞こえるに違いなかった。三十分ほどの間、すべての神経を集中してずっと聴きつづけた。しかし、結局、他に聞こえてきたのは、時計の音と、壁に絡まるツタが風にゆれる音だけであった。

第７章　メリピット荘のステイプルトン一家

翌朝のすがすがしいさわやかさは、バスカヴィル館の重苦しく陰鬱《いんうつ》な第一印象をわたしたちの心からいくらか消し去ってくれた。サー・ヘンリーとわたしが朝食の席に着くと、縦仕切の高い窓から日の光が全面に差し込み、そこに描かれている家紋が美しい影の色模様となってテーブルに映し出されていた。黒い羽目板も金色の光の中で、青銅のように輝いていた。これが、昨晩、わたしたちの気持ちをあれほど落ち込ませた、あの同じ大広間だとはとても信じられなかった。

「悪かったのは建物そのものではなくて、わたしたちのほうだったのではないかという気がします」と、準男爵は言った。「長旅で疲れていましたし、馬車での移動で体もすっかり冷えきっていましたから、この館がいかにも陰気に思えたのも当然です。こうして、気分一新、体調も整《ととの》えば、まったく気持ちのいい場所ではないですか」

「そうはおっしゃいますが、気のせいばかりではないですよ」とわたしは答えた。「現に、あなたも夜中に、誰か、おそらく女性だと思いますが、すすり泣きをしていたのを耳にしませんでしたか」

「それは奇妙なことですね、わたしも、うつらうつらしながら、聞いたように思います。その後は、しばらく、気をつけていましたが、何も聞こえてこないので、夢だったのだと思いました」

「わたしは、はっきりと聞きました。女性のすすり泣きに間違いありませんよ」

「それでは、すぐに確認してみましょう」

彼はベルを鳴らし、バリモアを呼び、心当たりがあるかを問いただした。主人に問われると、執事の青白い顔が、なおいっそう青白くなったように見えた。

「館には、女性は二人しかおりません、旦那様《だんなさま》」と彼は答えた。「一人は皿洗いのメイドで、別の棟で寝ます。もう一人はわたしの妻ですが、その泣き声が彼女のものでないことは、このわたくしが保証します」

しかし、彼は嘘《うそ》をついていたのだった。朝食後、長い廊下でわたしがバリモア夫人に会った時、日の光が真正面から当たっていた。無表情で鈍《にぶ》そうな顔つきをした大柄な女性で、口を固く閉じていた。泣きはらして、すっかり腫《は》れ上がった、充血した赤い目で、わたしのようすをうかがった。夜中に泣いていたのは彼女に違いない。とすれば、夫が知らないはずがない。それなのに、バリモアは、すぐに見破られてしまうという危険もかえりみずに、そんなことはありえないと言い張った。なぜだろうか？

夫人にしても、どんなわけがあって、あれほどひどく泣いていたのだろうか。黒ひげを生やし、青白い顔をした、なかなかの男前であるこの執事の周辺に、暗い謎の影が漂い始めた。考えてみれば、バリモアはサー・チャールズの死体の第一発見者であり、その高齢者の死の状況は、バリモアの証言によってしか知りえないのだった。それに、リージェント街でわたしたちが見た謎の人物がこのバリモアである可能性もまだ残っている。ひげも一致しているといえる。その男は、どちらかと言えば背の低い男だと証言されたが、こうした印象は間違うこともある。どうしたら、この疑問を解明できるだろうか。とにかく、まず、グリンペンの郵便局長に会い、確認のために打った電報が、バリモア本人に直接手渡されたのかどうかを調べるのが何よりも先決だと、わたしは考えた。その結果がどうであれ、少なくともそれについて何らかのことを、シャーロック・ホームズに報告することができるからだ。

サー・ヘンリーは、朝食のあと、片づけなくてはならない書類が山のようにあったので、これはわたしの散歩には好い機会となった。ムアの端《はし》をたどる四マイル（約六・四キロ）の、気持ちの良い散歩をすると、殺風景で、小さな村に出た。大きな建物といえば、旅館とモーティマー医師の家の二軒で、きわだっていた。郵便局長は、村の食料・雑貨を扱う店の店主も兼ねていて、電報のこともよく覚えていた。

「もちろんです」と彼は言った。「ご指示どおりたしかにバリモアさんのところへ配達させましたよ」

「配達したのは誰ですか」

「ここにいるうちの子ですよ。ジェイムズ、おまえ、先週、館のバリモアさんに電報を届けに行っただろう」

「うん、父さん。ぼくが届けたよ」

「本人に手渡したのかね」とわたしは尋ねた。

「それが、あのとき屋根裏部屋にいたんで、じかには渡せなかったんだよ。だけど、奥さんにちゃんと渡したし、旦那さんには今すぐ、きちんと渡すって約束してくれたよ」

「バリモアさんを見たかい」

「いいや。だって、屋根裏にいたって言ったじゃあないか」

「じゃあ見ていないのに、どうして屋根裏にいたってわかったのだい」

「そりゃあ、奥さんなら、自分の旦那の居場所くらいわかるんじゃないですかい」と局長はいらだって言った。「電報が届かなかったわけじゃあるまいし。なんか間違いがあれば、バリモアさんが自分で文句言ってくるでしょうよ」

これ以上詮索《せんさく》しても、仕方がないと思えた。ひとつはっきりしたのは、ホームズのもくろみははずれ、バリモアがロンドンにあの時滞在していなかった、という確証が

得られなかったことである。しかしながら、あくまでも仮定だが、サー・チャールズの生前を最後に見たその同じ人物が、イングランドに戻ってきた、新しい相続人を最初に尾行した男だとすれば、次にくるのは何か。彼は誰かに操《あやつ》られているのか、それとも、自らが良からぬ企《たくら》みを抱いているのか？　どのような目的があって、バスカヴィル家の者をつけ狙うのだろうか？　ここで、「タイムズ」紙の論説を切り抜いて作った、奇妙な警告をわたしは思い浮かべた。それは、彼の仕業なのか、あるいは彼の企みを妨害しようとする工作なのか？　いろいろと想像はできるのだが、唯一確実な動機だと思われるのは、サー・ヘンリーが言ったように、一族の者が脅《おど》されて逃げていってしまえば、立派な館が永久にバリモア夫婦のものになるということだ。しかしながら、この説明では、若い準男爵のまわりに張りめぐらされた見えない網のような底知れぬ複雑な陰謀《いんぼう》の真相を解き明かすにはまったく不充分である。ホームズ自身も、それまで扱ってきた膨大《ぼうだい》な数の、驚くべき事件の中でも、例を見ない複雑な事件であると言ったほどだ。わが友が、やむをえない要件からすぐにも解放され、わたしが背負いかねている、この重すぎる任務を早く肩代わりしてくれるようにと、人気《ひとけ》のない、灰色の道を一人寂しく歩きながら願うばかりであった。

突然、誰かが追いかけてくる足音と、わたしの名を呼ぶ声とによって思いは中断させられた。わたしは、モーティマー医師だろうと思い振り返ったが、見知らぬ人物であるのに驚いた。小柄な細身の男で、ひげを剃《そ》り上げ、髪は亜麻色《あまいろ》、とがったあご(83)をし、気取った表情を浮かべて、灰色のスーツに、麦わら帽をかぶっている。歳は三十から四十の間だろう。植物の標本を納めるブリキの箱を肩から提《さ》げ、片手に緑色の捕虫網を持っていた。

「厚かましい無礼をきっとお許しくださいますね、ワトスン先生」彼はわたしのところまで、息を切らせて追いつくと、こう言った。「このあたりのムアでは、みんなざっくばらんでして、正式に紹介されるまで待つなんていうことはないのですよ。共通の友人のモーティマーからわたしの名前は聞いておいでででしょう。わたしがメリピット荘のステイプルトンです」

「捕虫網と箱からわたしにもわかりましたよ」とわたしは言った。「ステイプルトンさんが博物学者ということは存じておりましたので。しかし、どうしてわたしだとおわかりでしたか」

「モーティマーを訪ねました時に、たまたま診療室の窓からあなたが通りかかるのが見えて、彼が教えてくれたというわけですよ。わたしも同じ方へ帰るので、追いついて自己紹介をしておきたいと思いましてね。サー・ヘンリーは長旅で、お具合が悪いなどということはないとは思いますが」

「はい、おかげさまで、いたってお元気です」

「サー・チャールズがあのように痛ましい最期を遂げられたので、新しくおいでの準男爵は、こちらに住むことを拒否されるのではと、わたしたちは皆少々心配しているのです。資産家に、このような所においでいただき、くすぶったようなここでの暮らしに耐えろというのは、いささか虫のいい要求かもしれません。が、ご存じでしょうか、これはこの地域の死活問題になるのですよ。サー・ヘンリーはおそらく、迷信のあの件について恐れてはおられないでしょうね？」

「恐れているようには思えませんが」

「あの一族につきまとっている魔犬伝説のことは、あなたはもちろんご存じでしょうね」

「聞きましたよ」

「この辺の農夫たちの迷信深さといったら、あきれてものも言えませんよ！　誰も彼も、ムアでそういう生き物を見たと、言い張るのです」彼は笑いながら話したのだが、その目を見ると、彼もこの件を本気にしているようにわたしには感じられた。「サー・チャールズも、言い伝えをすっかり信じきっておられました。そのことが結局あの悲劇的な死を招いたのだと、わたしはにらんでいます」

「しかし、どうしてです？」

「当時、彼の神経の緊張状態は極限にまで達しておられましたから、どういう犬にしろそれが現われただけで、病弱な心臓には決定的な打撃を与える結果となったのでしょう。最期をとげられた夜に、彼はイチイの並木で、その種の何かを実際に目撃されたのだと思うのです。わたしも、あのお年寄りをお慕《した》い申し上げておりましたし、心臓が弱っておられるのも知っていましたので、何か恐ろしいことがおきなければいいと、心配しておりました」

「どうして心臓のことをご存じだったのですか」

「友人のモーティマーが教えてくれました」

「そうしますと、サー・チャールズは犬に追いかけられ、恐怖のあまりに亡くなった、とあなたはお考えなのですか」

「他に何か納得できる説明がありますか」

「わたしはまだ結論の段階にいたっておりません」

「シャーロック・ホームズさんは結論を出されたのですか」

この言葉を聞いて、わたしは一瞬息を飲んだ。しかし、穏やかな顔、動揺を表わさない視線を見ると、相手からは、わたしを驚かそうという意図は少しも感じられなかった。

「ワトスン先生、あなたのことは何も知らないようにふるまうのはもうやめにします」と彼は言った。「あなたがお書きになった探偵記録は、ここにいるわたしたちにまで知れ渡っています。それに、探偵の活躍を公《おおやけ》にされれば、その記録者も、有名になりますからね。モーティマーがあなたの名前を教えたときに、ああ、あのかただなとすぐわかりましたよ。それに、あなたがここにおいでになっているということは、つまり、シャーロック・ホームズさんご自身も事件に乗り出されていることになります。とすれば、わたしが彼の見解を聞いてみたくなるのも、おわかりいただけるでしょう」

「残念ですが、そういう質問にはお答えできないのですよ」

「ではありますが、ご自身で当地まで足をお運びいただけるのかどうかだけでも、お尋《たず》ねしたいものです」

「今のところ、彼はロンドンを離れるわけにはいかないのです。目下、手のぬけない事件が数件ありますからね」

「それは残念なことです！　ホームズさんならば、この暗闇に光を投げかけていただけると思うのですがね。とにかく、あなたが調査されるときに、わたしがお役に立てるのなら、どうぞ何なりとお申しつけください。あなたが疑わしいと思われることがあれば、わたしの情報をお話ししますし、どう捜査されるかご教示いただければ、今すぐにでも意見でも援助でも惜しみませんよ」

「申し上げておきますが、わたしはただ単に友人のサー・ヘンリーを訪問しているだけです。ですから、何もしていただく必要はありません」

「いやそうでしたか」とステイプルトンは言った。「あなたが十二分に気を使い、慎重になられるのもごもっともです。とんださしでがましい失礼をしたと、わたしも反省しています。この件については二度と、口に出さないようにします」

草に覆われた狭い小道が本道から分かれてムアをくねくねと横切っていく分岐点にわたしたちは来た。右手は、大きな丸い岩が散らばっている丘陵《きゆうりよう》で、そこは過ぎさった昔、花崗岩《かこうがん》の石切り場であった。こちらから見える丘陵の側面は、ところどころの窪《くぼ》みにシダやイバラが茂っていた。遥《はる》か遠くには、灰色の煙が一筋立ち昇っている。

「このムアの小道をもうしばらく行くと、メリピット荘です」と彼は言った。「一時間ほど時間をいただいて、妹を紹介させていただけるとうれしいのですが」

はじめは、サー・ヘンリーのそばにいるべきだと考えた。しかし、彼の書斎の机の上の書類や請求書の山を思い出した。わたしが戻っても、役に立たないことは明らかだ。それに、ムアに住む隣人を調べるようにと、ホームズからも言い渡されていた。結局、ステイプルトンの誘いに応えて、わたしたちは小道をともに歩いていった。

「何といっても、すばらしい所ですよ、ムアというのは」彼はこう言って、起伏《きふく》の多い丘陵を見渡した。長く延《の》びる緑は波を打ち、花崗岩のぎざぎざの鋭い頂《いただ》きが、波がしらのように様々な隆起《りゆうき》を見せていた。「ムアは、本当に飽きるということがありません。その神秘は人智をはるかに超えていますよ。広大で、不毛で、しかも非常に神秘的です」

「それでは、さぞ、ムアのことにはおくわしいでしょうね」

「まだ、こちらに来て二年ですよ。地元の人たちからは、まだまだよそ者呼ばわりです。サー・チャールズがこの地においでになってまもなく、わたしたちもこちらへ来ました。わたしの趣味もありまして、この地域は隈《くま》なく歩き回りました。おそらく、わたしほど、ここを知り尽くしている者は他にはいないでしょうね」

「それでは、そのご苦労も並みたいていではなかったでしょうな」

「それは大変ですよ。ほら、ご覧《らん》なさい。この広々とした平地も、北の方では奇怪な形の丘陵に隆起しています。何か特別だとは思いませんか」

「馬で走るには絶好の場所でしょう」

「そうお考えになるのはごもっともですが、それが命取りになるのです。鮮やかな緑の部分がところどころにありますが、他と違っているのがおわかりになりますか」

「そう、他の所に比べて、植物の成長もよさそうだ」

ステイプルトンは声を立てて笑った。「いえ、あれがあのグリンペンの底無し沼(84)ですよ」と彼は言った。「一歩踏み損なえば、人でも動物でも一巻の終わりですよ。昨日、ムアの子馬が迷い込んだのを見たところです。結局出てこられませんでしたよ。

長いこと沼から首をもたげてもがいていましたが、ついに沼に飲み込まれてしまいました。乾燥した季節でも、あそこを渡るのは危ないですが、今のような秋の雨の季節には、それは恐ろしい所ですよ。ですが、このわたしなら、沼の中央まで行って、無事に戻ってこられます。ああ、なんとしたことだ。また子馬だ、気の毒に！」

茶色に見える何かが、緑のスゲ(85)の間でのたうち回っていた。すると、長い、ねじれた首が苦しげに飛び出したのが一瞬見えたかと思うと、すさまじいいななきがムアに響《ひび》き渡った。わたしは恐怖のあまり凍りついたが、一緒にいたステイプルトンの神経はそれほどもろくはないようすであった。

「ああ、消えてしまった！」と彼は言った。「沼に飲み込まれましたね。二日で二頭だ。いや、もっと多いかもしれない。なまじ、乾期にあそこを通りつけているものだから、沼にはまってどうにもならなくなるまで、全くその違いがわからないのですよ。まったく、嫌な場所です、このグリンペンの大沼は」

「しかし、あなたは自在に往き来できるとおっしゃいましたが」

「そうです、うまくすれば行かれる小道が、一つ、二つあるのです。わたしが見つけたのですよ」

「しかし、何でまた、そのように恐ろしい所へ行きたいのですかな」

「ほら、向こうに丘陵が見えますね。あそこは、長年のあいだに四方を沼がじわじわと囲んで、誰も行かれない孤島になってしまったのです。ところが、そこが、珍しい植物や蝶《ちょう》の楽園なのですよ。まあ、あそこまで行かれるように上達すればですがね」

「いつか、わたしも運をかけて行ってみたいものですな」

彼はぎょっとした面持ちでわたしを見た。「お願いです、そんな考えは捨ててください」と彼は言った。「あなたにもしものことがあれば、わたしの責任になってしまいますよ。いいですか、無事に戻れる可能性は皆無なのですよ。わたしが行かれるのも、複雑な目印を頼りにやっとですからね」

「おや」わたしは叫んだ。「何だろう、あれは？」

長く低い、うめくような声が、何ともいえず物悲しく、ムアを渡ってきた。それは辺りに鳴り響いたが、どこから聞こえてくるともしれなかった。低く濁《にご》ったうめきが、太い吠《ほ》え声になり、やがてすすり泣くような、物うげな低いものへと再び変わった。わたしを見つめるステイプルトンは、妙な表情を浮かべていた。

「ムアは奇怪な所ですよ！」と彼は言った。

「それにしても、あれは何ですか」

「小作人たちは、バスカヴィル家の魔犬が餌食《えじき》を求めている声だと言います。わたしも、一、二度、聞いたことはありましたが、これほどはっきり聞いたのは初めてですよ」

ひやりとする恐怖に襲われながら、緑のイグサが点々と茂っている巨大な丘陵を眺めた。背後の岩山からけたたましく鳴くカラスが二羽姿を見せたほかは、動くものは何もなかった。

「あなたは教養がおありですから、まさかそのような根も葉もないことを信じるわけではないでしょう」とわたしは言った。「あの奇妙な音は何だと思いますか」

「沼地というのは時折り妙な音を立てることがあるのですよ。泥が沈んだり、あるいは水位が上昇したりするような現象の音でしょう」

「いや、いや、あれは生き物の声でしたよ」

「まあ、そうかもしれませんね。サンカノゴイという鳥の鳴き声を聞いたことはありますか」

「いえ、ありません」

「きわめて珍しい鳥ですよ。現在のイングランドではほとんど絶滅寸前です。しかし、ムアでは、何がおきるかわかりません。さきほどの声が、その生き残りの最後のサンカノゴイ[86]の鳴き声だとしても、なんの不思議もないですよ」

「あれほど奇妙で特徴のある鳴き声は、わたしも生まれてこのかた聞いたこともないです」

「そうですよ、ここは、まったく無気味なことだらけです。そこの丘の斜面を見てください。何だと思いますか」

見ると、険しい斜面に灰色の石が円形に積んであり、その数は少なくとも二十はあった。

「何ですか？　羊の囲いですかな」

「いや、あれは、わたしたちの先祖の住居跡です。このムアには、有史以前にはたくさんの人たちが群棲《ぐんせい》していました[87]。しかも、この人たちのほかに住んだ人がないので、建物は当時のままに残っているのです。屋根はなくなっていますが、中に入ってみれば、炉や寝床の跡さえも見られますよ」

「ほお、完全な集落ですね。人が住んでいたのはいつ頃の話ですか」

「新石器時代です。当然、くわしい年代はわかりませんが」

「それで何をしていたのですか？」

「あの斜面で、牛を飼育していました。武器が石斧から青銅の剣に変わった時代からは、錫《すず》の採掘もしていました。反対側の丘に大きな溝が見えるでしょう。あれがその跡です。どうです、ムアには、実に驚くようなものがいくつもあるのがおわかりいただけましたか、ワトスン先生。いや、ちょっと失礼！　あれはきっとシクロペデス[88]にちがいない」

小さなハエだかガだかが一匹、小道を横切って飛んでいった。そのとたん、ステイプルトンはあっという間に、それをものすごい速さで一気に追いかけた。虫はその大沼にまっすぐ飛んで行ったので、わたしは心配したのだが、ステイプルトンは何のためらいもみせず、緑の捕虫網を振り回しながら、沼の足場になりそうな草の生えてる狭い茂みの箇所を見つけては、次々と飛んで渡っていった。灰色の服を着て、ジグザグにぎくしゃくと飛び跳《は》ねていく彼の姿は、まるで巨大なガのようであった。突然、繰り広げられたこの追跡劇にただ驚き入って、わたしは立ちつくした。追跡の見事さに感心するとともに、足を取られて底無し沼にはまるのではないかと心配した。その時、背後に人が駆《か》け寄ってくる足音がしたので振り返ってみると、女性が一人、すぐ近くまで来ていた。煙が見えていたメリピット荘(89)の方角から来たらしいのだが、ムアが窪地《くぼち》になっていたので、間近に来るまで姿が見えなかったのだ。

これが話に聞いていたステイプルトンの妹に違いないと思った。このようなムアには、ほかにレディと言えるような女性はいないだろうし、その妹がなかなかの美人だという評判も聞いていたからである。近づいてくる女性は疑いもなくその妹だった。ひときわ人目をひくタイプの女性であった。ただし、兄妹とは思えぬほど、二人は違っていた。兄のステイプルトンは色白で、髪はくすんだ淡《あわ》い色で、目は薄い灰色だが、妹はそれに対して肌が黒みがかっており、イングランドでは見受けられないほど目も髪も黒く、やせていて背が高く、顔つきは威厳《いげん》に満ち、目鼻だちも美しかった。ただ、あまりに顔形が整いすぎているので、繊細《せんさい》な口元と、美しく、生き生きとした黒い目がそなわっていなければ、固い印象を与えただろう。優雅な服装をまとった美しい姿が寂しいムアの小道に現われたのは、いささか場違いな感じに思えた。わたしが振り返ると、彼女は兄を見つめていたが、すぐに、急いでわたしのところにかけ寄ってきた。わたしは帽子を取り、事情を説明しようと口を開こうとすると、彼女は勝手に、まったく予想外の言葉を発したのだった。

「お帰りください」彼女は言った。「今すぐ、ロンドンへお帰りください」

狐につままれた思いで、わたしは相手の顔を見つめていた。彼女はわたしを見つめ、我慢がならないとばかりに、地団駄《じだんだ》を踏《ふ》んでいた。

「何でわたしが帰らなくてはならないのですか」と、わたしは聞き返した。

「説明はできません」彼女は小さな声で熱意を込めて言ったのだが、その発音は奇妙になまりがあった。「しかし、どうぞお願いです。わたしの言うとおりになさってくださない。お帰りになって、そして、二度とムアに足を踏み入れないでください」

「いや、わたしはいましがた来たばかりです」

「ああ、本当にもう！」と彼女は叫んだ。「あなたのためを思って、これほどに言っているのがわからないのですか。ロンドンにお帰りください！　今晩、帰るのです。どうしてでも、絶対にここから逃げるのです。あっ、兄が来ました。いま言ったことはひとこともらしてはいけませんよ。スギナモ[90]の間に生えているラン[91]を取っていただけませんか。ムアには、ランがたくさんありますの。もっとも、この土地の本当の美しさを堪能《たんのう》するには、いらっしゃる時期が少々遅かったようですわ」

　追跡を諦めたステイプルトンは、さんざん駆け回ってきたせいか、息をはずませ、顔を真っ赤にしながら、こちらへ戻ってきた。

「やあ、ベリル！」彼女に声をかけたが、その言葉にはほとんど感情がこもっていなかった。

「ねえ、ジャック、ひどく暑そうね」

「そう、シクロペデスを追っかけていたからね。何しろ珍しい、特に、晩秋にはまず見つからないしろものだ。とり逃がしてほんとうに惜しいことをしたよ」

　彼は平然とした話しぶりではあったが、明るい灰色の小さな目は妹とわたしの顔を交互に眺めて落着きがなかった。

「君たちは自己紹介はすませたようだね」

「ええ。サー・ヘンリーに、ムアの本当の美しさを楽しむのには、少々時期遅れだとお話ししていたところなのよ」

「おやおや、いったい、このお方を誰だと思ったのかい」

「まあ、サー・ヘンリー・バスカヴィルでいらっしゃいましょう」

S.P

「いやいや」とわたしは言った。「爵位《しゃくい》など持っていない、ただの庶民で、彼の友人です。わたしはワトスンという医者です」(92)

するとと、彼女の表情豊かな顔は動揺で紅潮《こうちょう》した。

「あら、とんだ勘違いをして、お話をしてしまいましたわ」

「え、話をしたっていうことは、そんなに時間があったのかい」兄は、相変わらず疑い深い目をしながら、問いただした。

「わたしは、ワトスン先生が遊びにこられたのではなくて、てっきり、ここに住まわれている方と思い込んで、お話をしていたのよ。ここにしばらく滞在しておられるだけでしたら、ランの見頃が早いとか、遅いとかは、どうでもいいことですわね。そんなことより、メリピット荘へお立ち寄りになりませんか」

そこからムアの殺風景《さつぷうけい》な一軒家にはわけもなく着いた。建物は、かつて栄えていた古き良き時代に牧畜を営んでいた農場主の家で、それを修理して、現代的な住居に直したものであった。周囲は果樹園に囲まれていたが、木々は、ムアの樹木の多くがそうであるように、激しい風の影響で、成長が途中で止まり、小振りで、全体から受ける印象は、暗く、物寂しいものであった。出迎えに出た使用人は、着古した服を着た、しなびたような、異様な年寄りで、そのうらぶれた建物に似合っていた。ところが、一歩中に入ると、広々とした家具調度が上品にととのえられた部屋がいくつもあり、女主人の趣味の良さがうかがえた。窓から外を眺めると、花崗岩がところどころ目立つ、起伏の多いムアが見渡す限り広がっていた。それにしても、よりによって、このような場所に、教養豊かな男と、美貌《びぼう》の女性がどういう動機から住みつくようになったのか、知りたいものだと思わざるを得なかった。

「妙なところを選んだものでしょう？」彼は、わたしの疑問を読み取ったかのように言った。「ですが、わたしたちは、そこそこ幸せな生活を送っていますよ、そうだね、ベリル？」

「はい、ほんとうに幸せですわ」と、彼女は答えたが、その口ぶりからすると、本心ではなさそうに思えた。

「わたしは学校を経営していましてね」とステイプルトンは言った。「北部でです。仕事自体は同じことの繰り返しで退屈ですから、わたしのような人間には向きません。ただ、若者と生活を共にし、あの若い心を育て、自分の人格と理想で彼らの精神を導くことはわたしにとっても実に楽しいものでした。しかし、運がなかったのでしょうね。学校に猛烈《もうれつ》な伝染病がはやってしまったのです。三人の少年が亡くなりました。結局、この打撃から回復することもできませんでしたし、わたしの投じた元手もあらかた回収不能というありさまです。それでも、少年たちと交流する楽しみが失われたことを除《のぞ》けば、この不幸にわたしは感謝しなければと、つくづく思うのです。と申しますのは、大好きな趣味の植物学や動物学のために、この土地は限りないフィールド・ワークの場を与えてくれるからです。それに妹も、わたしと同様に、自然を心の底から愛しています。ワトスン先生、窓からムアをじっとごらんになっているあなたの表情を見て、わたしの言う意味がご理解いただけていると思いました」

「いや、確かにそうでしょうが、ただあなたにはそのようなことはないでしょうが、妹さんには少々退屈ではなかろうかと思いましたが」

「いえいえ、わたしも退屈などということはまったくありませんわ」彼女はあわてて付け加えた。

「ここには本もそろっていますし、研究もしますから。それから、すばらしい隣人にも恵まれています。モーティマー先生は、ご自分の専門領域にかけては実に学識豊かです。亡くなられたサー・チャールズは、実に楽しいお仲間でした。わたしたちも親しくしていただいていたので、かけがえのない方をなくした悲しみで、言葉もありません。そう、午後にサー・ヘンリーをお訪ねして、お近づきになりたいと思うのですが、それでは不躾《ぶしつけ》でしょうかしら」

「いいえ、彼はきっと喜ばれると思います」

「それでは、ご挨拶に伺《うかが》いたいと、お伝え願えないでしょうか？　サー・ヘンリーが新しい環境にお慣れになる手助けを、微力《びりょく》ですが、わたしたちにもできればと思っております。ワトスン先生、ちょっと二階に上がって、わたしの鱗翅《りんし》類《るい》(93)の標本のコレクションをご覧《らん》になりませんか。おそらく、イングランド南西部では、もっとも完璧な収集だと思います。そして、ご覧になり終わる頃には、昼食の用意もととのうでしょう」

しかし、わたしは急いで自分の持ち場に戻ることにした。ムアの物うげな光景、子馬の哀れな死、バスカヴィル家の恐ろしい伝説につらなっていると思える無気味な鳴き声、これらのできごとのひとつひとつが、わたしを沈んだ気分にさせた。そして、不安な気分のそのうえに、ステイプルトン嬢から、あの直截《ちょくせつ》ではっきりした警告を受けたのだ。あれほど深刻に、わたしに言ってきたのには、それなりのせっぱつまった深い理由があるに違いない。そこで、昼食をとっていってほしいという強い誘いを振り払って、来たときに通った草深い小道をたどってすぐに帰路についた。

ところが、よく通じている者だけが知っている近道があったらしく、広い本道に出ないうちに、突如、道のわきの岩に腰をかけているステイプルトン嬢の姿を見つけた。駆けてきたせいか、彼女の顔は美しく赤みをおびていた。そして、片手を横腹に当てたままでいた。

「ワトスン先生、わたしは先まわりをしようと、ずっと駆けてきたのです」と、彼女は言った。「帽子をかぶる暇《ひま》もありませんでした。兄にわたしがいないことがわかると大変ですから、ゆっくりはできません。ですが、あなたをサー・ヘンリーだと思い込んで、とんでもないご無礼をして申しわけないと申し上げたかったのです。どうぞ、わたしの言ったことはお忘れください。あなたには、まったく関係のないことですから」

「いいえ、忘れることはできません、ステイプルトンさん」とわたしは言った。「わたしはサー・ヘンリーの友人です。ですからあの方の身の安全にはわたしにも大いに関係があります。サー・ヘンリーがロンドンに戻らなければいけないと、あなたがあれほど本気になってこだわる理由はいったい何ですか?」

「ワトスン先生、女の気まぐれですわ。わたしのことをよくお知りになれば、わたしが言ったり、したりすることに、ひとつひとつ理屈などないことはおわかりになっていただけるでしょう」

「いやいや、あの時、あなたの声はうわずっていたではありませんか。あなたの目つきがどのようだったかもわたしは覚えています。どうぞ、正直に洗いざらいお話しください、ステイプルトンさん。わたしもこちらに来て以来、常に周りに怪しい影がつきまとっていることに気づいているのですから。ここでの生活は、あの大きなグリンペン沼とまったく似たようなものです。安全な道しるべも一切なく、そのうえ、いたる所に緑色の斑点《はんてん》があり、そこに踏《ふ》み込めば沈んでしまう。あなたが何を言おうとしていたのか、どうぞはっきりと説明してください。そうすれば、わたしもあなたの警告をサー・ヘンリーに知らせるとお約束します」

一瞬、ためらいの表情がよぎったが、しかし、彼女がわたしに答えた時には、彼女の目は再び元の厳しいものとなっていた。

「ワトスン先生、それは思いすごしです」と彼女は言った。「兄もわたしも、サー・チャールズが亡くなって非常にショックをうけました。あの方とは親しくお付き合いをさせていただきましたので。サー・チャールズはムアを通ってわが家へいらっしゃる散歩コースがことのほかお気に入りでした。あの方は一族にまつわる呪いを信じ、そのことで頭がいっぱいでした。そして、あの悲劇のあとは、わたしもいつのまにか、彼があれほどまでに恐れていた不安に、何か根拠があるのだと、感じるようになったのです。ですから、一族の新しい一員がこちらへ来て住まわれるというのを聞いて、それは胸を痛めました。そして、恐ろしい危険が迫っているとご警告申しあげねばと思ったのです。これがわたしの伝えたかった気持ちです」

「ですが、その危険というのは何ですか」

「魔犬伝説をご存じですね」

「そのようなたわいない話は信じませんよ」

「ですが、わたしは信じています。あなたがサー・ヘンリーに何らかの影響力がおありでしたら、一族に常に死をもたらしてきたこの土地から、どうぞ、あの方を遠ざけてください。世界は広いのです。よりによって、どうしてこの危険きわまりないところに住みたがられるのでしょうか」

「いえ、危険な場所だからこそ、なのです。サー・ヘンリーはそういう性格の方なのですよ。あなたがさらにはっきりした事情をお話しにならない限り、残念ですが、わたしも彼を他の場所に移り住まわせることはできませんね」

「わたしは、これ以上はっきりしたお話はできません、何しろ、はっきりしたことは何も知らないのですから」

「もうひとつお聞きしてよろしいですか、ステイプルトンさん。もし、初めに話しかけられた時におっしゃりたかったのが、このことだけだったのなら、なぜあなたは兄上にそのことを聞かれたくなかったのですか。彼からも、他の人からでも、とがめられるような内容ではないでしょうに」

「兄も館に人が住むことを強く願っております。そうしないとムアに住む貧しい人たちが救われないと考えているからです。ですから、サー・ヘンリーがこの地を離れていくようなことをわたしが話したとなれば、怒るにきまっています。しかし、わたしは言わなくてはいけないことは言いましたので、これ以上は何も申しません。すぐ帰らなくては。兄が気づいて、またあなたに会ったと疑われても困ります。では、さよ

うなら」

彼女はくるりと背を向け、二、三分ののち、その姿はあちこちに散らばる大きな岩の間にかくれて見えなくなった。わたしは、言い知れぬ不安を胸に抱えながら、バスカヴィル家へ向かって歩いていった。

第8章　ワトスン先生の第一報

事件の経過をたどっていくのに、ここから先は、今、目の前のテーブルの上にある、シャーロック・ホームズ氏へのわたしの手紙を書き写して、お目にかけたい。一ページ分だけ紛失《ふんしつ》してしまったが、その他はまったくわたしが書いたそのままである。なぜなら、今もこの痛ましいできごとに関してのさまざまなことが脳裏《のうり》に焼きついているとはいえ、わたしの記憶に頼るよりも、手紙のほうが、当時の気持ちや疑問をできる限り正確にお伝えできると信じたからである。

バスカヴィル館にて　十月十三日

親愛なるホームズへ

神に見捨てられたかのような、不毛のこの地に展開している状況については、これまで書き送った手紙と電報で、かなり詳しく伝えたつもりだ。ここでの滞在が長くなればなるほど、ムアの地霊の力が心にしみこんでくるのだ。ムアはその荒涼とした広さに無気味な魔力を秘めている。ひとたび、ムアの内懐《うちふところ》に入りこめば、現代のイングランド文明は影も形もない。そして、目に入るのは、有史以前の人々の住居や生活の跡ばかりだ。どこを歩いても、今は忘れられてしまった人たちの住居跡や、信仰の名残《なごり》だとされる巨大な石柱《せきちゅう》(94)や墓地しかない。深い傷跡が残っている丘陵《きゅうりょう》斜面にへばりついている灰色の石室を眺めていると、君も、自分が生きている時代が目の前から消え去ってしまったように思うだろう。そして、もし、毛皮をまとった原始人が低い戸口からはい出してきて、固い火打ち石を矢じりにした矢を、弓につがえるのを目撃すれば、きっと、君よりも彼らのほうがずっと、この土地にふさわしいと思うに違いないだろう。これほどまでに不毛の地に、これだけ寄り集まった集落があったということは、どう考えても不思議なことだ。おそらく、彼らは戦いを好まない、そして他から虐《しいた》げられた種族であるからこそ、こんな所に定住したのであろうことは、古代史研究者でないぼくにも想像がついた。

　このような話題は、ぼくが派遣されている任務とはかけ離れているので、君の何よりも実践を尊《とうと》ぶ精神にとってはきわめて退屈なことだろうと思う。太陽が地球の周りを回っていようが、地球が太陽の周りを回ろうが、君はまったく無関心だった(95)ことを、ぼくは今でもよく覚えている。そこで、サー・ヘンリー・バスカヴィルに関係のある事実に話を戻すことにしよう。

ここ数日、何の報告もしなかったのは、今日までのところ連絡に値する情報がなかったからだ。そこに、突然、驚くような事態が生じた。このことについては、今しばらくのちに書くことにする。しかし、とりあえず、この状況の中のいくつか他の事情を知ってもらう必要がある。

そのうちの一つは、君にはまだほとんど話していなかったが、ムアに逃げている脱《だつ》獄囚《ごくしゅう》の動向である。現在では、脱獄囚はすでに逃げきってしまったという見方が強まり、人家もまばらなこの地の住民たちも、ほっと胸をなで下ろしている。脱獄の日からすでに二週間も経過しているが、その間、目撃されることも、消息を聞くこともなかった。これほど長い間ムアにいて、生き延《の》びているとは考えられない。もちろん、姿を隠すだけならわけもないことだ。あの石室の小屋が格好の隠れ家となるからだ。しかし、ムアの野生の羊を捕まえて食べれば別だが、食物が一切ない。それで、四人はどこかへ行ってしまったということになり、周辺の農民たちも、枕を高くして眠っているところだ。

この館には、ぼくを含めて腕力に自信のある男が四人いるので、心配はないが、ステイプルトン家のことを思うと、ぼくも、時折り、不安になる。彼らは、人の助けを呼ぼうにも何マイルも行かなければならないようなところに住んでいるのだからね。それに、メイドと年老いた使用人、そしてあの妹と、とてもたくましいとはいえない兄の四人で暮らしているからだ。脱走中のあのノッティング・ヒルの殺人鬼のようなやからがもし家に押し入ったら、ひとたまりもないだろう。サー・ヘンリーもぼくも、彼らのことが心配でならず、馬扱い人のパーキンズを夜間だけでも泊まらせようと申し出たが、ステイプルトンは聞き入れなかった。

実は、ぼくたちの友人の準男爵が、美貌《びぼう》の隣人に並々ならぬ関心を寄せ始めたのだ。この人里離れた場所では、時は非常にゆっくりと流れ、彼のような人間にとっては活気を持てあまし気味である。彼女が魅力的で美貌の持ち主となれば不思議な成り行きとは言えないだろう。事実、彼女は情熱的で、異国情緒を醸《かも》し出す独特の雰囲気があり、それは冷静で、感情を見せることのない兄とは対照的なのだ。ところが、兄もまた、心の内にひそめた暗い情熱を見せることもあるのだ。だから、妹への兄の影響力も大きいのだろう。彼女が話をするとき、話している内容に伺いを立てるかのように、兄のほうへ絶えず視線を送っているのに、ぼくは気づいている。兄も妹に気配りをしているのは確かだ。しかし、彼の目は無表情に輝き、薄い唇は積極的なというより、むしろ無慈悲《むじひ》なというほうが当たっている彼の本性をはっきりと示すような形をしているのだ。いずれにしても、君は彼のことを興味ある研究対象だと思うだろう。

彼は、ぼくと会ったその日にバスカヴィル[96]に会いにきた。そして、その次の日の朝には、極悪非道のあのヒューゴーの伝説の舞台に、ぼくたち二人を案内してくれた。

S.P

ムアを数マイルほど行った所で、陰惨《いんさん》きわまりない雰囲気が漂っていて、いかにもあのような(97)伝説を生むような雰囲気だった。鋭い岩山の間に小さな谷があり、それが白いワタスゲが点々と生える、広々とした草地に変わった。その中央に、巨大な岩石が二つそびえ立ち、それはすり切れて先端が鋭くとがり、何か普通でない怪獣の風化した巨大な牙のように見えた。この光景は、どこまでも、あの伝説の描写そのままといってよかった。サー・ヘンリーはすっかり関心を持ったようすで、ステイプルトンに、現実の人間世界に超自然的な力が介入する可能性を信じるかどうかと何回もたずねていた。彼は気楽に見せかけて話していたが、実のところはまったく真剣だったのだろう。ステイプルトンは慎重に答えていたが、意識して発言を控《ひか》えていることがわかった。準男爵の気持ちを思い、自分の意見をありのままに述べるのをさし控えたのだろう。その代りに、彼は、呪いによって不幸な運命をたどった、同様の家系についての実例を話し、この問題に関して、彼の見解も世間一般と変わらないものであるという印象をぼくたちに残したのだ。

　帰りがけに、メリピット荘で昼食をとっていくことになり、ここで、サー・ヘンリーは初めてステイプルトン嬢を知ることになった。会った瞬間に、サー・ヘンリーは彼女に強く魅《み》せられてしまったようなのだ。その気持ちは双方向のものであったと、ぼくは自信を持っている。館への道すがら、彼は何回となく、彼女について言及した。

それからは、ぼくたちは、あの兄妹に会わずに一日を過ごすことはなくなった。こちらへ今晩、彼らが夕食をしに来るという予定が組まれているというのに、来週にはこちらから出向こうというわけだ。ステイプルトンにとってはこのような交際は大歓迎だろうと、誰もが思うところだが、サー・ヘンリーが妹にやさしい素振りを見せたりすると、彼の顔に強い不快な表情が浮かぶのを、ぼくは何回も目にした。妹がかわいくて仕方がないのだろうし、妹のいない生活が寂しくなるのは確かだろう。しかしだからといって、彼が妹のこれほどまでに立派な縁組みに反対をすれば、身勝手だと思われるのでそうもできないのだろうね。しかし、ぼくにはっきり言えることは、二人の親密な交際が愛情に変わる事態を避けたがっている、ということだ。その証拠に、二人だけにならないようにと、彼が必死になっているのを、ぼくは何回も見ている。ところで、君はサー・ヘンリーを絶対に独りで外出させるなと、ぼくに厳しい指令を出したが、この指令を守るのにはただでさえ、いろいろな困難が控えているのに、そこにこの恋愛問題が入ってくるとなるとますます厄介なことになりそうだ。ぼくが君の指令をあくまでも忠実に果たそうとすれば、ぼくが憎まれ役になってしまうのも、時間の問題だ。

先日、正確にいうと、木曜日[98]のことだが、モーティマー[99]医師はぼくたちと昼食を共にした。彼は、ロング・ダウンという丘で古墳を発掘中、先史時代の人間の頭蓋骨《ずがいこつ》を発見したと、大変喜んでいた。これほどひとつことに熱中する人間はぼくも見たことがない。しばらくしてから、ステイプルトン兄妹も来ると、サー・ヘンリーの求めに応じて、この医者はぼくたち全員をイチイの並木道に案内し、あの不幸がおこった夜のことを、何から何まで正確に説明した。それは、気味悪く長い遊歩道で、イチイのよく刈り込まれた生け垣に挟まれていて、両脇には、芝の帯が細長く続いていた。並木の一番端には廃屋と化した古い東屋《あずまや》があった。並木を中ほどまで行った所がムアへの門になっていて、ここがあの老紳士が葉巻の灰を残したところだった。扉は白い木製で、掛け金がついていて、その前方には見渡す限りのムアが広がっていた。この現場で、ぼくは君がたてた事件の仮説を思い出し、事件の経過を再構成してみた。この場に立っていた高齢の男は、ムアから何かが近づいてくるのを見た。そして、これに恐れおののき、われを忘れて、必死に走り、ついには極度の恐怖と疲労に耐えられずに死んだ。彼は、この暗く、長いトンネルのような並木に逃げ込んだのだ。しかし、何から逃れようとしたのだろうか？　それはムアの羊の番犬だろうか？　それとも、音もなく忍《しの》び寄る、恐ろしいあの黒い魔犬なのだろうか。この事件には人間がかかわっているのだろうか。青白い顔色をした、用心深そうな態度のあのバリモアは、証言で話したこと以外にも、何か知っているのではないだろうか。すべてが謎で、不明なことだらけだ。しかし、この背後に、暗い犯罪の影が常に見られることだけは確かだ。

この前に手紙を書いてから、ぼくはもう一人の人に会った。それはラフター荘のフランクランド氏で、館から南に四マイル（約六・四キロ）行った所に住んでいる。顔は赤ら顔、髪は白く、とんだ癇癪持《かんしゃくも》ちの年配の男なのだ。関心はひたすら英国の法律に向けられていて、訴訟《そしょう》にその莫大《ばくだい》な財産をつぎ込んでしまったほどだった。無類の喧《けん》嘩《か》好きで、人と裁判でやり合うのが大好きなだけで、原告でも被告でも、どちらの立場でもまったく同じというのだから、道楽がいかに高いものについているのかわかろうというものだ。ある時は、通行権がないと称して道を閉ざし、地元民に公然と挑戦した。またある時は、他人が所有する門を引き倒し、そこには昔、小道があり、これは公道に当たり、その通行権は古代から認められているはずだと宣言する。こうして相手を挑発し、自分を不法侵入罪で訴えさせ、裁判に持ち込もうという魂胆《こんたん》なのである。荘園、入会地《いりあいち》の権利の歴史にもくわしく、この学識を活用して、ある時はファーンワーズィー村(100)の利益を擁護《ようご》するかと思えば、またある時には村の権利を否定する。そこで、その時々の彼の立場に応じて、村の通りを英雄のように彼を担《かつ》ぎ上げて練り歩くか、さもなければ、彼に見立てた人形を火焙《ひあぶ》りにするかの、どちらかの騒《さわ》ぎとなるわけだ。噂《うわさ》によると現在も少なくとも七件の訴訟を抱えていて、それが彼の残りの財産をすべて食いつぶすことはまず間違いない。そうなれば、彼も牙を抜かれた獣も同然の安全な存在となるだろうということだ。この法律への異常な執着《しゅうちゃく》を除けば、彼は親切で、いたって好人物のように見える。この人物を取り上げたのは、周囲の人間について報告するようにと、君が特に言ったからだ。また、彼は、現在、奇妙なことに凝《こ》っている。もともと、アマチュア天文学者ということで、立派な望遠鏡を所有しているのだが、これを自分の家の屋根にのせて、そこで一日中、ムアを眺め、脱獄囚の姿を発見しようと監視しているのだ。彼がこのことだけに熱中しているのならよいのだが、今度はモーティマー医師を告訴するつもりらしいと、村ではもっぱらの噂なのだ。新石器時代の頭蓋骨を掘り出したロング・ダウンでの古墳発掘は、遺族の許可なく、墓を暴《あば》いた犯罪に当たるというのだ。もっとも、彼もこのあたりの単調きわまりない生活に、頃合いを見計らってある種の笑いや必要な息抜きを提供しているとも言えよう。

ここまでは、脱獄囚の騒ぎ、ステイプルトン兄妹、モーティマー医師、ラフター荘のフランクランド氏についての最新情報を君に提供してきたが、最後に、最も重要な事柄を報告して終わりにしたい。それはバリモア夫婦のことで、昨夜おきた驚くべきできごとなのだ。

まず初めに、バリモアが実際にこの館にいたかどうかを確認するために、君がロンドンから発信した電報の結果について。すでに説明したとおり、郵便局長の証言からすると、せっかくの電報も何の成果もなく、確証は得られなかった。サー・ヘンリーにもこの間の事情を話したところ、すぐさまバリモアを呼び、電報を自分の手で受け取ったか否かを問い詰めた。バリモアは自分で受け取ったと答えた。

「使いの少年から直接、電報を手渡されたのか」と、サー・ヘンリーはたずねた。

バリモアは驚いたようすで、しばらく考えていた。

「いいえ」と彼は言った。「ちょうど、わたしは物置に上がっていましたので、家内が持ってまいりました」

「返事の電報は自分で出したのか」

「いいえ、わたしが家内に返事の内容を告げ、家内が下に降りて、電文を書きました」

夕刻になってから、彼は自らこの話題を持ち出した。

「けさ、おたずねになったご質問の意味がどうも納得できないのでございます、旦那様」と彼は言った。「何か、ご信頼を失うような粗相をしたとでもいうのでしょうか」

これに対して、サー・ヘンリーはそのようなつもりはなかったと言い、ことをあらだたせないために、ロンドンから新品の洋服が届いたせいもあったが、今まで着ていた古い衣類をあらかたバリモアに与えることになった。

バリモア夫人も、ぼくは気がかりでならない。がっしりとした体格だが、精気がなく、真面目一方の偏屈屋《へんくつや》で、禁欲的な傾向の女性に見うけられる。これほどに感情を表に出さない人間はきわめてまれだろう。君にはすでに話したが、ぼくたちが泊まった最初の夜に、彼女のすすり泣きを聞いたが、その後も再三、彼女の顔に涙の跡を見た。何か本当につらい悲しみが彼女の心を苦しめているのだろうか。常に心にかかる暗い過去の経験が原因か、あるいは、夫が家庭内でとんでもない暴君《ぼうくん》を演じているせいではと、ぼくは想像してみたりした。実際、この男の性格には、何か普通でないものがあるとぼくは疑いを持ってきた。そして、昨夜のできごとによって、この疑いは確信に変わった。

そのできごとというのは、それ自体はとるにたりないことなのだ。君も知っているだろうが、もともと、ぼくは眠りが浅いほうで、この館に来てからは常に神経を張りつめていることもあり、いっそう浅くなっているのだ。明け方の二時頃だろうか、部屋の前を通る足音に、目が覚めた。ぼくは起き上がって、ドアを開け、のぞいてみた。すると、黒く長い影が廊下を進んでいるのだ。その影の主は手にろうそくを持ち、廊下をゆっくりと歩いている。ワイシャツにズボンという姿だが、足には履物《はきもの》をはいていなかった。ぼくはほとんど輪郭《りんかく》しかうかがえなかったが、背の高さからすると、バリモアに違いない。彼は周囲に気を配りながら、そろそろと歩いている。何か説明できない罪深いことを隠しているようにみえた。

前にも説明したが、廊下は大広間を取り巻くバルコニーがあるためにいったん途切《とぎ》れるが、再び別棟に続いている。彼の姿が見えなくなるまで待って、あとをつけた。ぼくがバルコニーの辺りに着いた時、彼は廊下のつき当りに行き着いて、開けておいたドアから漏《も》れる明りで、彼が部屋に入ったことがわかった。その辺の部屋はすべて誰も使っておらず、中には家具もないので、このようなところにいる彼の行動はいっそう謎めいてくる。明りは静止したままなので、彼は立ちつくしているようだった。ぼくもできるだけ音を立てずに廊下を進み、ドアの陰から中をのぞき込んだ。

そこには、窓ガラスにろうそくを押しつけ、窓に身をかがめるバリモアの姿があった。その横顔がぼくの位置からは斜めに眺められた。ムアの暗闇を見つめている表情は、何かを待ち受けていて、緊張で堅くこわばっていた。数分間、彼は一点を見つめたまま、たたずんでいた。深いためいきを一つつくと、いらいらしたようすで、明りを消した。ぼくは急いで部屋に戻った。まもなく、こそこそと戻っていく忍び足の音が聞こえた。かなりのち、うとうととした浅い眠りの中で、どこかで鍵《かぎ》が回される音がしたように思った。しかし、その音がどこから聞こえてきたのかはわからなかった。こうした夜の徘徊《はいかい》がいったい何を意味するのかは、ぼくにも見当がつかない。しかしながら、この陰鬱《いんうつ》な館で、何とも不可解な企《たくら》みが展開していることは事実なのだ。いずれ、その真相はぼくたちによって明らかにされるだろう。しかし、ぼくの考えを述べ立てて、君をわずらわせることはしない。君は、客観的な事実だけを提供するように求めたのだからね。昨夜ぼくの目撃したことについて、今朝、サー・ヘンリーと、作戦計画を立てた。その内容はここでは明かさないが、そのかわりに、次の報告がおもしろいものになることは請《う》け合いだ。

第9章　ムアの明り

［ワトスン先生の第二のレポート］

バスカヴィル館にて　十月十五日

親愛なるホームズへ

ぼくの任務のはじめのうちは、新しい情報もないままだったが、これまでの遅れをここで一気に取り戻すので、努力を認めてもらいたい。なにしろ、次々にいろいろなことがおこるのだ。この前の報告は、バリモアが窓辺にいたという、かんじんなところで終わった。そして、今回、すごいニュースの束[101]を手に入れた。ぼくの勘違《かんちが》いでなければ、これは君にも大きな驚きになるだろう。ぼくの予想を越えて、事態は急変したのだ。この四十八時間の間に、いくつかの点がはっきりと解明されたが、別の点はいっそうわかりにくくなってしまった。ともかく、すべてを報告するので、その判断は君に任せたい。

あの追跡をした翌朝、ぼくは廊下を通って、その奥にある、昨夜バリモアが入った部屋を丹念《たんねん》に調べてみた。彼が一心に外を見つめていた、問題の西側の窓は、館中の他のどの窓ともあきらかに違う点がひとつあることにぼくは気づいた。その窓だけが、近くのムアを見渡すことができるのだ。これ以外の窓からも遥《はる》か遠くのムアは見られるのだが、ここからは木と木の間が開けていて、そばの景色も見られるのだ。ということは、この窓を利用しているバリモアの目的は、ムアの何か、あるいは誰かを捜《さが》すことにあったに違いないのだ。あの真暗な夜に、誰かを見つけようとしていたとは、どうしても考えられない。それで、人目を忍ぶ逢《あ》い引きではないかと思いついた。これだとすれば、あの彼の人目をはばかるような態度や、細君の動揺も納得がいく。あの男は、なかなかの男前だから、純情な田園地帯の娘の心を操《あやつ》るのはわけもないはずだ。とすれば、ぼくの説はいっそう可能性が濃い。ぼくが部屋に戻ってから聞いたドアが開く音も、彼が密会に出かけた時のものだろう。その日の朝は、このように推理をして自分で納得したのだ。この推理が根も葉もない誤《あやま》りだということも大いにありえたのだが、とにかく、ぼくがどのような疑惑を抱いていたかを君に記しているのだ。

バリモアの行動の真の意味がどうであれ、自分で完全に説明がつけられるまで、漏《も》らさずに心に秘めておくというのは、とても我慢できないことだった。それで、朝食のあと、書斎で準男爵と話している時にすべてを明かしてしまった。ところが、彼は思ったほど、驚かなかったのだ。

「バリモアが夜《よ》な夜な歩きまわっていることは、わたしもとっくに知っていて、彼とそれについて話をしなければと考えていたところです」と彼は言った。「あなたがおっしゃった時刻に、廊下を行ったり来たりする足音を二、三度、わたしも聞いています」

「おそらく彼は毎晩、決まった窓に行くようなのです」と、ぼくも付け加えた。

「どうも、そうらしい。そうなると、わたしたちもバリモアをつけて、何を企《たくら》んでいるのか見届けなくてはいけませんね。あなたのご友人のホームズさんなら、こういう時にはどうされるでしょうかね」

「おそらく、今あなたが提案されたのと、まったく同じ行動を取ると思いますよ。彼もバリモアの後をつけて、彼が何をしているかを見届けるでしょう」

「それでは、わたしたち二人でそうしてみましょう」

「いや、一緒では、足音で気づかれてしまいますよ」

「いや、あの男は耳が遠いようだから、とにかく、二人でしてみましょう。わたしの部屋で、彼が通るまで一緒に起きて待つことにしましょう」サー・ヘンリーはうれしそうにもみ手をした。ムアでのいささか単調な暮らしに活を入れるこの冒険を大歓迎のように見えた。

先代のサー・チャールズから改築を依頼された建築家やロンドンの建築業者と準男爵が、最近、相談を進めているところをみると、どうやら大規模な改築工事が始まりそうだ。すでに、プリマスからは内装業者、家具職人がこの館に来ている。準男爵が大がかりな計画をたてて、努力も出費もおしまず、一族の栄光を今一度復興しようとしていることは明らかだ。館が改装され、家具調度もみな新しくなったときに、彼にただひとつさらに必要なものは、妻であろう。しかし、これはここだけの話だが、あの女性が好い返事をしてくれれば済むことだ。この美しき隣人、ステイプルトン嬢への彼の思いはなんとも格別なもので、男があれほどに女に魅《み》せられているのを、ぼくは見たためしがない。しかし、愛の歩みは、周囲の者が思うほどどうまくいかないものだ。たとえば、今日になって、思ってもみない波風が立った。また、このことが、ぼくの友人をすっかり戸惑わせ、ひどく悩ませもしたのだった。

バリモアの件で話し合った後、サー・ヘンリーは帽子をかぶって、外出しようとした。もちろん、ぼくもその準備をした。

「おや、ワトスン先生、あなたもいらっしゃるのですか」彼はぼくを見て少々不思議そうに聞いた。

「あなたがムアに出るかどうかで決めます」と、ぼくは答えた。

「わたしはムアに行きます」

「それではわたしがどう言い渡されているかご存じでしょう。わざわざ邪魔したいとは思いませんが、あなたを決して一人にしてはならない、ことにムアには一人で行かせては絶対にいけないとホームズが力説していたのをあなたも聞いておられるでしょう」

サー・ヘンリーはぼくの肩に手を置き、にこやかな笑みを浮かべた。

「いや、さすがです」と彼は言った。「ホームズさんの知恵にも、予想のつかないことがあるものですね。わたしがムアに来て、意外なことがおきましたか

らね。おわかりいただけますね。あなたはまさか、無粋《ぶすい》な邪魔をなさろうとはお考えではないでしょう。わたしは一人で出かけます」

これにはぼくも手を焼いた。どう答え、どう対処したらよいものだろうか。決断を下せないままのぼくを置いて、彼はステッキを取り上げ、出かけてしまった。

しかし、考え直してみると、どのような理由があったにせよ彼をわたしの目の届かない所に行かせてしまったことが、悔やまれてきた。君の指示を守らなかったために不幸な事態が生じたことを君に告白しなくてはならない状況になったらと想像し、その時の気持ちを考えた。考えただけでも、ぼくの顔は恥ずかしさに赤くなったことを君に言っておく。その瞬間、今でも遅くない、何とか追いつけると思い、ぼくはメリピット荘に向かって一目散《いちもくさん》に走り出した。

ぼくはできる限り速く道に沿って急いだが、サー・ヘンリーの姿は、ムアを行く細い小道に別れる地点に来ても見えなかった。そこで、来る方向がまちがっていたのかと心配になって、あたりを一望できる丘の上に登ってみることにした。これは、暗い採石場のある例の丘だ。彼の姿はすぐに目に入った。ムアの小道を四分の一マイル（約四〇〇メートル）ほど行った所で、すぐ脇にいる女性はステイプルトン嬢に違いなかった。二人のようすからして、すでに互いに了解して、約束して会ったものと見えた。二人はゆっくりと歩きながら、話し込んでいた。ステイプルトン嬢は手を小刻《こきざ》みに揺り動かし、非常にいちずに話しているようで、彼は熱心に聞いて、一、二回大きく反対意見を表わすように首を横に振って見せた。ぼくは、岩陰に隠れて彼らを眺めながら、この後どういう行動に出るべきかと思案に暮れた。追いついて、親しげに話している二人の間に割り込むことは、いかにも不躾《ぶしつけ》だ。とはいっても、ぼくの義務は、一瞬でも彼から目を離さないことである。友人をスパイのように見張るのはなんとも疎《うと》ましい任務だが、そうするには、丘の上から監視して、後でぼくがしたことを打ち明けるしか良心を慰める方法がないだろう。彼の身に何らかの急な危険が迫《せま》ったとしても、ぼくのところからでは何もできないだろうが、とにかく、ぼくの立場はむずかしくて、これより他に方法がなかったことは君もきっとわかってくれるだろう。

ぼくたちの友人サー・ヘンリーとその女性は道端に立ち止まり、そのままいっそう熱心に話し込んでいた。その時、彼らが会っているのを見ているのがぼくだけではないことに、気がついた。何か緑色の薄ぼんやりしたものが目に入った。それは棒の先に付いていて、男がこれを持って、起伏《きふく》の多い土地を動いている。それは、捕虫網を手にしたステイプルトンだった。ぼくよりずっと二人に近い位置にいて、二人めがけて走っている。その時、サー・ヘンリーはステイプルトン嬢を突然ぐっと引き寄せた。腕は彼女を抱きしめていたが、彼女は顔をそむけ、逃れようとしているようにぼくには見えた。それでも、彼は顔を彼女に近づけたが、彼女はそれに抵抗するかのように、片手を突き出した。次の瞬間には、二人はさっと飛びのき、くるりと後ろを向いた。ステイプルトンが二人を妨げた原因だった。彼が、場違いな捕虫網を肩に、猛然《もうぜん》と突進してきたのである。恋人同士を前にして、大声を張り上げ、興奮のあまり、踊っているように手足をばたつかせた。何がおきているのか、ぼくには見当がつかなかったが、どうやら、ステイプルトンがサー・ヘンリーを罵倒《ばとう》し、サー・ヘンリーも弁解に努めていたが、聞き入れてもらえないので、しまいには怒り出したようだ。女性は、押し黙ったまま、立ちつくしていた。最後に、ステイプルトンは突然方向を変え、妹に厳しい表情で早く来いと合図を送ると、帰路についた。彼女はサー・ヘンリーの顔を恥ずかしげに見ると、兄とともに去っていった。この博物学者の怒りは兄にさからう妹にも向けられていた。彼らの後ろ姿を見つめたまま、サー・ヘンリーはしばし茫《ぼう》然《ぜん》と立っていたが、そのあと来た道をゆっくりとうなだれながら戻り始めた。それはなんとも哀れな光景であった。

この騒《さわ》ぎがいったい何であったか、ぼくには合点がいかなかった。しかし、ぼくの友人のこのようなぬれ場を盗み見てしまって、恥ずかしいかぎりだった。ぼくは、下にいる準男爵に会うために丘を下りた。彼の顔は怒りで紅潮《こうちょう》し、途方に暮れ、ひどく悩み苦しんでいるのか、眉間《みけん》には深い皺《しわ》が刻まれていた。

「いや、ワトスン、どこから降りて来たのです」と彼は言った。「まさか、あれほど

言っておいたのに、あとをつけてきたのではないでしょうね」

　結局のところ、待っているわけにはいかないのであとを追いかけてきたこと、一部始終を目撃したことをありのままに白状した。一瞬、激怒にもえた目をぼくに向けたが、ぼくの正直さに怒りを忘れ、ついには悲しそうな笑みを浮かべた。

「誰でも、ムアの中央にいれば、二人っきりになれたと安心するのも当たり前ですよ」と彼は言った。「ところが、おあいにくさ。ご近所の皆様おそろいで、わたしの求愛の場面を見物とは。それにしても、みじめな求愛さ！　あなたはどのお席にいらしたのですか」

「あの丘の上です」

「それは、ずいぶん後ろの席だ。兄さんは最前列だった。兄さんがわたしたちのところへ飛び込んできたのを見ましたか」

「それは、見ましたよ」

「あなたから見て、気が違っていると思われたことはありますか、そう、彼女の兄さんのことですが」

「そうとは言い切れませんね」

「わたしには正気だとは思えないのです、今日までは、彼のことはまともな人間だと思っていました。彼か、わたしか、どちらかが精神障害者用の拘束衣(102)を着なくてはいけないようですよ。とりあえず、わたしに何かおかしいところがありますか。ワトスン、あなたは、わたしと数週間一緒に暮らしていますから。さあ、正直に答えてください。わたしが愛している女性の立派な夫となることを妨げる何かがありますかね」

「いいえ、わたしから見れば、何もありません」

「わたしの社会的地位に問題があると反対する理由は彼にはないはずです。とすれば、このわたし自身が気に入らないに違いない。わたしのどこが気に入らないのでしょうか。生まれて以来、男でも女でも傷つけたことは一度もありません。でも、彼は妹に指一本触れさせてくれないのですよ」

「彼がそう言ったのですか」

「ええ、ほかにもいろいろと言ってきたのです。ワトスン、わたしははっきり言ってしまいます。彼女と知り合ってほんの数週間しかたっていないけれども、初めて会ったその瞬間から、彼女はわたしのために生まれてきたのだと感じました。そして彼女も、わたしと一緒にいることが幸せなのです。これは誓って間違いありません。女の瞳《ひとみ》の輝きは言葉よりも、はるかに雄弁に物語るものです。ところが、あの兄ときたら、わたしたちが二人だけになることをいつだって許さないのです。今日初めて二人だけでいくらか言葉を交わすことができただけです。彼女も喜んでわたしと会ってくれました。それなのに、彼女は愛の言葉を口にするどころか、わたしにもそれを語らせず、それを拒むのです。繰り返して口にするのはただひとつ、この地は危険だ、あなたがここを離れるまで、わたしは幸せになれない、こうなのですよ。それで、わたしもこう言いました。あなたにお会いしたからには、急いで出ていくわけにはいきません。本気でわたしにこの地を去らせたいのなら、方法はただ一つ、それはあなたがわたしと一緒に来ることだ、とね。つまり、彼女に結婚を、はっきりと申し込んだわけです。しかし、彼女が返事をする間もなく、あの兄が、気でも違ったような形相《ぎょうそう》で、わたしたち二人のところへ飛び込んできたのです。怒りで顔はまっ青で、淡《あわ》い色の目は火のように燃え上がっていました。わたしがあの女性にいったい何をしたというのですか。彼女がいやがっているのに無理やり口説《くど》いたとでもいうのですかね。それとも、準男爵だから、何をしても許されると、わたしが思い上がっているとでもいうのでしょうか。彼があの人の兄でなかったら、あんななまやさしい返事ではすませませんよ。とにかく兄だと思うから、こちらも礼を尽くして、彼女への愛にやましいことは少しもなく、彼女に妻となってもらうことがわたしのたっての願いだと言いました。ところが、下手に出ても、効果がなかったので、ついにわたしも堪忍袋《かんにんぶくろ》の緒が切れて、彼女がそばにいるにもかかわらず、息巻きました。少々言い過ぎましたかね。そして、しまいには、彼が妹を連れ帰っていったのはご覧《らん》になったでしょう。今のわたしほど頭が混乱しきっている男も、この国にはいないでしょう。いったい、これはどういうことでしょう、ワトスン、お願いです、どうか教えてください、一生恩に着ますよ」

ぼくも一つ二つ考えを言ってみたが、結局、ぼく自身も頭を抱えてしまった。貴族の称号《しょうごう》、資産、年齢、人柄、容貌《ようぼう》、どれを取ってみても、いいことずくめだ。ただひとつ、思いつくのは、彼の一族にまつわる、あの不吉な運命である。また、女性の気持ちにまったくおかまいなしに、求愛をにべもなく兄が拒絶するのは解《げ》せないし、女性のほうにしても、逆らう気配ひとつみせずに兄の言うなりになったことに、驚きを覚えた。しかし、その日の午後、ステイプルトン本人が訪ねてきたことで、いちおう事は納まった。午前中の非礼を許してほしいと謝罪に来たのだ。そして、書斎でサー・ヘンリーと長いあいだ話し合い、その結果、仲違《なかたが》いはすっかり修復され、その印に、来週の金曜日にメリピット荘でぼくたちは夕食を共にすることとなった。

「しかし、彼が異常だと言ったのは、今でも取り消しません」と、サー・ヘンリーは言った。「今朝、わたしに向かって突進してきた時の、あの目は忘れられませんね。しかしまた、あれほどていねいに謝罪する人間にも、会ったことはありません」

「あの行動について、釈明があったのですか」

「彼にとっては、妹はかけがえのない存在だというのです。もちろん、それはそうでしょう。まあ、彼が、妹の価値をわかっているというのは、わたしも悪い気持ちはしません。兄妹は常に一緒に暮らしていて、そして彼が言うには、自分は非常に孤独で、人生に妹だけしかいないと言うのです。だから、その妹がいなくなってしまうというのは、彼にとって、耐え難い状況なのだそうです。わたしが妹を好きになっていたとは知らなかったから、実際にそういう場面を見て、寝耳に水で、妹が奪われると思った瞬間、ショックで自分が何を言ったのか、何をしたのか、自分でも覚えていないと言うのです。しかし、おきたことについては深く反省している、妹のような美人を一生自分のもとに留めておけると思い込んでいた自分の愚《おろ》かさと身勝手さを、今になって悟った。もし、妹が離れていくのなら、近くに住むわたしのところのほうが、他よりもましだと言ってくれました。とはいっても、彼にとってはつらいことなので、この状況を受け入れ、気持ちを整理するには時間がかかるでしょう。それで、わたしは三ヶ月の間、この件はおあずけにして、結婚はあせらず、彼女と互いに理解を深めることにすると約束すれば、彼も強硬《きょうこう》な反対はしないと思いました。そこで、わたしはそう約束をした。と、まあ、こういうわけです」

　このようにして、ぼくたちの抱える小さな謎の一つは解明された。もがき苦しんでいた、底なしの沼の底が確かめられたようで、ほっと一息ついた。妹との結婚を熱烈に求めている、結婚相手として願ってもないはずのサー・ヘンリーを、ステイプルトンがあれほどに疎《うと》んじる事情も了解できた。そこで、次の問題に移りたい。深夜の不思議なすすり泣き、バリモア夫人の顔の涙の跡、執事のバリモアが西側の格子窓(103)へひそかに通っていること、これらのもつれた糸かせ(104)を解く糸口をぼくは発見したのだ。ねえ、ホームズ、ぼくの仕事ぶりを誉めてほしい。君がぼくを信頼してここへ送り出し、ぼくが君の代わりを立派に務めて、君の期待にそむかなかったのだからね。これらの謎の解明を、ぼくはたった一晩の仕事でなし遂げたのだ。

今、「たった一晩の仕事」と書いたが、本当は二晩の仕事だった。最初の夜は空振りだった。明け方の三時近くまで、サー・ヘンリーの部屋で寝ずの番をしていたのだが、聞こえてきたのは、階段のところの時計のチャイムの音だけだった。とにかくやるせない寝ずの番で、ついにはぼくたちは椅子《いす》に腰かけたまま眠り込んでしまったのだ。それでも、あきらめることはせず、もう一度、試みることにした。次の夜は、ランプの火を落とし、少しも音を立てず、タバコを吸いながら待ち続けた。これがまた、信じられないほど時間のたつのが遅かったが、罠《わな》にかかる獲物を待つ狩人と同様で、何とかがまんできた。時計が一時を打ち、二時を打つと、ぼくたちは昨日同様ほとんどあきらめかけた。しかしその瞬間、ぼくたちは椅子に座り直し、疲れた神経はぴんと張りつめた。廊下から、わずかにきしむような足音が聞こえてきた。

徐々に離れていき、やがて遠くに消えていく足音にぼくたちは、息をひそめて、聞き入った。準男爵がそっとドアを開け、ぼくたちは追跡を始めた。男はすでにバルコニーの辺りにいて、廊下はまったくの暗闇だった。ぼくたちはそろそろと進み、別棟まで来たところで追いついた。背が高く、黒いひげを蓄《たくわ》え、肩を丸めて、つま先で忍《しの》び歩いている姿が見えた。彼は前回と同じドアを開けて、中へ入った。部屋から漏れるろうそくの明りで、その周りだけが暗闇の中に照らし出され、その光がさらに暗い廊下に一筋伸びていた。ぼくたちは、歩く時に、片足に全体重をかける前に、踏《ふ》み出すその足が床をきしませないか慎重に確かめながら、すり足でそろそろと進んだ。ぼくたちはあらかじめ用心して、くつを脱いでいたが、それでもなお、足を踏み出すたびに、きしみ音が立ってしまう。ぼくたちの近づく足音にバリモアが気づくのではと、ひやひやした。しかし、幸いなことに、彼は耳が少し遠いうえに、自分の作業に夢中であった。ようやく、そのドアまでたどり着き、中を見ると、二日前の夜に見たのとまったく同様に、手にろうそくを掲げ、真剣な面持《おもも》ちで、色白の顔を窓ガラスにつけ、窓の方に身をかがめていた。

ぼくたちはあらかじめ作戦を練ってはいなかったが、準男爵は思ったことはすぐに実行に移す性格だ。彼は部屋に入っていった。すると同時に、バリモアは、言葉にならぬ、鋭い叫びを上げて、窓から立ちあがり、青白い顔色で震えながら、身を固くして、棒立ちとなった。きわだって白い顔をした彼の黒い瞳には、恐れと驚きの色が浮いていて、彼はサー・ヘンリーとぼくとを見つめた。

「バリモア、ここでいったい何をしているのだ」

「いいえ、何もしておりません、旦那《だんな》様」彼は、動揺が激しく、口もまともにきけないありさまで、ろうそくを持つ手がふるえているために、彼の影も上下に波打っていた。「窓でございます、旦那様。毎晩、鍵《かぎ》がかかっているかどうか、点検に回っております」

「三階[105]をかい」

「はい、すべての窓でございます、旦那様」

「いいかな、バリモア」と、サー・ヘンリーはきびしく言った。「本当のところを聞かせてもらおう。早く言ったほうがおまえのためにもなる。さあ、言いなさい。嘘《うそ》は許さない。その窓で、いったい何をしていたのだ」

男は観念したようにぼくたちを見て、そしてうろたえと悲惨の極《きわみ》にあるかのように、両手をすりあわせた。

「何も悪いことをした覚えはありません、旦那様。ただ、窓にろうそくの明りをかざしていました」

「どうして、ろうそくを窓にかざしているのだ?」

「どうぞお願いです。サー・ヘンリー、どうぞ、お聞きにならないでください! 後《ご》生《しょう》です、それはわたしの秘密ではありませんから、絶対にお話しできないのです。わたしのことでしたら、隠しだてはいたしません」

その時、ある考えがひらめいて、ぼくは執事が窓敷居に置いたろうそくを取り、持ち上げた。

「きっとろうそくを合図に使っているのに違いありませんよ」とぼくは言った。「応答があるかみてみましょう」

彼がしたのと同じようにぼくもろうそくを掲げると、夜の闇に目を凝《こ》らした。月が雲に隠れたため、黒々とした林の影、そして、それよりは少し薄明るくムアが見えた。その直後、ぼくは歓声を上げた。黄色い小さな点が、真っ黒の帳《とばり》をわずかに破り、窓の四角い枠の中央にずっと灯《とも》りつづけた。

「ほら、あそこに！」ぼくは叫んだ。

「いいえ、何でもありません。何でもないですよ。絶対に何でもありません」執事があわてて口をはさんだ。「間違いありません、旦那……」

「ワトスン、明りを左右に振ってみるのだ！」準男爵が叫んだ。「ほら、向こうも同じ動きをしている！　いや、悪党め、これでも合図ではないとしらを切るつもりか！　さあ、白状するのだ。あそこにいる仲間は誰だ。いったい何を企《たくら》んでいるのだ」

するとと、男は反抗的な表情をあらわにした。

「これはわたしの問題で、あなた様には関係ありません。お話しすることはできません」

「それでは、今すぐ暇《ひま》を取ってもらいたい」

「わかりました、旦那様。そうしろとおっしゃるなら、辞めさせていただきます」

「自分の顔に泥を塗って出ていくがいい。ところで、おまえも少しは恥を知ったらどうだ。このわが家に百年以上も、おなじ屋根の下で暮らしてきた一家だというのに。今になって、わたしに陰謀《いんぼう》を企てるとはどうしたことなのだ」

「いえ、いえ、旦那様に陰謀などと、めっそうもございません」

女性の声がした。ドアのところに、バリモア夫人が夫よりもいっそう青白い顔で怯《おび》えて、立っていた。必死な表情をしていなければ、ショールをまとい、スカートをはいた大柄な姿は、何とも滑稽《こっけい》に映ったであろう。

「イライザ、わたしたちは出ていかなくてはいけないのだ。これでおしまいだ。荷物をまとめなさい」と、執事は言った。

「ああ、ジョン、ジョン、こうなったのはわたしのせいなのです。サー・ヘンリー、これはすべてわたしの責任なのでございます。うちの人はわたしが頼んだので、わたしのためにしてくれたのです」

「すっかり話してみなさい！　どういうことなのだ」

「わたしの不幸せな兄弟が、ムアで飢《う》え死にしかけているのです。わたしたちがいるこの玄関先で飢え死にさせることは、どうにも忍び難いのでございます。ろうそくの

明りは食事の用意ができた合図です。彼の明りは、食事を運んで行く場所を教えているのです」
「ということは、おまえの弟は――」
「そうです、脱獄囚のセルダンなのです」
「これが本当のところです」バリモアが付け加えた。「ですから、わたしの秘密ではないので、お話しできないと申し上げたのです。いまお聞きのとおり、旦那様を陥れようなどという大それた陰謀ではございません」

以上が、深夜の秘密の徘徊《はいかい》と、窓の明りの真相だったのだ。サー・ヘンリーとぼくの二人は、ただ唖然《あぜん》として、バリモア夫人を見つめた。ふだんは感情を抑えつけ、まじめ一辺倒のこの人物が、国中でもっとも悪名高い凶悪犯と同じ血を分けているとはとても信じがたかった。

「はい、そうでございます。わたしの旧姓は同じセルダンです。彼はわたしの弟にあたります。小さい頃に少々甘やかしすぎたのでしょう、何でも、あの子のしたいようにさせていましたところ、ついには、世界は自分の思いどおりになると考えるようになり、さらに、何でもしたい放題が許されると思い込んでしまったのです。そして、成長するにつれ、悪い仲間とのつきあいが始まり、ついには人も変わって悪魔のようになり、母親を泣かせ、世間様に顔向けができないまでになり下がってしまいました。悪事を重ねるたびに泥沼にはまっていきました。絞首刑にならなかったのが不思議なほどですが、これは神様のお慈悲《じひ》としか思えません。そうは申しましても、旦那様、わたしにとってみれば、いつでもあの子は姉として、幼い時に、手をかけ遊んであげた、巻き毛のかわいい男の子なのです。弟は、わたしがここで働いているのを知っていて、そしてわたしたちが助けざるを得ないことも知っていました。だから、脱獄を図ったのです。ある晩、追われてくたくたに疲れ、飢えて、足を引きずってここに来たあの子を、どうすればよかったとおっしゃるのですか？　わたしたちは、弟を迎え入れ、食事を与え、手当をしてやりました。そして、そこへ、旦那様がお帰りになったのです。それで、大がかりな捜索《そうさく》が止むまでの間は、どこにいるよりもムアにいるのがいちばん安全だと考えて、ひそんでいるのです。そして、一晩おきに、窓にろうそくの明りをかざして、返事があれば、夫がパンと肉を彼のところまで運びました。わたしたちは毎日、彼がどこかへ行ってくれればいいと願いました。それでも、彼がムアにいる限りは、見捨てるわけにはいきません。わたしも誠実なキリスト教徒ですから、この話に偽《いつわ》りはありません。ですから、このことに責任があるとすれば、夫にではなく、わたしにあります。わたしのためを思ってのことでございます」

夫人の言葉はまことに真に迫っていて説得力があった。

「バリモア、間違いはないね」

「はい、サー・ヘンリー。ひとことの間違いもございません」

「自分の妻をかばって隠していたということなら責めはしない。わたしの言ったことは取り消しにする。二人とも、部屋に戻りなさい。この件について、あとは明日の朝に話すことにしよう」

彼らが出ていくと、ぼくたちは窓の外をのぞいた。サー・ヘンリーが勢いよく窓を開けると、夜風がひやりとぼくたちの顔に当たった。はるかな闇の先には、黄色の光が一つ小さくともりつづけていた。

「彼も、たいしたものだ」と、サー・ヘンリーが言った。

「ここからだけしか見えない位置に、巧みに置いているようですね」

「そうですね。どのくらい離れていると思いますか」

「クレフト・トア[106]（裂け山）あたりですかね」

「遠くとも一、二マイル（約一・六〜三・二キロ）というところでしょう」

「それほどはないでしょう」

「そうですよ、バリモアが歩いて食べ物を運んでいくのだから、そんなに遠いはずはない。あの悪党が、実際にろうそくの明りの横で待っているのですよ、ワトスン、こうなったら出かけていって、あの男を捕まえてやろうではないか！」

　ぼくも同じ思いに駆《か》られていたところだった。バリモア夫妻がぼくたちを秘密の仲間に引き入れたわけではない。彼らもやむをえず、話すことになったのだ。とにかく、その男は社会を危うくする危険人物で、同情や情状酌量《じょうじょうしゃくりょう》する余地のない極悪人なのだ。この機会を逃さず、彼を二度と社会に迷惑をかけられない場所に送り返すのが、ぼくたちの義務というものだ。ここで手をこまねいていれば、他の誰かがあの残虐横《ざんぎゃくおう》暴《ぼう》な男の餌食《えじき》となり、犠牲になりかねない。たとえば、ある夜に親しい隣人のステイプルトン兄妹が襲われないとも限らない。サー・ヘンリーもこの心配から冒険に熱意をかりたてられているのだろう。

「わたしも行きますよ」と、ぼくは言った。

「ブーツをはいて、拳銃を用意してください。急ぎましょう。急がないと、奴は明りを消して、逃げ去ってしまうかもしれません」

五分もたたないうちにぼくたちは玄関を出ると、追跡を始めた。暗い灌木《かんぼく》の茂みの中を急ぐと、秋の風が低くうなり、落ち葉がかさかさと音をたてた。湿気がひどく、鼻をつくのは朽《く》ち果てた草木の匂いだけの重苦しい夜だった。時折り、月が顔をのぞかせるが、それも一瞬のことで、雲が空をおおった。ムアに出た頃には、小ぬか雨が降り出した。それでもあの明りはついたままであった。

「武器は？」ぼくは尋ねた。

「狩猟用のむち⑽⑺があります」

「早く、奴を追いつめなくては、相手は狂暴で何をしでかすかわからないそうですからね。奴の不意をついて先手を打って、抵抗される前に押さえ込みましょう」

「ねえ、ワトスン」と、準男爵が言った。「ホームズさんはなんとおっしゃいますかね。悪霊《あくりょう》がはびこるという暗い時刻に、こういうところにいるのですから」

まるで、この言葉に合わせるかのように、果てしないムアの闇から、沸《わ》き上がるような叫び声が上がった。それはわたしがグリンペンの沼の近くで聞いたものと同じであった。風にのって夜の静寂を突き破り、初めは低く長いうなり声が続き、次に高い遠吠《とおぼ》えとなり、最後に悲しい声に変わり、次第に静まっていった。何回か、恐ろしく甲高く、荒々しく鳴りわたり、辺り一面の空気を震わせた。準男爵は、ぼくの袖《そで》をつかんできた。暗闇の中でも、彼の青白い面持ちが浮かび上がっていた。

「ワトスン、いったいあれは何です」

「わかりませんね。ムアではよく聞く音だそうですよ。わたしも前に一度聞いたことがあります」

この音が止むと、辺りは完全に静まり返った。全神経を集中していたが、ことりとも音はしなかった。

「ワトスン」と準男爵は言った。「あれ、あれは猟犬の遠吠えだったのですよ」

彼の声は、突然彼を襲った恐怖におののき、途切れ途切れだった。ぼくもまた、それを聞いて血が凍りついた。

「この声を何だと言っているんですか」と彼は尋ねた。

「誰がですか」

「ここの土地の人たちがです」

「まあ、教育のない人たちですからね。そういう連中が何と言おうと気にすることはないではありませんか」

「ワトスン、聞かせてください。何と呼ばれているのですか?」

ぼくはとまどったが、答えないわけにもいかなかった。

「バスカヴィル家の魔犬の吠える声だ、とか言います」

彼は低くうなると、しばらく黙り込んでしまった。

「そうだ、あれは猟犬だ」と、しばらくして彼は言った。「けれども何マイルも先から聞こえてきたような気がしたが」

「どこからとは言えませんよ」

「風向きで、大きくなったり、小さくなったりしていましたから。あのグリンペン沼の方角ではないでしょうか」

「そう、そのようです」

「そうだ、あそこからに違いない。ねえ、ワトスン、あなたもあれは猟犬の吠え声だとは思いませんでしたか。わたしも子どもではありませんよ。気配りなどせずにはっきり言ってください」

「この前、わたしがあの声を聞いた時は、ステイプルトンと一緒だったのですが、おそらく何か珍しい鳥の鳴き声だとか言っていましたよ」

「いや、いや、あれは猟犬です。ああ、あの伝説はもしかしたら本当なのだ。わたしは何か恐ろしい闇の力に脅《おびや》かされているのだろうか。ワトスン、あなたは信じませんか」

「わたしは信じませんよ」

「ロンドンならこれも単なる笑い話ですみますが、この暗闇の中でムアにいて、あの声を聞けば、話も違ってきます。そして、伯父ですよ。遺体のそばに、犬の足跡がありました。みな、つじつまが合います。ワトスン、わたしは自分のことを臆病者だと思ってはいませんでしたが、あの声には全身の血が凍りつくような恐ろしさを覚えますよ。手を触ってください！」

その手はまるで大理石のかたまりのように冷たかった。

「あしたになれば、だいじょうぶですよ」

「いや、あの叫びはわたしの耳から離れそうにありません。ところで、これからどうしたらいいでしょうね」

「戻りましょう」

「いや、とんでもない。わたしたちは獲物を捕まえに来たのですから、まずはそれをしないことには。脱獄囚を追いかけているつもりが、何かいつの間にか、こちらが地獄の魔犬に追いかけられているようですね。それなら、来てみろだ。地獄の悪鬼どもが一人残らずムアに集まっているかどうかを見とどけてやろうではないですか！」

険しい黒い丘陵《きゅうりょう》がうっすらと浮かぶ闇を、ともりつづける前方の黄色い明りを目標にして、ぼくたちは何度となくつまずきながら、ゆっくり進んでいった。暗闇では、明りまでの距離を予測するのはむずかしく、ある時は遠くはるかかなたに見えたかと思うと、次には二、三ヤード（約一・八〜二・七メートル）のところにあるようにも思えた。しかし、そうしているうちに、光の方向もわかり、しかも、それがごく近いこともわかった。消えかかったろうそくの明りは、小さな岩と岩にはさまれ、その間のわずかな割れ目に固定されていて、風を防ぎ、バスカヴィル館の方向以外からは見えないようになっていた。花崗岩《かこうがん》の巨大な丸石に身を隠し、うずくまりながら前進し、合図の明りをうかがった。ムアのただ中で、周りには人の気配がなく、ただ一本のろうそくの明りを見るというのは、なんとも奇妙な気分であった。目の前には、まっすぐにのぼる黄色いひとすじの炎、そしてその両脇にその光に照らし出された岩肌が見えた。

「さて、どうします」サー・ヘンリーが小声でつぶやいた。

「ここで待ちましょう。彼は明りのそばにいるに違いない。姿が見えるかもしれませんよ」

ぼくが言い終わるのとほぼ同時に、ぼくたちは彼を見つけた。ろうそくのともる岩石の割れ目の上の岩に、凶悪な形相をした、黄色い顔が見えた。それは獣のごとく狂暴さをむき出しにしていた。泥によごれ、まっすぐなあごひげを生やし、髪の毛はもじゃもじゃと伸び放題で、丘陵の穴に住んでいたという古代の未開人かと見まごうほどであった。下からの明りが、男のずるそうな小さい目を光らせ、男は狩人の足音を聞きつけて、警戒態勢に入った獣のように、暗闇の中で左右をうかがっていた。

何かを警戒していることは確かだった。おそらく、バリモアがいつも決めている合図を、ぼくたちが送らなかったか、あるいはなんとなくようすがおかしいと男が感づいていたのかはわからないが、とにかく、悪意に満ちた顔に恐怖が見て取れた。この瞬間にも彼は明りを消し、夜闇に紛《まぎ》れて逃げ出してしまうかもしれない。そこで、ぼくは飛び出し、サー・ヘンリーもぼくに続いた。その瞬間、すさまじい悪態《あくたい》を浴びせ、岩を投げつけてきたが、それはさきほど身を隠していた丸い岩にぶつかり、砕け散った。ぼくは彼のずんぐりとした力強そうな姿をちらりと見たが、彼ははじかれたように立ち上がると、背を向けて走り去った。運良く、ちょうどその時、月が雲の切れ目から顔を出した。ぼくたちも岩山の頂《いただ》きに上がると、男は、野生のヤギと見まごうばかりの速さで石から石へと飛びながら反対側の斜面を降りていくのが見えた。拳銃を撃てば傷を負わせ、逃げられないようにすることもできるだろうが、これは護身《ごしん》用《よう》に持ってきているので、武器を持たないで逃げる相手に発砲するつもりはない。

ぼくたちは、二人とも走るのが速く、コンディションもよかったのだが、彼に追いつくことはとても無理だとすぐに悟った。月の光に、その後ろ姿がやがて米粒ほどに

S. PAGET

なり、遥か遠くの丘陵の斜面の丸い岩の間を滑るように消えていくのが見えた。ぼくたちも息せき切って走りに走った。しかし、その距離は次第に広がるばかりだった。ぼくたちも疲れ切って、息をはずませて石の上に座り込み、男がはるかかなたに消えていくのを見送った。

　これ以上は追跡を続けても無駄だとあきらめたぼくたちは、石から腰を上げ、いま来た道を戻って帰路についたのだが、まさにこの時、突然予期もしない奇怪なことがおきたのだ。月はぼくたちの右手の低いところにあり、花崗岩の岩山の鋭く尖《とが》ったトアが、銀色の丸い月の下側に突き刺さるようにそびえていた。ちょうどそのトアに、輝く月を背に、黒檀《こくたん》の彫像(108)のような輪郭を浮かび上がらせている男の姿があったのだ。ホームズ、これをぼくの妄想だと言わないでほしい。この時の見え方は、これほどはっきりと物が見えたためしはないというほどはっきりしている。ぼくが見たところでは、その姿はほっそりと背の高い男だ。足を少し広げ、手を組み、頭は垂れて、目の前に広がる泥炭《でいたん》(109)と花崗岩の広い荒野を眺めながら物思いにふけってたたずんでいるようにみえた。もしや、この恐ろしい地に住む地霊ではないか。脱獄囚ではないことだけは確かだ。奴が消え去った地点からは離れ過ぎている。それに、背がかなり高い。驚いて叫び声をあげ、準男爵に彼をさし示そうと腕を取ったとたんに、その男の姿は消えた。見ると、花崗岩のとがった頂きは相変わらず、月の下の部分にかかっていて、

そこには微動《びどう》だにせず、静かに立ちつくしていたその姿は影も形もなかった。

ぼくは、すぐにもその方向へ向かい、トアを捜索《そうさく》したかったが、いかんせん距離が離れすぎていた。あの吠え声を聞いた準男爵の動揺は治まらず、一族の陰惨《いんさん》な過去を思いおこしたのだろう、新たな冒険に立ち向かう気分にはとてもなれないようすであった。それでもトアに立つ寂しげな人影を見なかったので、あの不思議な姿と、周囲を圧する態度にぼくが感じた異様さや緊迫感を知るよしもなかった。「看守に決まっていますよ」と彼は言った。「奴が逃げてから、ムアは看守だらけですよ」おそらくは、そのとおりで、この説明も的外れではないだろう。しかし、ぼくとしてはさらに正確な証拠が欲しいのだ。今日、プリンスタウン監獄の人たちと連絡を取り、手配中の男を発見できそうな場所を知らせるつもりだ。ぼくたちが、彼を捕らえ、再び監獄に戻すという手柄を逸《いっ》したことは返す返すも残念だ。ここまでが昨夜の冒険の顚末《てんまつ》だ。ねえ、ホームズ、今回の報告が上出来で、大いに役に立ったと、おほめの言葉をもらいたいものだ。ここまで書き記してきたことの多くは、事件に直接の関係はないかもしれないが、ともかく、ぼくは、君に情報をすべてもらさず報告するのが最大の任務だと考えている。役に立つ事実を選び出し、結論を引き出すことは、君に任せるよ。

ぼくたちの捜査が前進していることは間違いない。バリモア夫妻の件も、奇怪な行動の理由が明らかになったから、状況もかなりすっきりしてきたはずだ。けれども、神秘を秘めたムアと、そこに住む奇妙な住民たちについては、相変わらず謎だらけだ。おそらく、次の報告で、こうした事柄についても、いくぶん明らかにできればと思っている。何といっても、君がぼくたちのところへ来てくれるのが最善ではあるのだが。

［いずれにしても、二、三日中に再び君に報告をする予定でいる］

第10章　ワトスン先生の日記から

これまでは、事件の初めの頃にシャーロック・ホームズに書き送った報告から抜粋してきた。ここからは、この方法を改め、当時つけていた日記を基にして、再び自分の記憶に頼って話を進めていくことにする。日記から数箇所を抜粋していると、心に深く刻まれた、すべての場面の細部が、手にとるようによみがえってくる。それでは、失敗に終わった脱獄囚の追跡劇と、ムアでのそのほかの様々な奇怪な体験をした日の翌朝から話を続けたい。

十月十六日。どんよりとして霧が深く小雨つづきの日。たなびく霧が館の周りを覆い、時おり霧が切れると、ムアのあのもの寂しい起伏が見えた。丘陵《きゅうりょう》の斜面には銀色の細長い筋がついていて、遠くの花崗岩《かこうがん》の巨大な岩石は、濡《ぬ》れた表面に日ざしを受けて光っている。館の内も外も、沈みかえっている。準男爵は、昨夜の動揺から暗く落ち込んでいる。わたしもまた、重苦しいわだかまりを感じていたし、迫《せま》りくる危険をも感じとっていた。ともかく、それが何であるかがわからないというのも、いっそう不安を呼びおこすものだ。

こう感じる理由があるのだろうか？　次々におきた一連のできごとを思いおこしてほしい。そのどれもが例外なく、わたしたちの身近で、不吉な企《たくら》みが行なわれていることを指し示しているではないか。この館の当主の死はこの一家にまつわる伝説を地でいったものだ。ムアに奇怪なものが出没したという、農民たちの報告がくり返されている。わたしもこの耳で、猟犬の遠吠えに似たものを二回も聞いた。しかし、こうしたすべてが超自然的な現象だとは、どうにも納得できない。この世のものではない魔犬が、物質的な足跡を残したり、遠吠えを響かせるなど、とても考えられない話だ。ステイプルトンはまだしも、モーティマー医師までもが、迷信を信じている。もしわたしに、長所と呼べるところがあるとすれば、それは常識に富んでいるということだ。そういうことを信じる気にはなれないのだ。もし、それを信じれば、単なる狂暴な犬がいると考えるだけでは我慢がならず、目や口から地獄の火を放つ魔犬だと騒《さわ》ぎたてる気の毒な地元民と同じレベルに、自分をおとしめてしまうことになる。ホームズも、この種の絵そらごとに耳を傾けたくはないだろう。わたしは彼の代理を務めている身なのだ。そうはいっても、事実は事実だ。わたしはムアでその吠え声を二回も聞いている。仮に、猟犬がムアに放たれていて、駆《か》け回っているとしよう。それで、話はすべて、説明がついてしまう。しかし、問題は、そのような猟犬がどこに隠れていて、どこでえさをとっているかだ。それにそもそも、どこから来たのか、昼間目撃されないで、どう隠れているのだ。

正直に言うと、こうした超自然を否定する説明は、超自然現象だとする説と同じくらい疑問を含んでいるのだ。魔犬の話は措《お》いて、人間についてだが、ロンドンで尾行した辻馬車の男や、そしてサー・ヘンリーに送りつけられた「ムアに近づくな」という警告文など、問題は残っている。これは紛《まぎ》れもない現実世界の話で、このようなことをする相手は、味方であったり、敵であったりもするのだ。この、敵とも味方とも知れない者は、いまどこにいるのだろうか。ロンドンにまだいるのか、それとも、わたしたちを追いかけてここまで来ているのか。あの男は、わたしがトアで見た見知らぬ男と同一人物という可能性はないのか。

その姿を見たのは、確かに一瞬ではあったが、自信を持って言えることがいくつかある。わたしはすでにこの近隣の人たちには一人残らず会っているが、彼はその誰でもない。ステイプルトンよりはるかに背が高いし、フランクランドにしてはやせ過ぎている。バリモアという可能性もたしかにあるが、彼は館に残してきたのだから、わたしたちの跡をついてくるということはありえないはずだ。ということは、正体不明の人間が今でもなおわたしたちを、ロンドンでと同様に、尾行しているということになる。その男に関して、まだけりがついていないのだ。もし、わたしがこの手でその男を捕まえることができれば、わたしたちの問題は一挙に解決に導かれるだろう。この目標に向かって、今、わたしは全精力を傾ける覚悟でいる。

はじめは、サー・ヘンリーに、わたしのすべての計画を話そうかと思った。しかし、しばらく冷静になって考え直し、計画を確実に実行するためには、打ち明ける相手は少ないほうが良いという結論に達した。サー・ヘンリーは、黙り込んで、ぼんやりとしていた。ムアでのあの音に、異常なほど心をかき乱されてしまったのだ。これ以上、彼の不安をかき立てることは何も言わず、わたしは自分の目標を達成するための行動を開始するつもりだ。

朝食後、ひともんちゃくがあった。バリモアがサー・ヘンリーにお話ししたいことがあると言って、二人はしばらく書斎に閉じこもった。わたしはビリヤード室にいたのだが、数回にわたり荒々しい声が聞こえてきた。会話されている内容もかなりよくわかった。少し間があって準男爵がドアを開き、わたしを呼んだ。

「バリモアは不服があると言うのです」と彼は言った。「自ら進んで秘密を話したというのに、これに乗じて、義弟を追跡したのは、いかにも公正さを欠くと考えているようなのです」

執事は顔色は青ざめていたが、態度はよく平静を保って、わたしたちの前に立って

いた。

「わたしも少し言葉が過ぎたかもしれません、旦那様《だんな》」と彼は言った。「もしそうでしたら、どうぞお許しください。しかし、早朝、あなたがたお二人の紳士がお帰りになり、セルダンを捕まえに行かれたと知り、わたしは非常に驚きました。哀れなあいつに追っ手は充分過ぎるほどいますのに、さらに、その追っ手をわたしが増やすことになったのです」

「自分から進んで打ち明けたというなら、話も違うが」と、準男爵は言った。「追いつめられて、他にどうしようもなくなった時に、おまえというよりは、むしろおまえの妻が話したのではないか」

「わたしは、まさか、捕まえに行かれるとは思いもよりませんでした、サー・ヘンリー。まったく予想もしませんでした」

「あの男は公衆に危害を加える者だ。ムアでは、民家がまばらだから、何をしでかすかわからない人間だよ。あの男の顔を一目見れば、そのくらいのことはわかるだろう。たとえば、ステイプルトン家のことを考えてみても、兄一人しか、立ち向かえるような男はいない。彼が監獄に閉じ込められないかぎりは、誰にも平安はないのだ」

「旦那様、彼はけっして人様の家に押し入ったりはしません。そのことは、わたしが保証できます。それに、この国では、どなたにも再びご迷惑をかけたりしないはずです。確実に、ほんのこの二、三日のうちにも手はずが整い、南アメリカへ向かうことになっています、間違いありません、サー・ヘンリー。どうぞお願いです、セルダンが今もムアにひそんでいることは警察には知らせないでください。警察もあそこでの追跡を打ち切ったようですから、船の用意ができるまで、彼は静かにひそんでいることができます。また、お知らせになれば、妻もわたしもやっかいなことになるのは目に見えています。何とぞお願いします、警察には伝えないでください」

「ワトスン、あなたはどう思います?」

わたしは肩をすぼめて答えた。「彼が騒ぎをおこさずに、国外に出ていくのなら、税金の節約にもつながることですから、かまわないでしょうな」

「でも、セルダンは出ていく前に強盗をはたらいたりしないでしょうか」

「そのようなとんでもないまねはしないでしょう。必要なものはすべて与えてありますから。新たに犯罪を引きおこせば、自分で居場所を教えるようなものです」

「それはそうだ」と、サー・ヘンリーは言った。「知らせないことにしよう、バリモア――」

「まことにありがとうございます。心から感謝いたします。彼がもう一度捕まるようなことがあれば、妻も死んでしまうところでした」

「ワトスン、わたしたちは重罪を助けたり、けしかけたりしていることになりかねませんね。とはいっても、話を聞いてみれば、その男を突き出すわけはいかないし。まあ、これでよしとしましょうか。バリモア、行きなさい」

途切《とぎ》れがちに感謝の言葉を口にしながら、バリモアは出ていきかけたが、立ち止まり戻ってきた。

「たいへん親切にしていただき、感謝に堪《た》えません。この恩に報いるために、わたしもできるだけのことをしたいと思います。サー・ヘンリー、実はわたしだけが知っている事実があるのです。もっと前に言うべきだったのかもしれませんが、発見しましたのが、検死からかなりたっていたものですから。今まで誰にも、ひとことも漏《も》らしていません。それは故サー・チャールズ様の死についてです」

準男爵とわたしは思わず立ち上がった。

「亡くなったときの事情を知っているのか」

「いいえ、それについてではありません」

「それでは、何なのだ」

「あの時刻に、なぜ、門のところにいらしたのかについてです。ある女性とお会いになるためにです」

「女性と会うためにだって！　サー・チャールズがか？」

「さようでございます」

「それで、その女性の名前は？」

「名前は存じませんが、頭文字は申し上げられます。彼女のイニシャルは『L・L』です」

「バリモア、どうしてそれがわかったのかな」

「はい、サー・ヘンリー、あなたの伯父上が、その朝、手紙を一通お受け取りになったからです。ふつうは山のように手紙がまいります。公的に広く活躍されていますし、やさしい慈悲《じひ》深い心の持ち主として世間に知られていましたから、悩みをかかえている誰からも頼りにされておられました。しかし、あの朝は、どういうわけか、手紙は一通しか届きませんでしたので、よく覚えています。クーム・トレイシー(110)から来たものので、宛《あ》て名は女性の筆跡でした」

「それで？」

「はい、その時はそれ以上は何も思いませんでした。妻から言われなければ、それきりにしていたでしょう。つい二、三週間前、サー・チャールズの書斎を妻が掃除していました――お亡くなりになられてからずっとそのままにしてありました――暖炉《だんろ》の火床の奥に燃え残った手紙を一通見つけたのでございます。大部分は焼けて、灰になっていましたが、そのページの下の部分がかろうじて形を保っており、黒い灰の中で灰色になって何とか読めました。それは手紙の後に付けられた追伸のようで、それには『どうぞ、どうぞ、あなたが紳士であらせられるのなら、この手紙を焼き捨ててください。そして、十時に門においでください』、そのすぐ下には、『L・L』の頭文字が記されていました」

「まだ、その切れ端を持っているのかね」

「いいえ、動かしたら、粉々に崩れてしまいました」

「同じ筆跡の手紙を他にサー・チャールズは受け取られたことがあるだろうか」

「そうですねえ、わたしはサー・チャールズ様への手紙については特別に注意しておりませんでした。この手紙にしましても、一通だけで来なければ、気づかなかったと思います」

「ところで、この『L・L』というのが誰なのか、心当たりはあるのかね」

「いいえ、まったく見当もつきません。しかし、この女性を見つけることができれば、サー・チャールズが亡くなられたことについて、さらによく知ることができるはずです」

「バリモア、それにしても、なぜこのように重大な情報を隠したままにしていたのか、納得がいかないね」

「はい、実は、ちょうどわたしたちのあの騒ぎが持ち上がった直後のことだったものですから。それに、何度も申し上げましたが、わたしたち夫婦は、サー・チャールズ様に大変よくしていただいてきましたし、お慕《した》いも申し上げておりました。ですから、ことを改めてむし返しても、亡くなったご主人様のために何の役にも立たないと思ったからです。そのうえ、事件に女性が絡んでいるとすれば、いっそう慎重にならざるを得ませんでした。どんなに立派な方であられても……」

「名誉《めいよ》に傷がつくかもしれないと思ったわけかな」

「はい、何の益《えき》にもならないと考えたのでございます。しかし、今、こうして、ありがたくも恩をうけたからには、わたしが知っている事実をお話ししないというのも、道義にもとるように思ったからです」

「よくわかったバリモア。もう戻っていい」

執事が出ていくと、サー・ヘンリーはこちらを向いた。

「さてと、ワトスン、この新しい手がかりをどうお考えですか」

「暗闇の中の謎はいっそう深まるばかりのように見えますね」

「そう、そのとおりです。けれども、もしわたしたちがL・Lの正体をつきとめることができれば、すべての問題がはっきりする。わたしたちもここまできたわけです。もしこの女性を見つけることができれば、真相をつかんでいる人間を見つけることにもつながります。さて、これからどうしたらいいと思いますか」

「とにかく、さっそく、ホームズにすべてを知らせることにしましょう。これはおそらく、彼が探し求めている手がかりとなるはずです。これで彼がこちらへ出向いてくるのは確かだと思いますよ」

わたしはただちに部屋に戻ると、今朝の会話をホームズ宛てに書きあげた。このところ、彼が非常に多忙であることは充分承知していた。ベイカー街からの連絡もほとんどなく、来ても短く、わたしが送った報告書についてのコメントもないし、わたしの任務へのねぎらいもほとんどないのだ。恐喝事件に彼の全精力を傾けているに違いないのだ。それでもなお、今回の新しい事実がホームズの注目と関心をひくことは間違いない。彼がここにいてくれたらなあと、わたしはひたすら願っている。

十月十七日。一日中、雨がツタの上にさらさらと落ち、軒からも滴《しずく》が落ちている。寒い不毛のムアで、雨露をしのげずにいる脱獄囚の身の上に思いをはせた。気の毒なことだ！　どういう罪を犯したのだとしても、それを償《つぐな》って余りあるつらい目にあっているのだ。そして、次にまた別の男を思い浮かべた。馬車の中のあの顔、月の光の中のあの姿。謎に包まれ、人知れずわたしたちを見張っているその男も、この豪雨の中で野外にいるのだろうか。夕刻、わたしはレインコートに身を包み、水びたしのムアを歩き回った。雨が顔にあたり、風が耳元でうなりを上げている中を、暗い思いに浸《ひた》って歩いた。地盤の堅い丘陵地帯までが泥沼と化している今、グリンペンの底無し沼に迷い込んだりすれば、どうなるかわからない。わたしは、あの男が一人で立ちつくしていたブラック・トア(111)を見つけて、そのとがった頂上から暗く沈んでいるムアを見下ろした。嵐が朽葉《くちば》色《いろ》の表面を横なぐりにして、石板色の厚い雲は周囲に低く垂れ込め、奇妙な形の丘陵に灰色の渦巻を作っていた。左手の窪地《くぼち》の遠い先には、霧で半ば覆われた、バスカヴィル館の二本の細長い塔が林の上に聳え立っている。見渡すかぎりは、人が住むところはそれだけで、後は、丘陵の斜面にある先史時代の住居跡があるだけである。二日前の夜に、わたしが目撃した、一人たたずむ男の姿はどこにも見当たらなかった。

　わたしが歩いて帰ろうとした時、モーティマー医師が自分の軽二輪馬車《ドッグ・カート》(112)でファウルマイアーのはずれの農家から続く悪路を走ってきて、わたしに追いついた。彼はいつも、わたしたちに格別な心配りをしてくれていて、わたしたちのようすを見に館を訪れない日はないほどである。彼はわたしに、自分の馬車に乗るように強くすすめてくれ、館まで送ってくれた。その日、彼は愛犬の小さなスパニエルがいなくなってしまったことで、すっかりふさぎ込んでいた。ムアに出ていったきり、帰ってこないというのだ。慰《なぐさ》めの言葉をかけてみたが、あのグリンペンの底無し沼にはまった子馬を思いおこすと、あの小犬が再び帰ってくるとはとても思えなかった。

「ところで、モーティマー」と、わたしは、ガタゴトと道で揺られながら言った。

「この馬車で行ける範囲内で、あなたがご存じない人はないでしょうね」

「まあ、ほとんどいないはずですよ」

「それでは、『L・L』という頭文字の女性がいたら、その名前を教えていただけませんか」

彼は、二、三分考えていた。「いいえ」と彼は言った。「わたしも知らないロマとか農場の臨時雇いもいますが、農家や地主にはその頭文字の人はいませんね。ああ、ちょっと待ってください」ややあってから、彼はこう付け加えた。「ああそうだ、ローラ・ライオンズがいる。彼女の頭文字は『L・L』だ。しかし、住んでいるのはクーム・トレイシーですよ」

「彼女はどういう人ですか」と、わたしは尋ねた。

「フランクランドさんの娘ですよ」

「なんですって？　あの変わり者のフランクランドじいさんですか？」

「そうです。彼女は、このムアにスケッチに来ていたライオンズという画家と結婚しました。それがまたとんだ食《く》わせ者で、今は彼女も捨てられたとかいうことです。わたしが聞いているところでは、どちらかが一方的に悪いということではないらしいのですが、父親は彼女に何ひとつ手をさしのべることをしないのですよ。それというのも、彼女が結婚するときに父親の許しを得なかったからで、まあ、そのほかにも、一つ二つは理由があったようですが。それで娘は、若い夫とばち当たりな父親との板ば

さみで、苦労が絶えなかったそうです」

「それで、彼女は今、どうやって生計をたてているのですか」

「どうやら、フランクランドじいさんがわずかばかりの手当を与えているようですが、それはあくまでも小遣銭でして。彼も、自分のことで精一杯ですから。もとはといえば、自分がまいた種ですが、そうかといって、彼女が希望をなくして、取り返しのつかないことになるのを、そのままにはできません。そして、この話が知れ渡って、なんとか生活ができるように、何かと援助をしてあげようという人も現われました。その一人がステイプルトンで、もう一人がサー・チャールズでした。わたしもわずかな金額ですがさしあげました。彼女が自立するてだてはタイピストの仕事でした」

どうやら、彼は、わたしの質問の目的を探りたくてしかたがないようだったが、わたしはあまり多くを語らずに、なんとか納得してもらえた。わたしたちの内輪の話を他の人に明かすわけにはいかない。明朝、クーム・トレイシーに行ってみることにしよう。とにかく噂《うわさ》のローラ・ライオンズに会うことができれば、謎を解き明かすために大きく一歩前進できるのではないかと思う。モーティマーにはかなり問い詰められたが、わたしもそれなりの知恵も要領も身に付けてきているので、さりげなく、フランクランドの頭蓋骨《ずがいこつ》の型の分類は何かと質問することで、その場を切り抜けた。その後は、もっぱら頭蓋《とうがい》学の話をきくこととなった。わたしも、シャーロック・ホームズと何年も一緒に暮らしてきたのだから、その辺にぬかりはない。

この嵐の憂鬱《ゆううつ》な日に記録に値するできごとはあともう一つだけある。それは、わたしがバリモアとついさきほど交わした会話で、これも時がくれば、強力な決め手の一つとなるはずだ。

モーティマーは、夕食を共にし、そのあとは準男爵とトランプのエカルテ(113)をした。書斎に執事のバリモアがコーヒーを運んできたので、わたしはその機をのがさずに二、三の質問をした。

「ところで」とわたしは言った。「君の大切な親類はもう出発されたかい。それともまだあそこにひそんでいるのかね」

「わからないのです。わたしも早く行ってくれることを神様にお願いしているのです。とにかく、とんだ災いのもとですから！　この前食べ物を置いてきてから三日たちますが、何の音沙汰《おとさた》もありません」

「その時には彼にあったのかね」

「いいえ。でも、次にそこまで行ってみますと、食べ物はありませんでした」

「ということは、そこにいたことは確かだというわけだね」

「そういうことになりましょうか。もう一人の男が取ったのでなければ」

わたしは座ってコーヒーを飲もうと、カップを口元に持って行く手を止め、バリモアを見つめた。

「そうすると別の男がいるのを知っているのだね？」

「はい、ムアにはもう一人、男がいるのでございます」

「見かけたことはあるのか」

「いいえ」

「それでは、どうしてその男のことがわかったのかな」

「一週間かもう少し前に、セルダンが彼のことを言っていたのです。その男も人の目を忍んでひそんでいるらしいのです。しかし、わたしが知るかぎりでは、脱獄囚ではなさそうです。ワトスン先生、はっきり言わせてもらいます。わたしはこんなことがいやなのです！」彼は、急に一途《いちず》な思いを爆発させた。

「ねえ、いいかい、バリモア！　わたしがこの件で関心があるのは、あなたのご主人の身の上だけで、他のことについては何の関心も持っていないのだよ。わたしがここに来ているのは、ご主人を助けたいと思ってのことだ。正直に言ってほしいのだが、何がそれほどにいやなのかな？」

バリモアは一瞬、戸惑った。感情を爆発させたことを悔やんでいるのか、あるいは自分の気持ちを表わそうにも、言葉が見つからないらしかった。

「次から次へと、この騒ぎです」と、ついに彼はムアに面した雨がたたきつける窓に

むけて、手をふり上げて叫んだ。「どこかで、ひそかに陰謀《いんぼう》が企《くわだ》てられています。どこかで、邪悪なことが行なわれようとしています。それをわたしは肌で感じています。わたしは、サー・ヘンリーがロンドンにお戻りになられることを願わずにはおられません!」

「何をそれほどまでに恐れているのだ?」

「サー・チャールズの最期を思い返してください! あのことひとつでも充分です。検死の結果がどうであってもです。夜、聞こえてくるムアの吠え声はどうですか。日が落ちれば、たとえ金をもらっても、ムアを横切る人間など一人もいません。ムアに身をひそめて監視を続けるあの不審な人物は何ですか。いったい何を狙っているのですか。これはどういうことですか。ともかく、バスカヴィルの名を受け継ぐ人間にはよくないことがおきるということなのです。サー・ヘンリーの新しい使用人が館を取り仕切ってくれる日が来たら、わたしはすぐにでも仕事を辞めたいのです」

「その不審な男だが」とわたしは言った。「何かわかっていることはあるかね。セルダンは何と言っていた? どこに隠れていて、何を企んでいるのかをつかんでいるのだろうか」

「一、二回、見かけたそうですが、油断のない男らしく、何もつかめないようです。初めは、警官だと思ったようですが、独自の計画がありそうなのだとわかったそうです。見かけ上は紳士ではありますが、何をしているのか、さっぱり見当がつかないようです」

「どこに寝泊まりしていると言っていたかね」

「丘陵地の古い住居、あの古代人が住んでいた石室です」

「食料はどうしているのだろうか」

「若者を一人使って、必要な物を持ってこさせているところをセルダンが見ています。おそらく、クーム・トレイシーまで必要なものを調達しに行かせているのでしょう」

「ありがとう、バリモア。この話の続きはまた別の機会にしよう」

執事が出ていくと、わたしは真っ暗な窓の所に行き、くもりガラス越しに外をながめると、雲におおわれ、風に吹かれる木々の輪郭《りんかく》だけが浮かび上がっていた。家の中にいても、ひどい嵐の夜だ、ムアの石室にいるのはいかばかりであろうか。こういう時、こういう場所にさえ身をひそめている男を突き動かしている執念とは何なのか。これほどの思いまでして、やり遂げようとしている狙いは何だろうか。ムアの石室の中にこそ、わたしをこれほどに悩ませてきた問題の核心があるのだろう。できるかぎり、いかなる努力も惜しまず、謎の核心に迫《せま》らずには、一日たりとも過ごさないつもりだ。

第11章　岩山の男

前の章では、わたしの日記を抜き書きして、話を進めてきたが、十月十八日を境に、今までの謎が、恐ろしい結末に向かって急展開し始めた。その日から数日の間におきたことは、記憶に深く刻《きざ》まれているので、当時のノートを見なくとも語ることができる。まずは、次の非常に重大な二点を確認した日の翌日のことから話を始めたい。その二点とはまず第一に、クーム・トレイシーのローラ・ライオンズ夫人がサー・チャールズ・バスカヴィルに手紙を書き送っていて、彼が最期を迎えたまさにその時刻、その場所で会う約束を交わしていたこと。そして第二は、わたしがムアで見た不審な男は、丘陵地《きゅうりょうち》の斜面の石室にいる可能性が高いこと。これだけ重要な事実をつかんでいながら、もし、わたしがこれ以上謎を解明できないとすれば、それは、わたしが間抜けか、臆病《おくびょう》ということになる。

サー・ヘンリーには昨夕、ライオンズ夫人についてわたしが知った事実を話さなかった。というのは、モーティマー医師とかなり遅い時刻までトランプ遊びに興《きょう》じていたからなのだ。朝食の時に、わたしの情報を話し、クーム・トレイシーに同行したいかと尋ねた。はじめはかなり乗り気であったが、その後いろいろと考え合わせてみて、わたしが一人で行くほうがよいのでは、という意見に落ち着いた。今度の訪問がおおげさなものであればあるほど、情報は入りにくくなるであろうというわけだ。そこで、サー・ヘンリーを館に残してきたことを気にかけつつ、わたしは、新たな調査に馬車で出発した。

クーム・トレイシーに着くと、わたしはパーキンズに馬をまかせて、その女性について尋ねてみた。村の中心にあり、設備の整《ととの》っている住まいは、わけなく見つけることができた。メイドが無雑作《むぞうさ》に案内してくれた。居間に通ると、レミントン社製のタイプライター[114]に向かって座っていた女性が、愛想の良い笑みを浮かべながら、さっと立ち上がった。ところが、わたしが知らない人物だったので、その表情はすぐに曇り、座りなおすと訪問の目的を尋ねた。

ライオンズ夫人から受ける第一印象は、たいへんな美人だということであった。瞳《ひとみ》と髪は鮮やかな赤褐色[116]で、頬はそばかすが目立つが、ブルネット[115]の肌の見事な色つやは、あたかも黄バラの花芯《かしん》にひそむ絶妙なピンク色が輝いているようであった。第一印象は、感嘆そのものであったと、わたしはくりかえす。ところが、その後の印象ときたら、まったく芳《かんば》しくない。顔つきに何かが欠けていて、表情も粗野で、優しさが感じられない。それは、おそらく目つきのためで、口元にも締《し》まりがなかった。こうしたところが玉に瑕《きず》なのだ。しかし、わたしがこう感じたのは後のことで、初めて見た瞬間には、非常な美人だと感じた。彼女はわたしの訪問の目的を尋ねた。そう訊《き》かれるまで、わたしは自分の役目がそれほど厄介なものだとは気づかなかった。

「あなたのお父上を親しく存じ上げている者でして」と、わたしは言った。

この切り出し方がまずかったようで、すぐに彼女にそれを思い知らされてしまった。「父とわたくしの間には何のかかわりもございません」と、彼女は言った。「わたくしは父からは何の世話も受けておりません。父のご友人がわたくしの友人というわけではありません。亡くなられたサー・チャールズ・バスカヴィルと同様に心やさしい方々がもしいらっしゃらなかったとすれば、父の援助だけでは飢《う》え死にしているところでございますわ」

「亡くなられた、そのサー・チャールズ・バスカヴィルのことをおうかがいしたくてここに来たのです」

顔を赤らめたせいか、女性の顔にそばかすが浮き立って見えた。

「何について話せとおっしゃるのですか」彼女は問いただすと、タイプライターのキーを神経質にいじり始めた。

「お知り合いでいらしたわけですから」

「今も申し上げましたが、親切にしていただきました。なんとか生活ができますのも、非常に苦しい境遇のわたくしにいろいろ目をかけてくださったおかげです」

「手紙のやり取りはされていましたか」

女性は、赤褐色の瞳に怒りの色を浮かべ、すばやく、わたしをにらんだ。

「なぜ、そのようなご質問をされるのですか」鋭い口調で問い返した。

「世間にスキャンダルが広がらないようにするためです。このことが噂《うわさ》となって流れるよりは、ここでわたしが話をうかがうほうがいいと思いますが」

夫人は黙っていたが、顔色は相変わらず、青ざめていた。ややあって顔を上げたが、何か投げやりで、反抗的な態度であった。

「それでは、お答えいたします」と彼女は言った。「どういうご質問でしょうか」

「サー・チャールズと手紙のやり取りはなさっていましたか」

「確かに、一、二回お手紙をさしあげて、お心遣いやご厚意に対する感謝の気持ちを表わしました」

「その手紙の日付は控《ひか》えておありですか」

「いいえ」

「実際にお会いになったことはありますか」

「はい、クーム・トレイシーにおいでになった折りに、一、二回。人前に出るのがお嫌いな方で、立派なことをされるのにも人目を忍《しの》んでおいででした」

「それでは、お会いになることも手紙を出されることもほとんどなかったのに、どのようにしてあなたの身の上を知って、援助をされるようになったのですか」

彼女は答えにくいわたしの質問に対して、思い切りよく答えた。

「わたくしのつらい境遇を知って助けの手を差し伸べてくださる幾人かの方がおいででした。サー・チャールズの隣人で親しい間柄でもあったステイプルトンさんも、そのお一人でした。それはそれは、親切にしてくださいまして、サー・チャールズも、わたくしの身の上をステイプルトンさんからお聞きになったのです」

わたしは、サー・チャールズ・バスカヴィルがステイプルトンを介して何回か寄付をしたことを知っていたので、この夫人の発言には信憑《しんぴょう》性があるように思えた。

「手紙で、サー・チャールズに会ってほしいとお願いしたことはありませんでしたか」わたしは質問を続けた。

ライオンズ夫人は怒りで再び顔を赤くした。

「まあ、それにしても、ずいぶんと失礼な質問をなさいますね」

「奥様、申しわけありません。ですが、大事なことですので、もう一度お尋ねします」

「それではお答えします。そのようなことは決してございません」

「サー・チャールズが亡くなられた、あの当日にもですか」

顔の紅潮《こうちょう》はすぐにおさまったが、次には、死人のような顔になった。その乾いた唇から、「いいえ」という言葉は声にならず、そういう口の動きだけが見てとれた。

「きっと、記憶が混乱されているのでしょう」とわたしは言った。「あなたのお手紙の一部を引用することもできます。こうでしたね。『どうぞ、どうぞ、あなたが紳士であらせられるのなら、この手紙を焼き捨ててください。そして、十時に門においでください』」

彼女は、失神するかと思えたが、気丈《きじょう》にもなんとかもちこたえた。

「紳士などというものは、この世には存在しないのでしょうか」彼女は消え入りそうな声で言った。

「サー・チャールズのことを誤解されては困ります。彼は確かにこの手紙を燃やしました。しかし、燃やしても、時に、文字を読めることもあるのです。それをあなたがお書きになったことはお認めになりますか」

「はい、わたくしが書きました」彼女は叫ぶように言うと、胸の中の想いを吐き出すように、一気に語り出した。「わたくしが書きました。否定はいたしません。恥《は》ずかしく思うようなことは何もございません。わたくしはただ、援助をお願いしたのです。もし、直接お話しできれば、助けていただけると思いました。それで、お会いいただ

けるよう、お願いしました」

「それにしても、どうして、あのような時刻にしたのですか」

「次の日ロンドンに行かれ、何ヶ月もお留守になると知ったものですから。早い時刻に行かれない事情がいくつも重なってしまったのです」

「館をお訪ねにならず、庭でお会いになるというのは、どういうことなのですか」

「あのような時刻に、女性が一人で、独り身の男性の家を訪ねられますか」

「それでは、そこにいらしたとき、何がおきたのですか」

「いいえ、わたくしは行かなかったのです」

「ライオンズさん！」

「いいえ、誓って嘘《うそ》は申しません。わたくしは行かなかったのです。邪魔が入って、行けなかったのです」

「それはまたどうして？」

「これは私事ですので、どうしてもお話しするわけにはまいりません」

「あなたは、サー・チャールズが亡くなったまさにその時刻に、あの現場で会う約束をされていたと認めていらっしゃるのに、その約束を果たさなかったのだとおっしゃるのですか」

「はい、そのとおりです」

繰り返し、わたしは厳しく彼女を問いつめたが、それ以上は何も引き出せなかった。「ライオンズさん」と、長びくばかりで、結論の出ない話し合いを切り上げようと、わたしは腰を浮かせて言った。「あなたは大きな責任を背おうことになりますよ。知っていることをすべて明らかにされなければ、非常に困った立場に立たされるでしょう。もし、わたしが警察の力を借りるようなことになれば、あなたの名誉《めいよ》に傷がつくことになります。もし潔白《けっぱく》だとおっしゃるのなら、なぜあの日にサー・チャールズに手紙を出したことを最初は否定されたのですか」

「それは、何か誤解を受けて、世間にわたしのことがスキャンダルとして広まることを恐れたからです」

「それから、あなたは、サー・チャールズに手紙を処分するようになぜあれほどに頼まれたのですか」

「手紙をお読みになられたのでしたらおわかりだと思いますが」

「手紙を全部読んだとは言っていませんよ」

「その一部を引用なさったではありませんか」

「引用したのは追伸部分だけです。さきほども言いましたが、あの手紙は燃やされていました。ただ、全部読めなくなったわけではないのです。もう一度だけお尋ねします。サー・チャールズが亡くなった当日に受け取った手紙を処分するようにと、あれだけ重ねて頼まれたのはなぜなのですか」

「それはまったく個人的なことですので」

「それを表沙汰にされたくないのでしたら、なおさら、答えていただきたいですね」

「それでは、お話しいたします。わたくしの不幸な身の上話について耳にしておられるのでしたら、わたくしが軽はずみな結婚をして、悔やんでいるということはご存じですね」

「はい、いろいろ聞いています」

「わたくしの人生は、心底嫌っている夫に苦しめられるだけのものでした。法律はいつも夫の味方でして、いつ夫に無理やり同居させられるかもしれないという不安を抱えて毎日過ごしております。サー・チャールズに手紙をお出ししましたのは、一定の費用が用意できれば、わたくしが自由の身になれるということを知ったからでございます。これは、わたくしにとっては重大事です。心の平安、幸福、自尊心――それらすべてがこれにかかっております。サー・チャールズがお優しいことは知っておりましたので、わたくしの口から話を聞いてくだされば、必ず力になっていただけると思ったからでございます」

「それなのに、どうして行かなかったのですか」

「実は、その間に別の方からの援助があったのです」

「それではなぜそのことをサー・チャールズに手紙を書いて、説明されなかったのですか」

「翌朝の新聞にお亡くなりになった記事が出ていなければそうしたと思います」

この女性の話は一貫していて、わたしのいかなる問いにも、それが揺らぐことはなかった。ただひとつ、サー・チャールズの悲劇がおこった時に、あるいはその前後に、彼女が本当に離婚手続きを取っていたのか、という点を調べること以外、真偽を確かめる方法はない。

それに、彼女が実際に館まで行ったのに、行かなかったと言い張ることはまず考えにくい。館へ行くには二輪馬車[117]が欠かせないし、しかも、クーム・トレイシーへ戻るのは明け方になってしまうだろう。この遠出が誰にも気づかれないはずはないだろう。とすれば、夫人は真実だけを語っているか、あるいは、少なくとも真実のうちの一部を語ったと見るべきであろう。わたしは悩みを抱え、意気消沈したまま帰ることとなった。自分の任務を遂行しようと再びあれこれ手を尽くしてみたが、またもや、あの厚い壁が行く手をさえぎるだけであった。しかし、あの女性の表情や態度を思いおこせば思いおこすほど、何かを隠しているという印象を強くいだかざるをえなかった。なぜ、あれほどまでに顔色を変える必要があったのだろうか。なぜ追いつめられるまで、頑固に否定しつづけなければならなかったのだろうか。あの悲劇がおきた時は、なぜ黙っていたのだろうか。すべての説明にもかかわらず、彼女がわたしに信じこませようとすればするほど、何かを隠しているとしか思えないのだ。とりあえず、今のところは、この件の調査はここまでしかできない。次は、ムアの石室でみつかるかもしれない手がかりを追わねばならないのだ。

それにしても、こちらの捜査もまったく期待薄であった。そういう思いを胸に感じたのは、馬車で帰る道すじに、丘という丘のどこにもある古代人の住居跡を目にした時だ。バリモアの説明によれば、謎の男は、この忘れられた住居跡に寝泊まりしているということだが、この手の石室は広大なムア地帯には何百とある。しかし、ブラック・トアの頂上にあの男が立っているのを実際に目撃しているのが強味だ。とにかく、そこを捜索《そうさく》の中心にしよう。そこから、ムアのすべての石室を一つ一つしらみつぶしに調べていく。その男の住む石室に突き当たるまで探し、その口から話を聞き出す。必要とあらば、拳銃で脅《おど》すこともいとわない。とにかく、彼が何者で、なぜ、わたしたちをつけ回すのかをはっきりさせよう。リージェント街なら、雑踏に紛《まぎ》れて逃げおおせたかもしれないが、この人気《ひとけ》のないムアではそうはいくまい。それからまた、その石室を見つけても、万一留守だった場合には、帰ってくるまで、どれほど長くても、その男を待つ覚悟はできている。ロンドンでは、ホームズは逃してしまった。師匠さえもがとり逃がした男を捕まえたとなれば、わたしにとっては大手柄になるはずだ。

今回の捜索では、幸運には見放されつづけていたが、今やっと、運が味方についてくれた。その幸運の使者は他ならぬ、あのフランクランド氏であった。わたしが通りかかると、本街道に通じる自宅の庭の門の外で、彼は灰色の頬ひげを生やした赤ら顔で立っていた。

「ワトスン先生、こんにちは！」と、いつになく上機嫌で声をかけてきた。「馬たちに一息つかせてはどうかな。中に入って、ワインでもいかがです。わたしの祝いに付き合ってくださいよ」

娘への彼の扱いを聞いた後では、わたしはフランクランド氏に好感は持てなかったが、パーキンズと馬車を返さねばと思っていたところだったので、わたしには好都合であった。わたしだけ降り、夕食までには歩いて戻ると、サー・ヘンリーに伝言をことづけた。そして、フランクランド氏の後について、食堂に入った。

「今日はわしにとっては特別な日でしてね、わが人生でめったにない霽《は》れの日ですよ！」彼は笑いをこらえきれず、声も上ずっていた。「二つの偉業を成しとげたのですからね。わしははじめから、このあたりの連中に教えたかったことがあったのだ、それは、法はあくまで法だということだ、だからこそ、法に訴える人間がいるのだ。ミドルトン翁の大庭園のその中央を通りぬける通行権を勝ち取ったのだ。それも、玄関先から百ヤード（約九一メートル）のところを横切ってですよ。これをどうお考えですか？　これで、ああしたお偉いさんも庶民の権利を踏《ふ》みにじることは許されないと、肝《きも》に銘《めい》じたことでしょうよ。まあ、いい気味ですよ。それから、ファーンワーズィーの住民がよくピクニックに行っていた森を立ち入り禁止にしてやった。ああいうずうずうしい輩《やから》は土地の所有権など頭にない。だから、ところ構わず、紙くずや酒瓶を散らかして一ヶ所に群れたがるのだ。どちらの裁判も判決が出て、わたしの勝訴ですよ、ワトスン先生！　サー・ジョン・モーランドが、自宅のウサギ飼育場で、鉄砲でウサギ狩りをしているのを侵害で訴えて以来のめでたい日だ」

「いったい、どのようにして勝訴にこぎつけたのですか」

「記録を見てくださいよ。これを見れば勉強になりますよ。女王座裁判所における、フランクランド対モーランドの対決。二〇〇ポンドの費用がかかったが、わしの勝ちだ」

「それで、何か得になったのですか」

「いや、何にもない。裁判に私利私欲をもちこまないことがわしの自慢だ。わしは社会のためだけに動いているのですよ。ファーンワーズィーの連中は、今晩あたり、おそらく、わしに見立てた人形を火焙《ひあぶ》りにするだろうよ。この前に騒《さわ》いだ時には、警察にその種のけしからん行為を止めさせてくれるように言ったのだが。州警察も腐りきっていて、当然してくれていい警備もしないのだ。わしの、今回のフランクランド対

王室訴訟《そしょう》(118)が、このゆゆしき問題を世間に暴露《ばくろ》することになりますぞ。警察にも、わしにこんな扱いをしておると、いつか吠《ほ》え面《づら》かくことになると言っておいたのですが、もうそうなったじゃないか」

「それはどういうことですか」と、わたしは尋ねた。

　フランクランド氏は、なんでも知っているという得意げな顔をした。

「警察が知りたがって、のどから手が出るくらいのことをつかんでいるのでね。けども、まあ、どんなことがあっても、ああいうならず者どもには教えてやらないのさ」

　このおしゃべりから逃げるよい手だてはないものかと探していたのだが、ここにきて、その先を聞きたくてたまらなくなった。しかし、この高齢者のへそ曲がりぶりは嫌というほど見てきたので、なまじ強い興味を示すと、かえって内輪の話を明かしてくれなくなるのをわたしは充分承知していた。

「いや、どうせ、密猟か何かの話でしょう?」わたしは関心のなさそうに言った。

「は、は、は。それは、まあ、途方もなく重大なことですよ！　ムアにいる脱獄囚の件だといったら、どうするかな」

　わたしはとび上がった。「まさか、彼の居所をご存じというのではないでしょうね」と、言った。

「正確な場所ではないが、わしの助けがあれば、警察も脱獄囚を捕まえられることうけあいだ。その男を捕まえるには、まず、どこで食料を手に入れているかを見つけ、そこからたぐり寄せればいいと思わんかね」

彼の落ち着かないようすからも、話が核心に迫っていることは明らかであった。

「それはそうですね」とわたしは言った。「しかし、彼がムアのどこにいるか、どうしてわかるのですか」

「彼に差し入れをしている使いの者を、この目で見たんじゃ」

バリモアを思うと、気の毒になった。この年寄りの偏屈男《へんくつおとこ》に弱みを握られては、たまらない。しかし、次の言葉に、ほっとした。

「驚くだろうが、食料を運んでいるのは、子どもなのだ。わしはその子の姿を屋根の上から、望遠鏡で毎日見ている。同じ時刻に、同じ道を通っている。行き先は、脱獄囚のほかに誰が考えられるかね」

願ってもない幸運。しかし、わたしは、関心のあることをおくびにも出さないように努めた。子どもだ！　バリモアも、謎の男の世話をしているのは少年だと言っていた。とすると、フランクランドが偶然見つけたのは、脱獄囚のではなく、あの男の線だ。もし、フランクランドからその情報を聞き出せれば、長くつらい捜索を続けなくてもすむ。しかし、ここでは、疑ってみせ、無関心を装うことが、わたしのいちばん強力な戦術であることは確かだ。

「ムアの羊飼いの息子が父親の食事を届けていると考えるほうが、ずっとありそうな話ですよ」

この答えが反論とみえたようで、頑固な年寄りの逆鱗《げきりん》に触れた。こちらを恐ろしい目でにらみつけると、怒りに毛を逆立てる猫のように、白い頬ひげを立てた。

「いいかな！」こう言うと、彼は一面に広がるムアを指さした。「ブラック・トアが向こうに見えるだろうが？　ほら、イバラの茂みにおおわれている、低い丘が先にある。ムアではあの辺がいちばん石だらけの土地だ。そういう所に羊飼いが行ったりするものか。あんたの反論はまったくなっていないですぞ」

何も知らずに話しましたと、わたしはしおらしく答えた。この低姿勢が彼の機嫌を取りなしたせいか、さらにこの内輪話をつづけてくれた。

「わしがこう判断するには、それなりの根拠があるとあんたも思うだろう。包みを抱えた少年の姿を何回も、この目で見ている。毎日、時には、一日に二回、わしはいつも見た……待ってくださいよ、ほらワトスン先生。わしの見間違いかもしれない、いや、何か今、丘の斜面を動いていないかな」

それは数マイルも先だったが、確かに小さな黒い点が、くすんだ緑と灰色の丘陵の間に見えた。

「こちらへ来なさい！」と叫ぶと、フランクランドは二階へ駆《か》け上がっていった。

「あんたの目でしかと確かめてもらおうではありませんか」

三脚に取りつけられた、立派な望遠鏡が、平らな鉛版の屋根に設置されていた。フランクランドはそれにしっかりと目を当て、満足そうに声を上げた。

「さあ、早く、ワトスン先生、丘の向こうに行ってしまいますよ！」

確かにいた、小さな荷物を背負った小さな子どもがゆっくり丘を登っていた。頂上まで登ると、寒々とした青空を背景に、一瞬みすぼらしい服装の姿が見えた。子どもは、警戒し、周囲をこそこそとうかがっていた。そして、丘の向こうに消えた。

「どうだね！　わしの言うことが当たっていただろう」

「確かにそうですね。人目を忍んで使いをしている少年がいます」

「何をしているかは、州の巡査でも察しがつくだろう。しかし、わしからは、ひとことも知らせてやったりはしない。秘密は守ってくださいよ、ワトスン先生。ひとこともらしてはならん！　おわかりですな」

「はい、おっしゃるとおりにします」

「あいつらはまったくけしからんのだ、実にけしからん。フランクランド対王室訴訟で真相が明らかになれば、国中が憤りで震え上がるはずさ。どのみち、わしは警察の助けになるようなことはしないのだ。悪党どもが柱にくくりつけて焼くのがわしの人形ではなく、本人だったかもしれないのに知らん顔だ。おやおや、帰っていただいては困りますよ！　今日のめでたい日に、一緒にワインを一瓶空けてくださいよ！」

　わたしは、こうした誘いをすべて断わり、館まで歩いて送っていくという申し出もなんとかかわした。フランクランドがわたしを見ている間は、本道を行ったが、視野からはずれると、ムアに飛び出し、あの子どもが姿を消した、石だらけの丘に向かった。万事が順調に進み始めた。せっかく幸運に恵まれて与えられたこの機会を逃すようなことがあれば、それは、熱意と努力の不足からくるわたしの責任としかいえないはずだ。

　丘の頂上に着いた頃には、そろそろ、日も暮れかけてきた。長い斜面の一方は緑が金色に輝き、もう一方は灰色の影となって広がっていた。遥《はる》かかなたの地平線に霞《かすみ》が低く垂れこめ、ここから、ベリヴァ・トアやヴィクセン・トア(119)の奇怪な形が突き出していた。広漠としたムアには、何の音も、何の動きも感じられなかった。カモメかダイシャクシギか、一羽の大きな灰色の鳥が青空へ高く舞い上がった。この鳥とわたしだけが、天と荒野《あれの》の間にいる生き物のように思えた。荒涼とした光景、孤独感、わたしの任務の謎と緊張、そのすべてがわたしの心を寒々としたものにした。あの少年の姿はどこにもなかった。ふと、下を見ると、丘に窪《くぼ》みがあり、古びた石室の住居跡が円形に並んでいた。その中央には、雨露がしのげそうな屋根のついた石室が一つあった。これを見つけた瞬間、胸が躍《おど》った。ここが謎の男のひそんでいる住みかに違いない。ついに、その隠れ家に足を踏み入れようとしているのだ。これで、男の謎を解き明かすこともできるのだ。

わたしは、その石室に近づいた。ちょうど、あのステイプルトンが、止まっている獲物の蝶《ちょう》に近づく時のように細心の注意を払った。ここが住まいとして使われている場であることがわかり、大いに満足した。大きな岩石の間の狭い通路らしきところを行くと、玄関に当たると思われる、朽《く》ちかけた入口があった。中は静まり返っている。あの不審な男は、ここにひそんでいるのだろうか、それとも、ムアをうろついているのだろうか。わたしの神経は次にくる冒険にぴりぴりと張りつめた。吸いかけのタバコを投げ捨てると、拳銃の台尻をしっかりとにぎって、入口まで足早に進み、中をのぞいてみた。誰もいなかった。

ただ、わたしの追跡が的外れでなかった証拠が、そこかしこに見られた。ここにあの男が住んでいるのは確かだ。新石器時代の人間がかつて眠ったであろう、平らな石の板の上には、防水用の入れ物に入った毛布が何枚かあった。たき火の跡の灰が、火床らしき所に積《つも》っている。その横には料理の道具と、半分ほど水の入っているバケツが置いてあった。また、缶詰の空きカンがたまっているのを見ても、しばらく人が住んでいることは明らかであった。まばらな光に目が慣れてくると、小皿とか、半分残っているウィスキーのビンが隅に立っているのが見えてきた。石室の中央にある、平らな石がテーブル代わりに使われ、その上には小さな布包みが置かれていた。これはまさしく、望遠鏡でわたしが見た少年が背にかついでいたものに違いない。中には、食パン、牛のタンの缶詰一個、桃の缶詰二個が入っていた。中身を確かめてから、これを戻した瞬間、その下に、何か書きつけてある紙の切れ端《はし》を見つけたときには、思わずはっとした。それを拾い上げて読むと、鉛筆での乱暴な走り書きで、こうあった。

「ワトスン先生はクーム・トレイシーに行った」

　わたしはこの紙の切れ端を手にし、一瞬、このそっけない文章の持つ意味が、何であるのかを考え、立ちつくした。すると、謎の男が尾行していたのはサー・ヘンリーではなくて、このわたしだったのだ。さらに、彼は自分で尾行するのではなく、手下を使って、おそらくはあの少年が、わたしをつけていて、これはその報告書なのだ。おそらく、わたしはムアに来てから、監視され、報告されていたのだろう。常に見えない力を感じることはあった。それはわたしたちの周りに、巧妙に、用意周到に仕かけられたきわめて目の細かい網で、おおわれても気づかないので、網の目に完璧に捕えられてはじめてそれとわかるのだ。

　おそらく、報告が一つということはないだろうと思って石室の中を探し回った。しかし、そのたぐいのものは他には見つからなかった。このような奇妙な所に暮らし[120]ている男の正体や目的を示す手がかりも、何もない。ただ、この男は、スパルタふうの生活習慣の持ち主で、安楽な暮らしには関心がないことがわかった。大雨に見舞われれば、割れ目のある屋根では、雨をしのげないだろう。それを考えてみても、この住み心地の悪い所にいる男には、何か強い、確かな目的があるに違いないと、わたしは思った。男が、わたしたちの有害な敵なのか、あるいはわたしたちを守る天使なのか？　それを確かめるまでは、わたしは絶対に、この場を離れない覚悟をした。

外では太陽が沈みかけ、西の空は緋《ひ》と金の二色に輝いていた。その照り返しは、遥かかなたのグリンペン大沼のあちこちに赤い斑点《はんてん》のようにうつし出されていた。バスカヴィル館の塔が二つそびえ立ち、グリンペン村を示す煙が薄く、遠くに立ち昇っていた。その二つの間に見える丘の向こう側には、ステイプルトン兄妹の家がある。光り輝く夕暮れの中で、すべてがやさしく、穏やかで平和な空気につつまれていた。しかし、自然の平和とは裏腹に、これを眺めるわたしの心は、迫りくる正体不明の男との対決に不安と恐怖で震えていた。しかし、張りつめた緊張の中で、自らの任務に心を引き締《し》め、石室の暗い隅に座り、ここに住む男が来るのをじっとしんぼう強く待ち続けた。

そして、とうとう、男の足音が聞こえた。石にあたるブーツの鋭い音が遠くから聞こえる。一歩一歩、こちらに近づいている。わたしはさらに暗い隅に身を沈め、ポケットの銃の撃鉄《げきてつ》をおこした。わたしはなんとしても、謎の男の正体を見きわめるまで

SIDNEY PAGET

は、出ていってはならないと肝に銘じた。男は立ち止まったのか、長い静寂がただよった。そして、もう一度足音が近づいたかと思うと、石室の入口に人影が映った。

「気持ちのいい夕べだね、ねえ、ワトスン」聞きなれた声だ。「中にいるよりは外のほうが、ずっと気分がいいと思うのだがね」

第12章　岩山の死

わたしは一瞬、自分の耳をうたがって息を詰めた。ようやくのことに、我に返り、口もきけるようになると、心を押しつぶさんばかりの重責感も、一度に吹き飛んだ。あの冷静で、皮肉な響《ひび》きの、鋭い声の持ち主といえば、この世にただ一人しかいないはずだ。

「ホームズ！」わたしは大声で呼びかけた。「ホームズだね！」

「出てきたまえ」と彼は言った。「ただし、拳銃《けんじゅう》の扱いには、くれぐれも注意してほしいね」

わたしが、粗末な入口の横木の役をしている石の下を身をかがめてくぐると、彼は外の岩に腰掛けていて、わたしの驚いた顔を見つけるや、灰色のいたずらっぽい目を輝かせた。少しやせて、疲れたようすではあったが、清潔で、元気いっぱいだった。鋭い印象の顔は、陽に焼けて赤銅色で、風で荒れていた。布製の帽子と、ツイードの服の姿は、ムアを訪れた旅行者ふうであった。ネコのようにきれい好きなホームズは、その特性を発揮して、ベイカー街にいる時と寸分変わらず、あごはきれいに剃《そ》り、しみ一つないシャツを身につけていた。

「まさか、よりによって、君にここで会えるとは、これほどうれしい思いをしたことはないよ!」と、彼の手をしっかり握り締めて、わたしは叫んだ。

「というよりは、驚いただろう、ちがうかな?」

「そう、正直に言えばそうさ」

「驚いているのは君のほうだけではないよ。まさか、この臨時の隠れ家が見つかるとは思ってもいなかったからね。そのうえ、中には君がいるのだから。もっとも、ここの入口から二十歩ばかり手前で、君がいるのに気がついていたけれども」

「ぼくの足跡で気づいたのだろうね」

「いや違うよ、ワトスン。世の中のあらゆる種類の足跡の中から、君のものを見分けることなど、ぼくにはできないよ。もし、君が本気でぼくを手玉に取ろうと思ったら、まずタバコの銘柄を変えることだよ。オックスフォード街ブラッドレイのマーク入りの吸い殻《がら》を見れば、すぐ近くにぼくの親友のワトスンがいるとわかるさ。それは、小道のすぐ横にあった。君が一か八かの思いで、誰もいない石室に入り込もうという時に、捨てたものだ」

「そのとおりだ」

「他に考えられないね。君のすばらしい粘り強さからすれば、武器を用意して、ここの住人の帰還を待ち受けているに違いないとぼくは確信した。そうすると、君はぼくがあの脱獄囚《だつごくしゅう》だと思っていたのかい」

「いや、君が誰かはわからなかったのだけれども、どうしてもつきとめようと決めていたのさ」

「立派だよ、ワトスン！　それにしても、どうしてぼくの居所を突き止められたのかい。おそらく、脱獄囚を追った夜に、ぼくを見たのだろうね。うかつにも、ぼくは月が昇ってくるところを背にして立ってしまった」

「そう、あの時ぼくは見たのだよ」

「それから、石室をしらみつぶしに探して、ここを見つけたというわけだね」

「いいや、君の使っている少年を見たのだ、それで、どの辺を探せばいいかがわかったのさ」

「とすると、それはきっと、望遠鏡のあの年配の紳士だね？　ぼくも、あの望遠鏡のレンズに光が反射したのを初めて見た時は、それが何なのかさっぱりわからなかったよ」彼は立ち上がり、石室の中をのぞき込んだ。「ああ、カートライトが差し入れをしてくれている。この紙は何だ。そうか、君はクーム・トレイシーに行ってたのだね」

「そうだ」

「ローラ・ライオンズ夫人に会いにかい」

「そのとおりさ」

「すばらしいよ。ぼくたちの調査は両方で同時進行をしていたようだ。お互いの調査結果を合わせれば、事件の全容がおおかたは判明するだろうね」

「いや、君がここに来てくれて本当にうれしいよ。任務の重さと事件の謎でぼくの神経も限界だった。それにしても、どういう風の吹き回しで、君はここに来たのかい。それに何をしていたのかね。ぼくは、君がベイカー街で、あの恐喝《きようかつ》事件にとり組んでいるとばかり思っていたよ」

「それは、そう思わせたかったからさ」

「ということは、ぼくを行かせておいて、信用はしないということだったのかい!」いくぶん苦々しい顔をして、わたしはこう叫んだ。「ホームズ、君はぼくをもう少し認めてくれていたと思っていたのに」

「うん、そうさ。他の多くの事件と同様に君は今回もかけがえのない役割を果たしてくれた。だから、もしぼくが君をだましたように見えたら、許してほしい。本当は、ぼくがこうしたのも、君の身を案じたからでもあったのだよ。だからこそ、ぼくもこちらへ来て、独自の調査も開始した。もし、ぼくがサー・ヘンリーや君と一緒にいれば、事件へのぼくの見方も君のと同じものになってしまうし、ぼくがいれば、あの手ごわい敵に、警戒しろと、あらかじめ警告を与えるようなものだからね。だからこそ、結果から言っても、ぼくが館に寝泊まりしていたのでは、とても望めないほど、あちこちに行くことができたし、そのうえ、この事件でぼくが表舞台に立たないでいれば、いざという緊急事態が生じたときにいつでも飛び出せるからね」

「それにしても、何でぼくにまで隠したのかい」

「君に知らせておいても、何もいいことはなかったろうし、ぼくのこともばれてしまうかもしれなかったからね。君は何か話すことがあって、ぼくの所へ来たり、ぼくのためにと、差し入れを持ってきてくれたりするかもしれない。そうなると、余計な危険が増すことになる。そこで、ぼくはカートライトを連れてきたのさ。覚えているだろうね、メッセンジャー事務所の、あのおちびさんさ。ぼくにとってのささやかな必需品の食パンと清潔なカラーを運んでくれた。他には何が要《い》るというのかね。あのすばしこい足と鋭い目が、ぼくの代わりを務めて、すばらしい働きをしてくれた」

「ということは、ぼくの報告書は役に立たなかったということだね！」それらを作る苦労と誇りを思い出して、思わずわたしの声は震えた。

　ホームズはポケットから紙の束を取り出した。

「ねえ君、ここに君からの報告書がある。何回も繰り返して見た跡がわかるだろう。

ぼくがきちんと手はずを整《ととの》えておいたから、一日しか遅れないで手元に届いていたよ。これほど異常な難事件に立ち向かう君の熱意と知性に、ぼくは心から感服したよ」

わたしはまだ、だまし討ちに遭《あ》ったような思いを少なからず持っていたのだが、ホームズのあたたかいほめ言葉で、憤《いきどお》りも消え去った。それに、彼の言うことはもっともで、わたしたちの目的からすれば、彼がムアにいることをわたしが知らないのが、最善の策であったと、わたしも心から納得した。

「これでいいね」と、わたしの表情が和《やわ》らいだのを見て彼は言った。「さて、それでは、君がローラ・ライオンズ夫人を訪問した結果を話してくれたまえ。彼女を君が訪ねるだろうという予測は、ぼくにもついていたよ。クーム・トレイシーでは、彼女の他にはこの事件に役立つ人物はいないと、ぼくはにらんでいた。もし今日、君がでかけなかったとしても、明日、ぼくが、必ずや出かけたろうね」

日が沈み、夕闇がムアを覆い始めた。冷たい夜気が身にしみてきたので、わたしたちは暖を取りに石室へ入った。そこで一緒に、薄暗い光の中に腰を下ろした。わたしはホームズに夫人との面談の内容を話した。彼は非常な関心を示し、そのうちのいくつかの点については、彼が納得できるまで二回も繰り返してわたしが話した。

「これはたいへん貴重な情報だよ」わたしが話を終えると、彼は言った。「この複雑な事件で、ぼくがどうしても埋めることのできなかった空白がこれで埋まった。ところで、この女性とあのステイプルトンとが特に親密な関係にあるということを知っているかね」

「親密な関係とは知らなかったよ」

「これについては疑う余地はない。彼らは会ったり、手紙をかわしたりして、完全に意気投合している。そして、この情報は、ぼくたちにとっては強力な武器だよ。これを使って彼の細君を彼から引き離せればだけれど……」

「彼の細君だって？」

「それは、これから話すところだよ。君がぼくに教えてくれたお返しにね。ステイプルトンの妹として知っている女性は、実は、彼の妻なのだ」

「ホームズ、何ということだ！　それは本当なのかい？　サー・ヘンリーが恋に落ちるのを許しているのはどういうことなのかね」

「それは、サー・ヘンリーが恋に落ちたからといって、実害をこうむるのはサー・ヘンリー本人だけだ。しかし、君も気づいているとは思うけれど、彼も、サー・ヘンリーが彼女に対して手を出さないように特に注意している。繰り返すけれど、あの女性は妻であって、妹ではない」

「とすると、どうして、そこまで手の込んだ芝居を打たなければいけないのかな」

「彼女が独身の女性だと称しておいたほうが、より便利な使い道があると踏《ふ》んだのだろう」

それまで言葉に表わせなかった印象や、漠とした疑惑が一気に鮮明に、あの博物学者の姿に重なった。いつも麦わら帽をかぶり、捕虫網を手にし、生き生きとした感情を見せず、無色透明のような男が、外面は笑顔、内面は殺人鬼とでもいおうか、途方もない忍耐をもって悪知恵を働かせる恐ろしい怪物に見えてきた。

「とすると、ぼくたちの敵はあの男で、ロンドンでつけまわしていた張本人ということなのかね？」

「ぼくは謎をそう解いた」

「とすると、あの警告文は、彼女が送ってきたというわけだね！」

「そのとおりさ」

見え隠れしているだけで、想像でしかつかみようのなかった悪事の姿が、わたしをとりまいていた暗闇の中から浮かび上がってきた。

「でも、このことは間違いはないのだろうね。どうしてあの女性が妻だとわかったのかな」

「彼は君と初めて会った時、うかつにも、自分の経歴について一部本当のことを漏《も》らしてしまったのだよ。これは彼も悔やんでも悔やみ切れなかったことだろうね。事実、彼はイングランドの北部で、学校の校長をしていた。そして、校長の身辺を調べ上げることほど、たやすい仕事はない。教育に携《たずさわ》る関係者なら誰でも、その身元を照会してくれる代理店があるのだよ。少し調べたところで、ある学校が途方もない事情で廃校となり、経営者は——名前は違っていたけれども——妻と一緒に雲隠れをしたことがわかった。人相が一致した。この行方不明の男が、昆虫学の研究にいそしんでいたという事実がわかった時点で、ぼくは同一人物だと確信した」

不可解さは一部消え去ったのだが、まだその多くは闇の中だ。

「もし、あの女性が彼の妻だということが真実だとしても、ローラ・ライオンズとどこでつながってくるのかな」とわたしは尋ねた。

「そこが、君が調査で明らかにしてくれた点のひとつだ。君があの女性と会って、聞き出した話から、状況がかなり見えてきた。ローラが夫と離婚しようとしているとは、ぼくは知らなかったよ。そうすると、ステイプルトンが独身だと思い込んで、妻になれると思ったに違いないね」

「でも、だまされたと気づいた時は？」

「そうなると、ローラがぼくたちにとって貴重な存在になるということだよ。まず、ぼくたち二人で、明日にも、彼女と会うのが先決だ。ところで、ワトスン、君が引きうけている任務から離れ過ぎてはいないかな。君の守備範囲はバスカヴィル館だからね」

夕日の赤い光の筋が西の空から消えて、夜の帳《とばり》がムアに下りた。菫色《すみれいろ》の空には、星が二つ三つ淡《あわ》く輝いていた。

「ホームズ、最後にもうひとつだけ聞きたいのだけれども」とわたしは立ち上がって言った。「君とぼくとの間には隠し事はないはずだよね。結局どういうことなのかな。彼の狙いは何なんだ」

ホームズは声をひそめて答えた。「殺人だよ、ワトスン。巧妙に仕組まれた、残忍きわまりない殺人計画だ。細かな点は話せない。彼の仕掛けた網がサー・ヘンリーを捕らえようとしているが、ぼくの網もステイプルトンに着実に迫《せま》っている。君の助けで、彼はぼくの手中に入ったも同然だよ。ただし、ぼくたちをあやうくする危険がひとつ残っているのだ。それはぼくたちが準備態勢を整える前に、彼が先手を打ってくることだ。あと一日、最大でも二日あれば、ぼくはこの事件にけりをつけられる。だからそれまでは、君は、引きうけている任務を片時も忘れずに遂行してほしい。病気のわが子を、やさしい母親がじっと見守るようにだよ。君の今日の仕事は、それなりの意義があったとぼくも認めるが、できることならば、サー・ヘンリーのそばを離れてほしくなかったね。静かに！」

すさまじい悲鳴——恐怖と苦悶《くもん》を訴える長い絶叫が、ムアの静寂を破って響いた。この恐ろしい叫び声に、わたしの身体中の血も凍《い》てついた。

「おや、なんだ！」とわたしはあえぎながら言った。「なんだろう、あれは？　何がおきたのだ」

　ホームズはさっと立ち上がると、石室の入口に、俊敏《しゅんびん》そうな、黒いシルエットを見せて立った。前かがみに頭を外へ向けて、顔を外の闇にずっと向けていた。

「静かに！」ホームズはささやいた。「静かに！」

　叫び声はすさまじさのあまりか近くに聞こえたが、実は、それは暗い平地の遠いどこかから響き渡ってきたらしい。今は、もっと近くから、いっそう強く、さらに切迫した叫びがわたしたちの耳を裂いた。

「どこだろうか？」と、ホームズは声をひそめたが、彼の声も震えていた。あの冷静沈着な彼までが激しく動揺しているのだ。「どこだろうか？　ワトスン」

「いや、あそこだ！」

「向こうだ」と、わたしは暗闇を指さした。

　再び、苦しげな絶叫が、夜の静寂を破り、さらに近くに、さらに大きく響いてきた。そして、まったく別の音がこれに加わった。深く、低く押し殺したようで、調子のある、そして、恐ろしげな音が湧き上がってくる。海の潮騒《しおさい》にも似て、高く低く繰り返した。

「猟犬だ！」とホームズは叫んだ。「来るのだ！　ワトスン、来てくれ！　ああ、もう、遅すぎたかもしれない！」

彼はムアを駆《か》けていった。わたしも必死に後につづいた。けれども、わたしたちのすぐ前方の岩の裂け目から、断末魔の叫びが、そして次に、鈍《にぶ》く重い音が響いた。わたしたちは立ち止まり、耳をすませた。風のない夜の静寂を乱す音は、何ひとつ聞こえてこなかった。

わたしが振り向くと、彼は額に手を当てて、茫然《ぼうぜん》としていた。彼は、悔しくてならないというように、地団駄《じだんだ》を踏んだ。

「ワトスン、猟犬にしてやられた。ぼくたちは遅れをとったのだ」

「いや、いや、それはないだろう！」

「手をこまねいていた、このぼくがまぬけだった。ワトスン、そして君だ、持ち場を離れてはならなかった。しかし、なんということだ、最悪の事態がおきたのだ、仇《かたき》は討たないではおかないよ」

真っ暗闇の中を、わたしたちは走り、大きな岩に体を何回もぶつけ、ハリエニシダの茂みの中を突き進み、丘をあえぎあえぎ登り、また、斜面を一気に駆け降り、ひたすら、恐ろしい悲鳴の聞こえたと思える方向を目指した。小高い場所に出るたびに、ホームズは周りをくまなく見回したが、ムアは闇ばかりで、陰鬱《いんうつ》な広がりの中には、動くものは何一つ目に入らなかった。

「何か見えるかい」

「見えないよ」

「おや、静かに、あれは何かな？」

　低いうめき声が耳に入った。再び、わたしたちの左手から聞こえてきた。そこは岩山の尾根が途切れて、垂直な崖《がけ》の下にある、石がごろごろしている斜面を見渡せるところであった。そのごつごつとした斜面に、ワシが広がっているような、見慣れない形の黒い物体が見えた。それに向かって急いで近寄ってみると、それまで、ぼんやりしていた輪郭《りんかく》がくっきりとしてきた。それは地面にうつぶせに投げ出された男の体であった。頭部がすさまじい角度で体の下に入り込み、肩と体が前のめりに丸くなっていて、それはあたかもとんぼ返りでもしているかのような姿であった。外見があまりにグロテスクで、さきほどのうめき声が、この体から出た最後のものだとは、しばらくのあいだ信じられなかった。わたしたちはかがみこんで見たが、闇の中の体は微動《びどう》だにせず、こそとも息も漏れなかった。ホームズは手をまわして引き起こそうとしたが、再び、恐ろしさに悲鳴を上げた。彼のすったマッチのかすかな光は、手にべっとりとついた血と、犠牲者の砕けた頭からゆっくり流れ出て広がる血の海を照らし出した。そして、その光が照らし出したのはそれだけではなかった。その死体は、サー・ヘンリー・バスカヴィルその人だった！　このことは、わたしたちの悲しみに追い討

ちをかけ、胸もつぶれんばかりであった。

この赤味を帯びたツイードの服は、忘れようにも忘れられないものであった。わたしたちがベイカー街で初めて会った朝に、彼が着用していたものに相違ない。マッチの火は燃えつき、消えてしまったが、このわずかな瞬間に、はっきり照らし出された光景は、わたしたちの望みを永久に断ち切った。ホームズは深くため息をついた。その顔は、闇の中でも白さが浮かび上がっていた。

「ちくしょう！　ちくしょう！」わたしは、こぶしを握り締めて叫んだ。「ホームズ、ぼくが彼を一人にしたばかりにこういう運命に遭わせてしまった。ぼくはそういう自分を許せない」

「ワトスン、ぼくのほうがもっと責任が重いよ。今回の事件をうまくまとめ上げ、立証することばかりにかまけて、依頼人の命を犠牲にしてしまった。ぼくがこの仕事を志してこのかた、これほど惨《みじ》めな敗北を、味わったことはないよ。それにしても、あれだけの警告にもかかわらず一人でムアに出て命を危険にさらすようなことをするとは、どうして、どうして、ぼくに予測できるというのだ」

「彼の悲鳴を、あの恐ろしい絶叫を聞いていながら、なぜ、ぼくたちは、助け出せなかったのだ！　彼を死に追いやった狂暴な猟犬は今どこにいるのだ。こうしている今も、おそらくこのへんの岩の間に身をひそめているのだろう。そして、ステイプルトンだ、彼はどこにいるのだ。この償《つぐな》いは、かならずさせてやる」

「そうだよ。ぼくは必ずしてみせるよ。伯父と甥が殺されているのだ。伯父はこの世のものではないと思える怪獣を見て、恐怖のあまりに亡くなった。甥は、それから逃れようと必死で逃げて、死に追いやられた。今こそ、ぼくたちはあの男と怪獣との関係を解き明かし、立証しなければならない。吠《ほ》え声を聞いたというだけでは、それが存在したという証拠にまではならない。サー・ヘンリーにしても、実のところは崖から転落して死んだという事実しかない。けれども、どんなに敵が悪知恵にたけていても、ぼくの力で明日中には必ず捕らえて見せる！」

　突然に言い表わせないほどに変わり果ててしまった遺体の両側に、わたしたちは、胸も裂ける思いで立ちつくした。あれほど長く、耐え難い苦労のすえが、このむごい最期とは。その時、月が昇り、わたしたちは不幸な友が転落死を遂げた崖の上に登ってみた。その頂《いただ》きから見ると、ムアは半分は銀色に鈍く光り、残りは暗い闇に包まれていた。何マイルも遥《はる》か先のグリンペンの方角に、黄色い光が一つくっきりと光っていた。それは寂しい一軒家のステイプルトン家から漏れているに違いない。それを見つめると、悔しさがこみあげてきて、わたしはこぶしを振り上げた。

「なぜ、ぼくたちは今すぐに彼を捕まえないのかい」

「事件をまだ立証できていない。何といっても、敵は悪賢さにかけては天下一だ。だから、問題は今、ぼくたちが知ることではなくて、あくまでも立証することだよ。下手に動けば、あの悪党に逃げられてしまう心配がある」

「それでは、どうするのかね」

「明日は忙しくなるよ。今夜はとにかく、気の毒な友人に最期のお別れをすることにしよう」

わたしたちは一緒に切り立った崖を再び降りて、銀色の石の上に、黒く、はっきりと見える遺体に対面した。不自然にねじれたその手足の痛ましい姿に、わたしは胸を突かれ、涙で目が曇った。

「誰か助けを呼ばなくては、ホームズ！　ぼくたちで遺体を館まで運ぶのはとても無理だよ。ホームズ、どうしたというのだ、気でも違ったのかい？」

彼はいきなり、上ずった叫び声を上げて、遺体にかがみ込んだ。小躍《こおど》りを始め、高笑いをし、さらにはわたしの手をつかんで、握り締めるのだった。これがいつも厳しく自制しがちのわたしの友なのだろうか。これがまさに秘められた激情とでもいうのだろうか！

「あごひげ！　あごひげだ！　この男にはあごひげがあるのだ！」

「あごひげ？」

「だから、これは準男爵ではないのだ！　ぼくの隣人の、あの脱獄囚だよ！」

わたしたちは、大急ぎで、死体を仰向《あおむ》けた。血のしたたるひげが、寒々と冴《さ》える月に向かって立っていた。大きく突き出た額と、窪んだ獣めいた目を見れば間違えるはずはない。岩山の上からわたしをにらみつけていた時、ろうそくの光に浮かび上がったものと同じ——そう、脱獄囚、セルダンの顔だった。

一瞬にして、わたしには合点がいった。準男爵が、彼の古い服をバリモアに進呈したという話を思い出した。バリモアは服をそのままセルダンに与えて、逃亡を助けようとしたのだ。ブーツ、シャツ、帽子——これはみなサー・ヘンリーのものだ。この悲劇は確かに痛ましいものではあったが、国の法律からすれば、死刑に値するだけの罪をこの男は犯していたのだ。感謝と喜びに胸を躍らせながら、わたしはホームズにこの事情を説明した。

「すると、この衣服をもらったことが、この気の毒な男の命取りになったというわけだね」と、彼は言った。「サー・ヘンリーの所持品のうちの何か、おそらくは、ホテルで盗まれた片方のブーツに間違いないだろうが、その臭いを犬に覚えさせておいて、その臭いの男を追跡させたのだろうね。それにしても、どうにも不可解なことが一つある。この暗闇の中で、セルダンはどうして猟犬に追跡されているのに気づいたのかということだよ」

「吠え声を聞いたのだろうね」

「ムアで猟犬の吠え声を聞いたくらいで、これだけの荒くれ男が、自分が捕まる危険をおかしてまで、助けを求めて、恐怖の悲鳴を上げたりするだろうか。あの叫び声からすれば、動物に追いかけられていると知ってから、相当な距離を走り続けたに違いないよ。いったいどうして、犬に追われているとわかったのだろう」

「ぼくには、もっと不思議なことがあるよ。これまでのぼくたちの推測が全部正しいと仮定して、なぜ、この猟犬が今晩……」

「ぼくは推測はしないよ」

「そう、それにしても、この猟犬が今夜放されたのはどうしてなのだろうか。いつもムアに放し飼いになってはいないという気がするのだ。ステイプルトンは、サー・ヘンリーがムアへ出ていると思わなければ、猟犬を放したりはしないはずだ」

「この二つのうちでは、ぼくの疑問のほうが深刻のようだよ。君の疑問のほうはすぐに結論が得られるだろうからね。それにひきかえ、ぼくの問題はこのまま、永久に謎のままになりそうだ。とにかく、さしあたっての問題は、この気の毒な男の死体をどうするかだよ。キツネやカラスに狙われるので、ここに放置しておくわけにはいかないよ」

「警察と連絡が取れるまで、このあたりの石室に置くというのは」

「それがいい。あのへんまでなら、君とぼくとで運んでいかれる。おや、ワトスン、

これはどうしたことだ。あの男がご自分からお出ましとはね、驚くべき度胸だ（121）！　君は疑っているというようなことを、ひとことだってもらしてはいけないよ。いいかい、ひとこともだよ。さもないと、ぼくの計画がすっかりだいなしになってしまう」

　ムアを通って人影がこちらに向かってきたのが、葉巻のかすかな火でわたしにはわかった。月が明るく、彼を照らし出し、あの博物学者であることがきちんとした姿と元気な歩き方から、わたしにはわかった。わたしたちに気づくと、立ち止まり、そして、再びこちらに向かってきた。

「いや、ワトスン先生でしたか。この、真夜中に、ムアでお目にかかるとは思いもよりませんでした。いや、あれ、いったいこれは何です？　誰か怪我でもしましたか。いやですね、まさか、わたしの友人のサー・ヘンリーだなどとは言わないでくださいよ」

　彼はわたしの脇を急いですり抜けて、死んでいる男をかがんで見つめた。彼が息を飲み込む音が聞こえて、彼の手から葉巻が落ちた。

「だ、だれですか、これは？」彼は口ごもった。

「セルダンですよ。プリンスタウン監獄から脱獄したあの男です」

　ステイプルトンは、真っ青な顔をこちらに見せ、必死の思いで驚きと失望を抑えていた。ホームズ、そしてわたしへと、彼は鋭く視線を移した。

「あれ、まあ！　なんともショックなできごとです！　どうして死んだのですかね」

「この崖から転落して首が折れて死んだようですね。友人とわたしは、ムアを散歩していて、悲鳴を聞きつけました」

「わたしも聞きました。それで、出てきたのです。サー・ヘンリーのことが心配になったものですから」

「また、どうしてサー・ヘンリーのことがご心配なのですか」わたしは思わず尋ねてしまった。

「お訪ねくださるようお誘いしていたのです。それが、お見えにならない。ですから、ムアで叫び声が響いた時には、どうかされたのではないかと、それは肝《きも》を冷やしましたよ。それはそうと、叫び声以外に、何か聞こえませんでしたかね」こう言いながら、ステイプルトンはわたしの顔から再び、ホームズへと視線をすばやく移した。

「いいえ」とホームズは言った。「あなたは聞いたのですか」

「いいえ」

「おっしゃりたいことが、わからないのですが」

「そう、小作人たちが噂《うわさ》している魔犬とかについてはあなたもご存じでしょう。夜な夜な、ムアで遠吠えが聞こえてるということですよ。今夜も、そういう音が聞こえたりしたのではないかと思いましてね」

「いいえ、その種のものは、何にも聞こえませんでしたよ」と、わたしは答えた。

「としますと、この気の毒な男の死因をどうお考えになりますか」

「やはり、不安と、野営生活により、気が違ったのでしょうね。異常な精神状態で、ムアをかけ回り、あげくの果てにここで転落し、首の骨を折ったということでしょう」

「それが一番ありそうな説明ですね」と、ステイプルトンは言って、ほっとしたのか、ため息をひとつついた。「シャーロック・ホームズさん、あなたのご見解をうけたまわれませんか」

わが友は彼に軽く会釈《えしゃく》した。

「よく、わたしとおわかりですね」と、彼は言った。

「ワトスン先生がこちらにお見えになってからというもの、あなたがおいでになるのを、この地では待ちこがれていましたからね。この悲劇にちょうど折りよくおいでになられましたね」

「はい、そうです。わたしの友人の説明が事実に相違ないとわたしも思います。このいやな記憶をみやげに、わたしは明日、ロンドンへ帰ることにしています」

「えっ、明日、もうお帰りですか」

「そのつもりでいます」

「こうしておいでいただいたのですから、このところの謎だらけのできごとをいくらかでも解き明かしていただきたいものですよ」

ホームズは肩をすぼめて言った。「いつでも、思いどおりに事が運ぶとはかぎりませんよ。捜査には、言い伝えや噂ではなく、事実が必要です。その点でも、満足がいかない事件でした」

わが友、ホームズの口ぶりはひどくざっくばらんで、かなりそっけないものであった。ステイプルトンはずっとホームズの顔を眺めていた。ややあってわたしの方に向き直った。

「この気の毒な男をわが家へ運んではどうかと思いましたが、妹がきっと、おびえきってしまいそうですから、そうもいきません。何かを顔に被せておけば、朝まではさしつかえないと思いますが」

そして、そのようにした。ステイプルトンが家に寄っていくことを勧めるのを断わって、博物学者には一人で帰ってもらい、ホームズとわたしはバスカヴィル館へと向かった。振り返ると、広大なムアをゆっくりと去っていくその姿の後方に、月の光で銀色に輝く崖の斜面が見えた。そして、そこにある黒い一つの点は、あの恐ろしい最期を遂げた男が横たわる地点を示していた。

「もうあと一歩で、一戦を交えるというところだったよ」わたしたちが一緒にムアを歩いている時、ホームズは言った。「何という神経の持ち主だ、あいつは！　陰謀《いんぼう》を企《たくら》んでいて、人違いをして、関係のない人間を犠牲にしたのだよ、それがわかったら、普通なら立ち直れないほどのショックを受けるはずなのに、あれほどの平静を保っているとは。ワトスン、ロンドンでぼくが君に言ったことを、ここでもう一回言わせてもらうよ。今回の敵は今までになく手ごわいが、なかなかの好敵手《こうてきしゅ》だよ」

「彼に見られてしまったのは残念だったね」

「ぼくも初めはそう思ったけれど、他に仕方がなかったからね」

「君がここに来たのを知って、彼は計画をどう変えてくると思うかい」

「おそらく彼はいっそう慎重な行動に出るか、そうでなければ、ただちに無茶な手段に出るかのどちらかだろう。最も頭の切れる犯罪者というのは、彼もそうだろうが、自分の頭の良さに酔いしれてしまうものなのだ。それでぼくたちを完全に出し抜けると思い込んでいるのだろうね」

「それなら、どうして、今すぐ彼を逮捕しないのかい」

「ねえワトスン、いいかい、君は根っからの行動派だ。君にはいつも何かを活発に行なうという本性が備わっている。けれども、ためしに仮定してみたまえ。ぼくたちは今晩にだって彼を捕縛《ほばく》できるよ。けれどもそれで、ぼくたちのために何かいいことがあるだろうか？　彼を有罪にするような証拠が、ぼくたちにはないのだ。悪魔のようなわるがしこさだ！　もし彼が人間を手下に使っているのなら、証人もそろうだろうさ。ところが、恐ろしい犬を世間に引きずり出したとしても、その飼い主の首に縄をかけることにはならないのだからね」

「それでも、事件は立件できるではないか」

「いや、それは無理だよ。憶測《おくそく》や思い込みでしかないよ。この程度の話と証拠では、法廷で一笑に付《ふ》されるのが落ちだよ」

「サー・チャールズ死亡の件もあるよ」

「彼には何の痕跡も残っていなかった。君もぼくも、彼が恐怖のあまり死んだことを知っているし、ぼくたちは何がその恐怖を引き起こしたかも知っている。しかし、どうだろう。頭の血のめぐりの悪い十二人の陪審員たちにどのようにしてこれをわからせることができるだろうか。猟犬がいるという証拠が何かあるか。嚙《か》みついたあとでもどこかにあるのか。もちろん、猟犬は死体には嚙みつかないものだが。ということは、犬に襲われる前にサー・チャールズは死んだということだ。しかし、ぼくたちがこうした事実を証明しようとしても、ぼくたちにはそれができないのだよ」

「そうか、それなら、今夜はどうする」

「ぼくたちも夜はさけたほうがよさそうだ。猟犬と脱獄囚の死との間にもはっきりとしたつながりはない。猟犬の姿も見ていない。吠え声は耳にした。けれども、それがこの男を追いかけていたとは立証できない。それに、動機の見当もつかないのだよ、ねえ、ワトスン。ぼくたちは現在、この件を事件として立件できる段階にない。だからこそ、立件に持ち込むには、いかなる危険もいとわないのだよ」

「では実際には、どうしようというのかね」

「ぼくとしては、ローラ・ライオンズ夫人に大いに期待を寄せている。彼女が自分の立場をわかったら、本当のことを話してくれると思うよ。ぼくには独自の策もあるさ。ただ、『あすのことは、あすが心配します』[122]と聖書にもある。明日じゅうに、ぼくたちが優位に立てるはずだよ」

それ以上の話を、ホームズから引き出すことはできなかった。彼は思いにふけりながらバスカヴィル家の門まで来た。

「君も一緒に来るのかい」

「もちろんだよ。いまさらもう、逃げ隠れする必要はないからね。最後にひとこと、言っておくよ、ワトスン。サー・ヘンリーにはあの猟犬のことは何も言わないでくれたまえ。セルダンの死因は、ステイプルトンがぼくたちに説明して、信じこませようとしたとおりだったと思い込ませることにしよう。そうしたほうが、明日、サー・ヘンリーが受ける負担も軽くなるはずだよ。たしか、君の報告が正しければ、ぼくの記憶だと、あの人たちと夕食の約束があったはずだね」

「ぼくも夕食に正式に招待されているのだよ」

「それなら、君は何か理由をつけて失礼して、彼一人で行ってもらうのだ。そうするのは難しいことではないね。さてと、ぼくたちは夕食には遅すぎるけれど、夜食にはちょうどいい頃だよ」

第13章　網を張る

シャーロック・ホームズの突然の訪問に、サー・ヘンリーは驚きもしたが、何より喜んだのは、このところのできごとでホームズがロンドンから来てくれるのではないかと、この数日間、心待ちにしていたためであろう。しかし、わが友が荷物も持たず、また、こちらに来られなかった理由について何の説明もしないので、彼は怪訝《けげん》そうな顔であった。ほどなく、ホームズに入り用な物を二人で整えると、その後で、遅くなった夕食をとりながら、準男爵に、さしさわりのない範囲で、わたしたちの見たことを話した。しかし、これより前に、わたしには、バリモアとその妻にセルダンの死を伝えるという、つらい務めがあった。バリモアにとってはおそらく、肩の荷のおりた知らせであったろうが、彼女はエプロンに顔を埋めて泣きじゃくった。世間からみれば、彼は半ば獣、半ば悪魔ともいえる凶暴《きょうぼう》な男だが、彼女にしてみれば、いつまでも、少女時代の思い出のままで、我《が》は強いが、手にしがみついてくる、いたいけな子どもなのだ。いかなる凶悪な人間にも、その死を嘆き悲しむ女が一人はいるものなのだ。

「朝、ワトスンが出かけてから、一日中ずっと、家でくさっていましたよ」と準男爵は言った。「おほめの言葉をいただきたいですよ。約束は守ったのですから。一人で外出はしないと、誓ったりしなければ、かなり楽しい夕べを過ごせたはずですよ。ステイプルトンさんから、お誘いがあったのです」

「そうでしょう、さぞかし楽しい夕べだったことでしょう」と、ホームズはそっけなく言った。「ところで、あなたが首の骨を折って亡くなられたと思って、わたしたちが悲しんだことは、あなたはご存じないでしょうね」

「何ですって?」サー・ヘンリーは目を丸くした。

「その気の毒な男は、あなたの服を着ていました。彼に服を与えたあなたの使用人が警察のお世話になるのではと、わたしも心配しています」

「それはありません。わたしの記憶では、どの服にも、印のようなものはいっさい付けていないはずです」

「それは幸いです。たしかに、それはあなたがた全員にとって幸運だというべきでしょう。なんといっても、皆さんはこの件では、法律的には潔白《けっぱく》でない立場におられますからね。良心的な探偵であれば、この屋敷の全員を逮捕するのを最大の任務と思いかねませんよ。ワトスンの報告書は、全員が有罪であるとする有力な証拠になります」

「しかし、肝心の事件はどうなのですか」と準男爵は尋ねた。「少しは謎も解けましたか。ワトスンとわたしは、こちらに来ても、多少は何かわかるようになったとも思えないのですよ」

「今しばらくすれば、事件の状況をもう少し明確にご説明できると思います。事件は複雑怪奇で、捜査《そうさ》も困難をきわめているのです。まだ、それを解き明かすために必要なことがいくつか残っていますが、これももうすぐに解決されるはずです」

「ワトスンがすでに話したと思いますが、わたしたちは不思議な経験をしました。ムアで猟犬の声を聞いたのです。あの伝説は根も葉もない迷信のたぐいではないはずです。わたしも西部にいた頃、犬と一緒でしたから、犬の声は、聞けばわかります。あなたがそれを捕らえて、口輪をはめ、鎖《くさり》につないでみせてくだされば、わたしはあなたが史上最高の名探偵だと認め、いさぎよく脱帽しますよ」

「それを捕らえ、口輪をはめて、鎖につなぐぐらいのことは、あなたのご協力があれば、してご覧《らん》に入れますよ」

「あなたのおっしゃることなら、わたしは何でもしますよ」

「それはありがたい。わたしの言うとおりに、理由など尋ねずに従ってください」

「言われるとおりに従いますよ」

「あなたがこれをしてくだされば、わたしたちの事件も、わけもなく解決しますよ。

自信があります……」

不意に、ホームズはおしだまると、わたしの頭越しに空間を見つめた。明りが彼の顔を照らし出した。顔には非常に張りつめた気迫と冷静さが満ち、あたかも活力と期待を表わす彫りの深い古典的な影像のように思えた。

「どうしたのです」わたしたち二人は同時に声を上げた。

彼が視線を戻した時、何か内に湧き上がる高ぶりを抑えていることが、わたしには見てとれた。確かに顔は何ごともなかったようだったが、瞳《ひとみ》は面白いものを発見したというように輝いていた。

「失礼しました。つい、見とれてしまいましてね」と言いながら、向こう側の壁にずらりと並ぶ肖像画を指し示した。「これでも、わたしが絵を多少はわかるということをワトスンは認めてはくれません。しかし、それは美術を見る時の見解の相違でして、まあ、ワトスンの嫉妬《しっと》のせいでしょう。それにしても、どれもみな、極めつきの見事な肖像画ですね」

「そうですか。そう言っていただけると、うれしいですね」と、サー・ヘンリーは少々驚いたようにわが友を見つめた。「しかし、わたしは、こうした分野には暗いものですから。[123]牛や馬についてなら、少しばかり自信があるのですが。それにしても、こうしたことにお使いになる時間がよくおありですね」

「わたしは、見れば良いものはすぐにそれとわかります。良いものばかりですねえ。青い絹をまとった女性はネラー[124]の作でしょう。そして、かつらをかぶったあの紳士像はレイノルズ[125]のものです。全部、ご一族の肖像画でしょうね」

「そのとおりです」

「それぞれのお名前はご存じですか」

「バリモアに仕込まれました。もう、完璧に復唱できますよ」

「望遠鏡を携《たずさ》えているあの方はどなたですか」

「バスカヴィル海軍

少将です。西インド諸島でロドニー提督《ていとく》[126]に仕えました。青い上着を着て、巻き紙を持っているのがサー・ウィリアム・バスカヴィルで、ピット[127]政権下、下院の委員長を歴任しました」

「わたしの向こう側の、レースの襟飾《えりかざ》りの付いた、黒のベルベットの服のあの騎士[128]は？」

「ああ、ぜひ覚えておいていただきたいですね。あれこそ、バスカヴィル家の犬の伝説の元凶、ヒューゴーです。忘れたくても忘れられません」

わたしも、興味といく分の驚きをもって、この肖像に見入った。

「おやおや！」とホームズは言った。「いやにおとなしく、温和そうな人ですね。しかし目を見れば、悪魔がひそんでいることがわかります。わたしはもっと精力的で、いかにも凶悪そうな人物を思い描いていました」

「しかし、あの人物に間違いありません。名前と一六四七年という文字が、絵の裏側に記されています」

それからは、ホームズはほとんど話さなかった。夕食のあいだ、視線は、極悪非道の男の肖像から離れることはなく、いたく関心を引かれたようであった。サー・ヘンリーが部屋に引き上げると、じきに、わたしも彼の考えている方向についていくことができた。手に寝室用のろうそくを持ち、彼はわたしを再び大広間に連れて行き、壁の、いかにも時代を経ているしみの浮き出た肖像画に、灯をかざした。

「君は、ここで何か気がついたかい」

羽根飾りの付いた帽子、巻き毛[129]、白のレースの襟飾り、そして、これらに囲まれた、まじめで、厳格な表情の顔がそこには見えた。冷酷ではないが、引き締《し》まった薄い唇に、冷たく、気短かそうな目の、整った、厳格で、堅く引き締まった顔であった。

「君が知っている誰かに似てはいないかな」

「あごのあたりが何かサー・ヘンリーみたいだね」

「おそらくそうかもしれない。でも、ちょっと待って！」

ホームズは椅子に登って、左手で明りをかざし、右腕で、つば広帽と長い巻き毛のあたりを覆った。

「なんだ、これは！」わたしは驚いてさけんだ。

その絵は、あのステイプルトンの顔そのものであった。

「いや、やっとわかってもらえたね。ぼくは目を余分な飾りに惑わされないで、顔の部分を見極めるように訓練してあるのさ。変装をとり除いて見るのが、犯罪捜査の専門家の第一の基本だよ」

「それにしても、驚きだ。これは彼の肖像だよ」

「そう、これは精神と肉体の両方に出現した、先祖返りの興味深い実例だ。一族の肖像をたんねんに調べれば、輪廻転生を信じたくなるよ。あの男はバスカヴィル家の一員なのだ。これは事実だ」

「財産を乗っ取ろうとしている」

「そのとおりさ。この肖像画のおかげでぼくたちは最後の切り札を見つけることができたよ。これで、彼はぼくたちの手の中に入った、ワトスン。彼をつかまえたも同然だ。明日の夜までに、彼が捕まえる蝶《ちょう》のように、彼を網の中にとり込んでみせる。これは確実だよ。虫ピン、コルク、カードを用意し、ぼくたちのベイカー街コレクションに加えようではないか！」肖像画から視線を戻すと、彼は突然、いつになく大声で笑った。彼が笑うことはまれで、これはいつも、誰かしらに不運が訪れる前兆であった。

翌朝、わたしは早めに起きたが、ホームズのほうはさらに早かった。わたしが身じたくをしている時、彼が車廻しの道を歩いてくるのが見えた。

「そう、きょうは忙しい一日になる」こう言うと、彼はうれしそうにもみ手をした。「網の仕掛けは万全だ、あとはこの網を引き上げるのを待つばかりだよ。今日中に、ぼくたちの獲物の、大きな、あごのとがったカワカマスがかかったか、それとも、網の目をくぐって逃げたかがわかるはずだよ」

「君はもう、ムアまで行ってきたのかい」

「グリンペンから、セルダンの死亡を知らせる報告書をプリンスタウンへ送ってきた。この件では君たちに面倒はかからないはずだ。それから、ぼくの忠実なカートライトとも連絡を取った。ぼくが無事だと知らせなければ、死んだ飼い主の墓の前にいる忠犬さながらに、ぼくの石室の入口で気をもむことだろうからね」

「次はどうするのだい」

「サー・ヘンリーに会う。ああ、ちょうどよかった」

「おはようございます、ホームズさん」と準男爵は言った。「何やら、参謀と作戦会議をしている司令官のようですね」

「まさしく、そのとおりなのですよ。ワトスンが指令を受けているところです」

「わたしもそれにならいましょう」

「それはありがたい。今夜、わたしたちの友人ステイプルトン兄妹と食事をされるご予定と聞いていますが」

「あなたがたもご一緒にいかがですか。本当に親切で、気持ちのいい人たちですよ。きっと歓迎してくれると思います」

「ワトスンもわたしもロンドンへ戻らなければならないのです」

「ロンドンへですって?」

「はい、現時点では、あそこにいたほうがお役に立てると思いますので」

準男爵の表情は、さっとかき曇った。「この事件は、最後まで助けていただけるとばかり思っていました。この館もムアも、一人では気持ちのいい所ではありません」

「いいですか、どうぞわたしのことをご信頼ください。そして、わたしの言うとおりにしてください。まず、ご友人には、わたしたちも行きたかったのだが、急用で、ロンドンへ戻ったと、こうお伝えください。わたしたちはデヴォンシァにできるだけ早く戻ってくる予定だ。と、こう、確実にお伝えください」

「そこまでおっしゃるのでしたら」

「他に方法はないのです、いいですね」

準男爵は眉《まゆ》をひそめ、わたしたちに見限られたと思って気分を害しているようであった。

「いつ行かれるのですか」彼は冷たく尋ねた。

「朝食がすみしだいです。クーム・トレイシーまでは馬車で行きますが、ワトスンは、すぐに戻ってくるという約束の印に、荷物を残していきます。ワトスン、君もステイプルトンさんには行かれなくて残念だと、メモでも送っておいたほうがいいね」

「わたしもロンドンへお供させていただけませんかね」と準男爵は言った。「何も、わたしだけここに残ることはないではありませんか」

「ここはあなたが守らなくてはいけない持ち場だからです。わたしが言ったとおりにすると、さきほどあなたは約束されたばかりではありませんか。ですから、ここに残っていただきます」

「わかりました。それでは、ここに残ります」

「もうひとつ、つけ加えておきます。メリピット荘へは、馬車で行ってください。そして、二輪馬車はすぐに返し、歩いて帰ると、はっきり知らせておいてください」

「ムアを歩いて帰れとおっしゃるのですか」

「そうです」

「しかし、それは、あなたが、それだけは絶対にするなと、わたしに繰り返し禁じていたことではありませんか」

「今回は、そうなさっても安全です。もちろん、あなたが勇敢で、度胸のある方だと思わなければ、こういうお願いはいたしません。とにかく、あなたにそうしていただくことが重要なのです」

「それならば、そうしましょう」

「それから、命が惜しいと思われるのなら、あなたのいつもの帰り道、メリピット荘からグリンペン街道に通じる直線の道に沿って来てください。それ以外の道には決して入らないようにしてください」

「おっしゃるとおりにします」

「そうしてください。午後にはロンドンに着くよう、わたしは朝食の後できるだけ早く、出発させていただきます」

昨夜、ホームズがステイプルトンに、次の日にはひきあげると言ったのは知ってはいたが、この計画にはわたしもかなり驚いた。それにしても、彼がわたしにも一緒に帰ることを望んだり、彼自身が正念場だと言っているこの時期に、わたしたち二人がいなくなるというのも、わたしにはまったく理解できないことだった。とはいっても、素直に従うほかはない。そこで、わたしたちは、悲しげな友に別れを告げ、数時間後にはクーム・トレイシーの駅に着き、二輪馬車を戻した。プラットホームで小柄な少年が待ち受けていた。

「何か、御用はありませんか」

「カートライト、君はこの列車に乗ってロンドンに行きなさい。そして、着いたらすぐに、サー・ヘンリー・バスカヴィル宛《あ》てに、ぼくの名前で電報を打ってくれ。ぼくが落とした手帳を見つけたら、書留郵便でベイカー街に送り返してほしい、とね」

「はい、わかりました」

「それから、駅事務所で、ぼくに伝言がないか確かめてきなさい」

少年は電報を一通持って戻ってきた。それを、ホームズはわたしに手渡した。内容は次のようであった。

「電報受取った。署名なし令状持参。五時四十分着。――レストレイド」

「けさ打った電報の返事だよ。彼はプロ中のプロだと思うよ。彼の助けが必要になるだろう。さてと、ワトスン、今のうちに、君の知り合い、ローラ・ライオンズ夫人にお目にかかっておいたほうがいいと思うのだがね」

彼の作戦は、わたしにもはっきりし始めた。準男爵を利用して、ステイプルトンに、わたしたちが本当に行ってしまったと思わせておいて、必要な時にはいつでも出動できるように待機しようとしているのだ。ロンドンからのホームズの電文が、もしサー・ヘンリーからステイプルトン兄妹に伝われば、彼らの疑いも、消えるはずだ。これで、わたしたちの張った網が、口のとがったカワカマスのまわりにじわじわと迫っていることが、わたしにもわかった。

ローラ・ライオンズ夫人は仕事場にいた。シャーロック・ホームズの、率直で核心をついた質問に、彼女はかなり動揺しているようであった。

「わたしは、先日亡くなられたサー・チャールズ・バスカヴィルの死亡の状況について捜査を行なっています」と彼は言った。「ここにいるわたしの友人、ワトスン先生

から、この件に関して、あなたがお話しになったことについて、それから、あの事件に関連して口をつぐんでおられることがあることを聞きました」
「何を指して口をつぐんでいるとおっしゃるのですか」夫人は尋ね返した。
「あなたが、サー・チャールズに、十時に門のところへ来るように依頼されたことは、正直にお話しくださいました。それが、まさに彼の亡くなった時刻と場所なのですよ。それなのに、あなたは、これらの関連について、一言も明かしてはおられません」

「関連など、ございません」

「そうなりますと、かなり異常な偶然が重なったということになりますね。しかし、わたしたちは、遅かれ早かれ、この関連を解明するはずです。ライオンズさん、わたしは、何もかも正直にお話しします。わたしたちはこの事件は殺人事件だと考えています。そして、証拠からすると、あなたのご友人のステイプルトンさんだけでなく、彼の妻までもが、この犯罪に係わっているのです」

ライオンズ夫人はいすから飛び上がり、「彼の妻ですって！」と叫んだ。

「このことは、もはや秘密ではありません。妹と称している人物は、実は彼の妻なのです」

ライオンズ夫人は再びいすに腰かけた。いすの肘掛けをぎゅっと握り締め、その力のためピンク色の爪が白く変色しているのに、わたしは気づいた。

「妻ですって！」彼女は繰り返した。「彼の妻！　彼は結婚していないはずです」

シャーロック・ホームズは肩をすぼめた。

「証拠を見せてください！　証拠を見せてください！　そうだとわかれば……」

言葉にもまして、彼女の目の険《けわ》しい閃光のほうがいっそう雄弁だった。

「もちろん、証拠をお持ちしました」こう言うと、ホームズはポケットから数枚の書類を取り出した。「これが、四年前にヨークでとった二人の写真です。裏に『ヴァンデルーア夫妻』と記されています。男と女の顔はあなたにもおわかりいただけるでしょう。女の顔もご存じならですが。ここにも、ヴァンデルーア夫妻を知っている、信頼のおける人たちの三通の書類があります。いずれも、彼らがセイント・オリヴァー私立学校を経営していた当時のものです。これを読んでいただけば、この二人と同一人物だとおわかりでしょう」

彼女はそれらに目を通し、次には、失意にうちひしがれて、なんとも固くぎこちない表情で、わたしたちを見上げた。

「ホームズさん」と彼女は言った。「ステイプルトンは、わたくしが、夫と離婚することができれば、結婚してくれると約束していたのです。ところが、どれもこれも嘘《うそ》でした。悪党です。彼の言ったことには、一かけらの真実もありません。どうして、どうしてです？　みな、わたくしのためにしてくれていたと思っていましたが、あの男のいいように利用されただけだと、今やっとわかりました。信頼を裏切ったのですから、わたくしも信頼を守る必要などありません。自分が犯した罪でどうなろうと自業自得ですから、彼を守ってやることなどありません。何でもお聞きください。包み隠すことはいたしません。まず、ひとつ、はっきり申し上げておきたいことがあります。確かに、わたくしは手紙を書きましたが、その時には、最も親切にしていただいたあのご高齢の紳士に何か危害が及ぶとは夢にも思いませんでした」

「あなたのおっしゃることをすべて信じます」と、シャーロック・ホームズは言った。「この件についてあなたがお話しになるのは、おつらいことでしょう。ですから、わたしがお話しして、わたしに事実の誤認があれば、指摘していただくほうがお気持ちも楽かと思います。この手紙を書いたのは、ステイプルトンの提案ですね」

「はい、彼の指示どおりに書きました」

「あなたの離婚裁判の費用をサー・チャールズに援助してもらおうというのが、手紙を出す理由となったわけですね」

「そのとおりです」

「そして、手紙を出してしまった後で、彼は、約束を思いとどまるようにとあなたに言った」

「そうしたお金を他の人間に出してもらうのは、自分の自尊心に傷がつくと、彼は言ったのです。そして、貧しくはあるが、わたくしたちの障害を取り除くためになら、最後の一ペニーまで、有り金を全部はたく覚悟だとも言いました」

「彼のあのぬけ目のない性格がよく現われていますね。そして、そのあとは音さたなしのまま、あなたは死亡記事を新聞で読まれたわけですか」

「そうです」

「そうして、彼はあなたに、サー・チャールズとの約束のことはいっさい人に話さないと誓わせたのですね」

「そのとおりです。あの死亡の件はとかく謎が多いので、このことが表ざたになれば、わたくしが疑われるに違いないと、彼は言いました。わたくしを脅《おど》して、ひとことも口外させなかったのです」

「そうですか。それにしても、怪しいとお考えにはなりませんでしたか」

夫人はもじもじして、下を向いてしまった。

「わたくしは彼がどういう人かは知っていました」と彼女は言った。「それでも、彼がわたくしに誠実にしてくれていたのなら、わたくしも彼に誠実にしていたでしょう」

「それにしても、とにかくあなたは運よく難をのがれましたね」とシャーロック・ホームズは言った。「あなたは、彼の弱みを握っていて、彼もそれに気づいていた。それなのにあなたはまだ生きているわけです。この数ヶ月というもの、極度に危険な綱渡りをされていたようなものなのです。それでは、わたしたちはそろそろ、おいとましましょう、ライオンズさん。近いうちに、もう一度ご連絡いたします」

「謎も次々に解けてきて、ようやく、ぼくたちの前に立ちはだかる困難もとり除かれつつあるよ」と、ロンドンからの急行列車の到着を待つ間に、ホームズはこう言った。「現在の犯罪の中でも一、二を争うほど特異で、センセーショナルな犯罪について、ぼくはまもなく、ひとつの話としてまとめて話せるようになるよ。将来、犯罪学の研究者なら小ロシアのグロドゥノ(130)で一八六六年におきた事件を思いおこすことになるだろうね。それから確か、ノース・カロライナ州のアンダースン殺人事件もだ。いずれにしても、今回の事件は比べるもののない、特殊な事件だよ。今になってもまだ、あの狡猾《こうかつ》きわまりないあの男の犯罪は立証できないのだ。とにかく、今夜、寝る前までに、すべてが解き明かされていないはずはないさ」

ロンドン発の急行が轟音《ごうおん》を立てて、駅に入ってきて、一等車から小柄で元気のいい、ブルドッグのような男が飛び出してきた。わたしたちはたがいに握手を交わした。その時、このレストレイドが、わが友を尊敬の目で見つめるようすを見ると、彼らがはじめて一緒に仕事をした当時にくらべると、彼がかなり勉強を重ねてきたことが、わたしにはすぐに見てとれた。経験主義者であるこの男は、理性の人の仮説をまったく受けつけずに、軽蔑していたことを、わたしはよく憶えている。

「どうなりましたか」と、彼は尋ねた。

「近年にない大事件です」とホームズは言った。「出発までには二時間ほどあります。夕食でも一緒にどうですか、レストレイド。それから、ムアへ繰り出しましょう。君

にもロンドンのスモッグを吐き出して、ダートムアの夜の新鮮な空気を胸いっぱいに吸っていただこう。あそこには行ったことがありますか。ああ、そう、初めてですか。今回のあなたの旅は、きっと忘れがたいものになると思いますよ」

第14章　バスカヴィル家の犬

シャーロック・ホームズの欠点のひとつは――もし、それを欠点と呼べばの話だが――実行に移す最後の最後の瞬間まで、計画の全容を人に明かそうとしないことである。これはおそらく、周りにいる人間を手玉にとって、あっと驚かせることが好きだという、彼のちょっとしたいたずら好きな性格からきているのだ。そのほかに、犯罪捜査《そうさ》の専門家としての慎重さからもくるもので、無用な危険を避けたいということであろう。理由はともかくとして、彼とともに働き、助手を務める者にとっては非常に困ることである。そのため、わたしもつらい思いを幾度となくしたものだが、今回の暗闇の中を馬車で向かう時ほど、それを感じたことはなかった。正念場はもうすぐだ。すくなくとも、わたしたちは最終段階に入った。それでもなおホームズはひとことも語らないので、わたしは、彼のとるであろう行動を勝手に想像するほかなかった。冷たい風が顔に当たるようになり、狭い道の両側には、暗く、茫漠《ぼうばく》とした土地が広がり始めてムアに再び帰ってきたことがわかると、わたしの神経も冒険の予感に高なった。

馬が一歩踏み出すごと、そして、車輪が一回転するごとに、わたしたちは最後の冒険へと近づいているのだ。

わたしたちの神経は興奮と期待で張りつめているが、雇った四輪馬車の駁者《ぎょしゃ》がいるために、会話はもっぱら、当たりさわりのない話題に終始せざるをえなかった。こうした不自然な緊張が続いたあと、馬車がようやくフランクランド氏の家の前を通り過ぎ、館へ、そして行動をおこす場に近づいていることがわかると、いくぶん気も落ち着いてきた。馬車を館の玄関先にまでまわさず、並木の門の近くでわたしたちは降りた。支払いを済ませ、馬車をクーム・トレイシーへすぐに戻した。そのあと、わたしたちはメリピット荘へと歩いて向かった。

「レストレイド、武器の用意はいいですね？」

小柄な警部は笑みを浮かべた。「ズボンをはいていれば、必ず尻ポケットがあります。このポケットがあれば、必ずそこには大事なものが忍ばせてありますよ」

「それは結構！　わたしも友人も、いざという時の準備は完了です」

「それにしても、今回の事件について、さっぱりお話がありませんね、ホームズさん。今から何を始めるのです？」

「持久戦ですよ」

「これはまあ、あまり気持ちのいい所ではありませんね」こう言うと、警部は身震いをして、暗い丘やグリンペン沼に湧き上がる巨大な霧のかたまりを眺めまわした。

「前方に家の明りが見えますな」

「あれがメリピット荘で、この旅の終点です。ここからは忍び足で、話もささやき声でお願いします」

用心を重ねて道を進み、その家に向かうのかと思っていると、二〇〇ヤード（約一八〇メートル）ほど手前で、ホームズがわたしたちを制した。

「このへんがいいだろう」と彼は言った。「右側のこの岩が、隠れるにはちょうどいい」

「ここで待つのですか」

「そう、ここでしばらく待ち伏せをします。レストレイドは、この窪《くぼ》みに入って。ワトスン、家に入ったことがあったから、部屋の配置を知っているね。ここから見える端の、格子窓のある部屋は何かな？」

「台所の窓だと思うよ」

「明るい光がともっている、向こうの部屋は？」

「たしか食堂だ」

「ブラインドは上がっている。このあたりは君が一番くわしいはずだね。こっそり這《は》っていって、何をしているか偵察してきてくれたまえ。ただし、どんなことがあっても彼らに気づかれないようにだ」

成長が悪い果樹園を囲む低い壁にそって忍び足で、身をかがめて行った。壁の陰に身をひそめながら、カーテンの引かれていないところから中が見通せる地点までたどり着いた。

そこには二人の男だけがいた。サー・ヘンリーとステイプルトンだ。こちらに横顔を見せて丸いテーブルに向かい合って座っていた。コーヒーとワインを前にして、二人ともタバコを吹かしていた。ステイプルトンは熱心に話をしていたが、準男爵のほうは顔色さえなく、うわの空のようすだ。おそらくこれから、気味悪いムアを一人寂しく歩くことを考えると気も重くなってしまうのだろう。

わたしが見張っていると、ステイプルトンは腰を上げ、部屋から出ていき、サー・ヘンリーは再びグラスにワインを注ぐと、いすにゆったり身を預け、タバコをくゆらせていた。ドアがきしみ、ブーツが砂利を踏《ふ》みしめる音が聞こえてきた。わたしがひそんでいる壁とは反対側の道を足音は進んできた。のぞいてみると、果樹園の隅にある納屋の入口の前にあの博物学者が立ち止まっていた。鍵《かぎ》をあけて中へ入っていくと、中からは奇妙な物をひきずるような音が聞こえてきた。彼が中にいたのはほんの一、二分のことで、もう一度鍵を回す音が聞こえると、彼はわたしの傍を通りすぎ、家の中に戻っていった。彼が再び客のところへ戻った姿を確認した後、わたしの報告を待

っている仲間のところへ、音を立てぬように用心しながら戻ってきた。

「ワトスン、あの女性はいなかったというのだね？」わたしの報告を聞き終わって、ホームズは尋ねた。

「いなかったよ」

「とすると、どこにいるのだろうか。台所のほかは明りのついている部屋が見当たらない」

「ぼくには、彼女の居場所はわからないよ」

すでに述べたが、グリンペン沼の一帯には巨大な白い濃霧が覆いかぶさっていた。それがわたしたちの方へゆっくりと流れてきて、巨大な壁のようにわたしたちの前に立ちふさがっている。低いけれども、厚いかたまりとなっている。月がその上を照らしているので、それはさながら広大な氷原のようでもあり、はるかに見えるトアはあたかも氷山の峰のように鈍《にぶ》く光って見えた。ホームズはじわじわと流れ近づいてくる霧に向かって、いまいましそうにつぶやいた。

「ぼくたちの方向に向かって流れてくる、ワトスン」

「それがどうしたというのかい？」

「非常に重大なことなのだよ。ぼくの計画をだめにしかねない、この世にただひとつの障害だよ。サー・ヘンリーは、もうまもなく出てくるだろう。そろそろ、十時だ。

計画の成功と彼の命は、霧が道を覆いつくす前に、彼が出てくるかどうかにかかっている」

夜空には雲ひとつなく、澄《す》み渡っていた。星は冷たく輝き、半月の月は辺りを柔らかく、ほのかな光で満たしていた。わたしたちの目の前には、縁に切り込みの入ったその屋根と突き出た煙突を備えた黒く大きな建物が、銀色の星がちりばめられている空にくっきりと浮かび上がっていた。黄金の光の帯が何条も下の窓から流れ出て、果樹園とムアに広がっていた。と、急に、その帯の一つが消えた。使用人たちが台所から出ていったようだ。明りは二人の男が座る食堂だけになった。そこにいるのは、殺人者であるこの家の主人と、それにまったく気づかぬ客なのだ。この二人はタバコをくゆらせながら、まだ雑談を続けている。

ムアの半分を覆っていた白いふわりとした霧のかたまりが、刻々と、この家に近づいてくる。霧の薄い一筋が早くも、明りで金色に光っていた四角の窓を横切り、渦巻いていた。その先にある果樹園の壁はすでに見えなくなった。あたりの木々は白い霧の渦巻きの中から頭だけをのぞかせていた。見るみるうちに霧の渦巻きが建物の両側を囲むように低く押し寄せてきて、ゆっくりと、一つの厚い、濃いかたまりになった。その中で、建物の二階や屋根は、暗い海に奇妙な船が漂っているかのように見えた。ホームズはわたしたちの前の岩を手で激しく叩き、耐えきれずに地団駄《じだんだ》を踏んだ。

「あと十五分以内に出てきてくれないと、道が霧で覆い尽くされてしまう。三十分もたてば、目の前の自分の手も見えなくなる」

「後ろに下がって、もう少し高い所に上がろうか」

「そう、それがいい」

霧がいっそう迫ってきたので、そのぶん後ずさりをさせられているうちに、わたしたちは家から半マイル（約八〇〇メートル）も離れてしまった。それでもなお、月に上部の端を銀色に照らされた、白い海のような、厚い濃霧のかたまりがゆっくりと広がってくる。

「少し遠過ぎる」と、ホームズは言った。「彼がここに来るまでに、襲われるようなことがあってはまずいのだ。何があっても、これ以上離れないようにしなくては」彼はひざまずくと、地面に耳をつけて聴き入った。「神様、ありがとうございます！彼が近づいてくるのが聞こえたぞ」

足早の足音がムアの静けさを破った。岩の間に身をかがめながら、わたしたちはひたすら、前方に垂れ込める、上部が銀色の霧をしっかりと見つめた。足音は次第に大きくなり、まるでカーテンから出てくるように、霧の中から、わたしたちがひたすら待ちつづけた人物が現われた。突然、星が輝く雲一つない夜空の下に出た戸惑いからか、彼はあたりを見まわした。そして、いっそう足早に、わたしたちがひそむすぐ間

近を通りすぎると、さらにわたしたちの後ろにある長い坂道を登っていった。彼は不安に駆《か》られているようで、歩きながら絶えず両側を見まわしていた。

「しっ！」ホームズが叫んだ。と同時に、拳銃《けんじゅう》の撃鉄《げきてつ》を上げる鋭い音を聞いた。「気をつけろ！　来たぞ」

迫りくる霧の中から、かすかに、連続音が響いてきた。霧は五十ヤード（約四五メートル）のところまで迫ってきた。わたしたち三人は、その中から、どのように恐ろしいものが飛び出してくるのかと、不安な思いで見つめた。わたしは、ホームズのすぐ隣にいたので顔をチラリと見た。青白く、興奮した表情で、月光の中にその目は輝いていた。しかし、突然、その目は厳しく、前方の一点を凝視した。驚きのためか、唇が開いた。それと同時に、レストレイドが恐怖のあまり、悲鳴を上げて、地面にひれ伏した。わたしもすばやく立ち上がったが、力の入らない手で拳銃を持った。霧の中から、突如、飛び出してきた、そら恐ろしい物体に、意識が麻痺《まひ》してしまったのだ。それは、漆黒《しっこく》の巨大な猟犬であった。犬には違いないが、見たこともないものだ。大きく開いた口から火をふき、ほのかに炎を宿す目はぎらぎらと睨《にら》みつけ、その鼻、逆立つ首の毛、のど袋(131)、そしてその全体が小さな火を放っているのだ。濃霧の壁から不意にわたしたちを襲った、この恐ろしい犬の残忍《ざんにん》な形相は、この世のものとは到底思えなかった。たとえ、どれほど精神を病んだ人間の夢の中にも、これほどのものは出

てこないだろう。

巨大な真っ黒な生き物は大きく飛び跳《は》ね、一気に道を駆け下り、わたしたちの友人の背後に迫っていた。わたしたちは、この出現にすっかり度肝《どぎも》を抜かれ、われに返る間もなく、不覚にもそのまま通り過ごさせてしまったのだ。しかし、ホームズとわたしは同時に、銃を発射した。と、この怪物は恐ろしいうめき声を上げた。弾丸のすくなくとも一発は命中したのだ。それでもなお、それはとどまることもなく、突進を続けた。道のずっと先でサー・ヘンリーが後ろを振り返るのが見えた。月明りにその青色い顔が浮かんだ。そして、恐怖のあまり、両手を差し上げ、追いかけてくる身の毛もよだつ怪物を、凍りついたようになすすべもなく見つめていた。

それでも、さきほどの猟犬のうめき声に、わたしたちの恐怖も吹き飛んだ。こうして傷ついたということは、不死身ではないのだから、わたしたちが手傷を負わせたり殺すことだってできるはずだ。この夜のホームズが見せた走りを上回る疾走ぶりを、わたしは見たことがなかった。俊足《しゅんそく》だと人にもほめられるわたしが、小柄な警部をすぐに追い抜き、そのわたしをまた、ホームズが楽々と追い越していった。全速力で走るわたしたちの前方で、サー・ヘンリーの悲鳴が繰り返され、猟犬の太いうなり声も響いた。獣が獲物に襲いかかり、地面に激しく押し倒すと、その喉笛《のどぶえ》にかぶりつく、その瞬間をわたしは見た。しかし間髪《かんはつ》を容れず、ホームズは怪物の横腹めがけて、残

りの五発を続けざまに撃ち込んだ。怪獣は最後の苦悶《くもん》の怒声を上げ、宙に向かって、大きくあんぐりと口をあけ、仰向《あおむ》けに倒れ、四肢《しし》をばたつかせて、ついには横向きに転がってぐったりとした。わたしは息を切らせたまま、かがみ込み、恐ろしい炎を放つ頭部に拳銃を当てたが、もはや引き金を引く必要はなかった。巨大な猟犬はすでに息絶えていた。

サー・ヘンリーは倒れたままで、意識を失っていた。シャツのカラーを引きちぎってみたが、幸いにも何の傷跡もなく、間一髪で救われたことを確認すると、ホームズが感謝の祈りを口にした。まもなく、わたしたちの友人は目をしばたたかせ、わずかながら自分で動こうとした。レストレイドがブランデーの小瓶を準男爵の口に含ませると、おびえたように目を見開き、わたしたちをじっと見つめた。

「ああ!」と彼はつぶやいた。「何ですか? いったい何だったのです、あれは?」

「何はともあれ、死にましたよ」ホームズは答えた。「あなたの一族に取りついていた亡霊を完全に退治しました」

わたしたちの目の前に小山のように横たわっている恐ろしい怪物は、大きさといい、力強さといい、身の毛もよだつものであった。それは純血のブラッドハウンドでもなく、純血のマスティフともいえなかった。むしろ、両種の混血のようであった。[132] 筋肉質で引き締まり、獰猛《どうもう》で、小柄な雌ライオンほどの大きさであった。死んでおとなし

くなっている今でも、巨大な犬の口からは、青白い炎がこぼれていて、深く窪《くぼ》んだ、残虐《ざんぎゃく》そうな小さい目も、まるく火で囲まれていた。その燃えている鼻先に手を置き、次に指をかざすと、わたしの指が暗闇に鈍く光を放った。

「燐《りん》だ」(133)と、わたしは言った。

「実に巧妙な仕掛けだ」と言うと、ホームズは動物の死体の臭いをかいだ。「これは無臭だから、犬の臭覚の妨げにはならないのだよ。それにしても、サー・ヘンリー、このように恐ろしい思いをさせてしまい、本当に申しわけありませんでした。猟犬が襲ってくることは充分承知していたのですが、まさかこのような怪物とは予想もしませんでした。そのうえ霧に邪魔されて、これを迎え撃つのに遅れを取りました」

「いえ、あなたは命の恩人です」

「その前に危ない目に遭《あ》わせてしまいましたね。もう立ち上がれますか」

「もう一口、ブランデーをいただけますか。そうすれば、もうだいじょうぶです。ほら。手をちょっと貸していただければ起き上がれます。次は何をしようとお考えですか」

「あなたは、ここに残っていただきます。今夜はまだ捜査活動が続きますが、あなたの具合ではとても無理です。ここで待っていていただければ、まもなく、わたしたちのうちの誰かが戻って来て、館までお送りいたします」

サー・ヘンリーはよろけながらも、立ち上がろうとした。けれども、顔色も蒼白《そうはく》のままで、手足も震えていた。手を貸して、彼を岩の上に座らせたが、座っていても、顔を両手に埋めていて震えが止まらなかった。

「さあ、わたしたちは今から行かなければならない」と、ホームズは言った。「仕事はまだ残っています。一刻もむだにできません。事件の真相はわかっています。あとは犯人を押さえるだけだ」

「犯人を家の中で見つける可能性は、千に一つです」とさきほどの道を走って戻りながら、ホームズがつづけた。「さきほどの銃声を聞いて、自分の計画が失敗に終わったと知ったに違いありません」

「距離もあったし、この霧で聞こえなかったのではないかな」

「彼は猟犬を呼び戻そうと、犬の後ろからついて来ていただろう。そうに違いない。いや、いや、今ではもう逃げてしまっただろう！　とにかく、家を探して、確かめておこう」

玄関のドアは開いていたので、そのまま中へ駆け込み、廊下で出くわした、年配の足元のおぼつかない使用人が仰天するのも構わずに、部屋から部屋を調べてまわった。食堂のほかは明りがついていなかったので、ホームズはそこにあったランプを持って、家中をくまなく探した。追い求めている男は、どこにも見当たらなかった。しかし、二階の寝室のひとつのドアに鍵がかかっているのを発見した。

「誰か、中にいる」と、レストレイドが叫んだ。「何か音がする。ドアを開けよう!」

かすかなうめき声と何かの物音が、中から聞こえてきた。ホームズがちょうど鍵の部分をくつ底で思い切り蹴とばして、ドアを開けた。わたしたち三人はピストルを手に、部屋に乱入した。しかし、わたしたちが狙っている、狂暴で不敵な悪党はここにもいなかった。代わりにわたしたちが見たのは、予想もしない、奇妙なもので、しばし茫然《ぼうぜん》と立ちつくしてしまった。

部屋は小さな博物館のようになっていて、壁ぎわには、数多くの蝶《ちょう》や蛾《が》の標本がぎっしりと納められた、ガラス蓋のケースが所狭しと置かれている。これらは、あの得体の知れない、危険な男が趣味で作ったものだ。この部屋の中央に、屋根を支えている角材が虫に食われ、弱くなったのを補強するために、いつの頃にか付け足した柱が一本垂直に立っていた。これに人のような格好をしたものが縛《しば》りつけられていた。シーツに全身がくるまれ、がんじがらめに巻かれていたので、一目見ただけでは、それが男性だか、女性だかもわからなかった。タオルが一枚、のどの辺りに巻かれ、これで柱の後ろで結んであった。もう一枚は、顔の下半分を覆っていた。その上からは、悲しみと、屈辱にまみれた、そして強くもの問いたげな黒い瞳が、わたしたちを見つめていた。すぐに、わたしたちは猿ぐつわをはずし、ひもをほどいた。そしてステイ

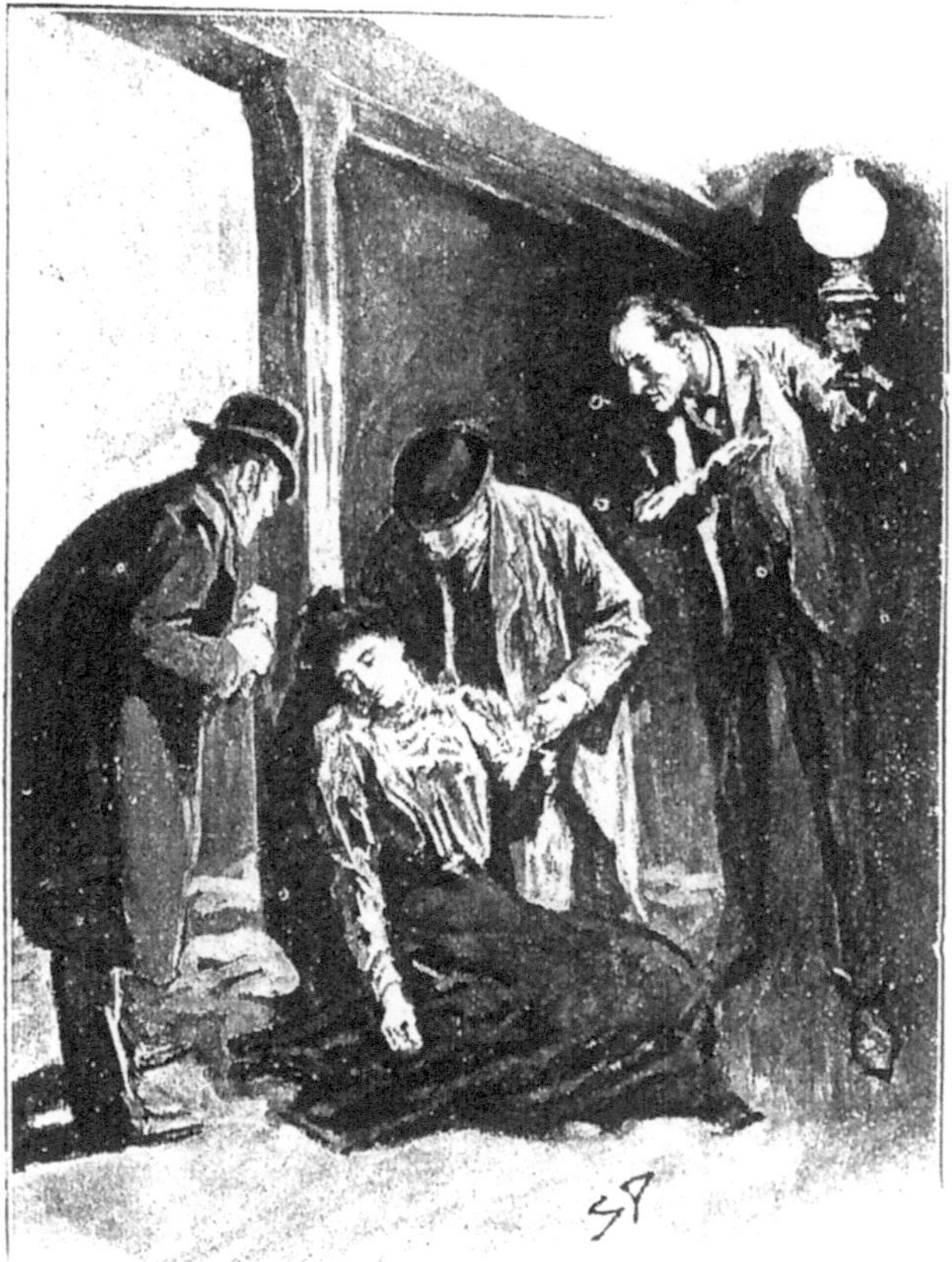

プルトン夫人は、私たちの前で崩れ落ちた。美しいその顔をがっくりと下におとすと、首の周りにむちで打たれた生々しいみみずばれがあるのが見えた。

「なんと、むごいことを！」ホームズは叫んだ。「レストレイド、ここに来て、ブランデーを飲ませて！ 椅子《いす》に座らせて。ひどい虐待で、精根尽き果て、気を失ってしまった」

女性はふたたび目を開いた。「あの人はどうされましたか」と彼女は尋ねた。「逃げられましたか」

「逃げられるものですか。奥様」

「いえ、いいえ、夫のことではありません。サー・ヘンリーは？ ご無事ですか」

「だいじょうぶですよ」

「それではあの猟犬は」

「死にましたよ」

彼女は満足そうに、大きく息をついた。「ああ、神様、本当にありがとうございました。それにしても、何という悪党でしょう！ わたしをこのような目に遭わせて！」わたしたちが彼女の袖《そで》をめくって、両腕をあらわにすると、傷だらけだった。あまりの痛ましさにわたしたちは息をのんだ。「このくらいのことはなんでもありません。かまわないのです。傷つけ、踏みにじられたわたしの心と魂をどうしてくれるのでしょう。愛されているという幻想にしがみついている間はまだましでした。その間は、虐待にも、孤独にも、世間をあざむく偽《いつわ》りの生活にも、耐えることができました。今になって、わたしは彼に操《あやつ》られた人形で、ただの道具だったのだとわかりました」彼女は話しているうちに、感極まって涙声になった。

「奥様、あなたもあの男には愛想が尽かれたでしょう」とホームズは言った。「居場所を教えてください。これまで、あなたが悪事に手を貸したつぐないに、今わたしたちに力を貸すのです」

「あの男が逃げ込むとすれば、それはあそこしかありません」と彼女は答えた。「それは大沼の中心にある島で、古い錫鉱《すずこう》の跡です。猟犬を隠していたのもあそこですし、隠れ家にも使えるようになっています。逃げるとすれば、あそこしかありません」

霧の層が窓辺にも押し寄せてきて、まるで白い羊毛が押しつけられているようだった。ホームズはランプの明りをそこへかざした。

「ごらんなさい」と彼は言った。「こんな夜に、グリンペン沼へ行こうとしても無理でしょう」

夫人は笑い、手を叩いた。あまりの喜びからか、彼女の目も歯もきらりと光った。

「彼は行くでしょうが、二度と出てはこられませんわ」と彼女は叫んだ。「このような夜に、どうして道しるべが見えますか。わたしたちは一緒に、彼とわたしとで、大沼までの小道に目印を立てておいたのです。ああ、昼間のうちに、全部抜いておけばよかった！　そうすれば、こちらの思うつぼでしたのに」

この深い霧が晴れないうちは、すべての追跡も無駄であることは確かだった。そこで、レストレイドにこの家を任せ、ホームズとわたしは、準男爵をともなって、バスカヴィル館へ戻った。ステイプルトン一家のことはいつまでも隠しておくわけにもいかず、これを告げたが、彼は自分が愛していた女性について真実を知ってもよく耐えてくれた。しかし、この夜の冒険のショックは、彼の神経を打ちのめして、夜が明けないうちに高熱を出し、精神錯乱状態に陥ってしまったので、朝までずっと、モーティマー医師が手当をした。そのあと、この二人は一緒に世界一周の旅に出ることを決めた。サー・ヘンリーがあの不吉な館の当主となる以前の元気で快活な青年に戻るためにだ。

早いもので、数々の陰うつな恐怖と漠然《ばくぜん》とした推測とがわたしたちの上に長いあいだ暗い影を落とし続け、それが最後には、すさまじい現実となった、というこの特異な物語も、今、終わりに近づいている。読者にも同じ気持ちをわかってもらおうと、わたしは心がけてきたつもりである。あの猟犬が死んだ翌朝は、霧も晴れ上がった。ステイプルトン夫人の案内で、沼を通り抜ける小道が始まる地点まで行った。夫を追跡しているわたしたちに彼女は喜んで協力してくれた。うれしくてたまらないというこのようすを見ていると、これまでのこの女性の生活がいかにつらいものであったのかが、よくわかった。わたしたちは、沼に入る手前の、地盤の厚い、泥炭の浮島に夫人を待たせた。その端から小さな棒が点々と差してあり、これにそって、イグサの茂みから茂みへとジグザグの小道はつづいた。周りは、緑色の泡の立っている穴だったり、悪臭のする泥沼で、知らない人間はとても、ここへは入れない。はびこる葦《あし》やおい茂る、ぬるぬるとした水中植物が、悪臭と、強力な毒気[134]をたちのぼらせて、これがわたしたちの行手をさえぎった。一歩足を踏み誤れば、やわらかい、黒い泥沼に足のつけ根までもぐりこみ、泥沼は何度となく足もとで何ヤードも揺れた。一歩あるくごとに足を取られて、この気味の悪い底へと引き込む邪悪の手がわたしたちの足をぎゅっと、意味ありげに握りしめ、下から引きずり込もうとしているかのようであった。一度だけ、わたしたちの前にも恐ろしいこの道を通った者がいる証拠を見つけた。この小道をどろどろの沼からかろうじて支えている、草の綿毛の茂みの中央に、何か黒いものが飛び出していた。ホームズは小道からそれ、それを取ろうと沼へ足を踏み出し、そのまま腰まではまってしまった。わたしたちがいたからいいようなもので、さもなければ、彼は二度と大地を踏むことはできなかっただろう。彼は、古い黒革のブーツを片方つかみ、掲げて見せた。その革の内側には、『トロント、メイヤーズ』と印されていた。

「泥風呂に入っただけのことはあったよ」と彼は言った。「サー・ヘンリーのなくなったブーツだよ」

「ステイプルトンが逃げる途中で投げ込んだのだ」

「そのとおりだよ。猟犬に追跡させるために臭いをかがせた後にも持っていたのだ。もうだめだと思って逃げる時にも、持ちつづけていたようだ。とにかく、はっきりわかるのは、ここまでは彼も無事逃げおおせたということさ」

しかし、これ以上のことは、推測だけで、知るすべなど永久にないのだ。沼では足跡は見つからないし、付いた足跡は、沼が盛り上がって、これを消してしまう。沼地から少し地盤のいい場所に出たので、わたしたちも熱心に探してみた。それでも、ひとかけらの足跡も見当たらなかった。この地面が語ることが真実なら、ステイプルトンは、昨夜、霧の中を、隠れ家のあるあの島へ向かったが、たどり着けなかった、ということであろう。グリンペン沼の中心部のどこかの、巨大な汚泥の底に飲み込まれて、あの冷酷無情な男は葬り去られたのだ。

泥炭に囲まれた島では、彼の忠実な部下となった、あの残虐な犬を、島でひそかに飼っていたことを示すあとが、あちこちに見受けられた。また、大きな動輪や、廃墟と化した半ばガラクタで埋まった縦坑があるのを見れば、ここが廃坑であることは明

らかだった。近くには坑夫たちが寝泊まりしたらしい、崩れかかった小屋があった。おそらく、周りの沼から立ちこめる悪臭に耐えられず、逃げ去ったのだろう。小屋の一つには、犬の鎖《くさり》とそれをつなぐ留め金があり、食べかけの骨がたくさんあったことから、あの犬がこの中に入れられていたことがわかった。そして、ごみの中に、茶色の毛が付着した、動物らしき頭蓋《ずがい》骨《こつ》が見えた。

「犬だよ！」とホームズが言った。「おや、巻き毛のスパニエルだ。気の毒に、モーティマー先生も愛犬にはもうお目にかかれないということだよ。これで、この島の謎もみな解消というわけだ。彼は猟犬を隠してはいたけれど、鳴き声までは隠せなかった。それで、昼間でも無気味な声が聞こえてきたのさ。ここぞという時には彼は猟犬をメリピット荘の納屋に置くこともできた。ただし、これは危険だから、これで決まりがつくという正念場のあの日の夜だけ、彼はそうしたのだ。それに、この缶に入っているペーストが、あの犬に塗りつけられていた夜光塗料に間違いないよ。これはいうまでもなく、あの家に伝わる魔犬伝説から思いついたもので、これで、年とって弱っていたサー・チャールズを驚かせて、殺害したのだ。あの気の毒な脱獄囚が悲鳴を上げ、逃げまわったのも、よくわかるよ。ああいう怪物が真暗なムアで突如飛び出してきたのだから。サー・ヘンリーもあわてて逃げた。ぼくたちだってそういう場合は逃げただろうね。それにしても、まったく、巧妙な手口だよ。さらに、狙った相手を死に追いやったのちに、ムアでこの怪物をたまたま目撃した者がいたとしても、実際にはたくさんいたのだが、正体を突き止めようなどと、だれ一人思わないだろうからね。ワトスン、ロンドンでも言ったことだけれども、もう一度言わせてもらうよ。ぼくたちがこれまで追いつめた犯罪者の中で、あの中に眠っている男ほど恐ろしい人間はいなかった、と」彼はそう言いながら、ところどころが緑の斑点《はんてん》のように見える、広大な底無し沼の方向を長い腕で指した。沼はどこまでも続き、やがて朽葉色のムアの丘の中に溶け込んでいた。

第15章　回想

十一月も終わろうとする、底冷えのする霧の夜、ホームズとわたしは、ベイカー街の居間で、燃えさかる暖炉《だんろ》の火の前で向かい合って座っていた。悲劇的結末で幕を閉じたデヴォンシァ訪問のあと、彼は、二つの重大事件にかかりっきりであった。その一つは、ノンパレル・クラブの有名なトランプ疑惑事件で、アップウッド大佐の極悪な犯罪を暴《あば》いた。二つ目の事件では、義理の娘のカレール嬢殺害の容疑をかけられていた、不幸なモンパンシェ夫人を助けることに成功した。この若い娘は、記憶に残っている人も多いだろうが、ニューヨークで無事結婚生活を送っているところを六ヶ月後に発見された。こうして、重大な難事件を首尾よく解決した後だけに、わが友はすこぶる上機嫌で、わたしもバスカヴィル家の事件についての詳細を語ってもらうことができたのだ。わたしも、この機会を辛抱強く待ち続けていた。彼が同時にいくつもの事件とかかわることは決してしないことをわたしはよく承知していた。明晰で論理的な彼の知性は、現在の事件だけに集中していて、過去の思い出にふける暇《ひま》はないのだ。ところが、ずたずたになった神経を癒《いや》すためにとすすめた長旅に向かう道中、サー・ヘンリーとモーティマー医師が、ロンドンに寄ることになった。そして、その午後、彼らがわたしたちを訪ねてくれたので、あの事件のことを話題の中心にするのもごく自然の成り行きであった。

「この事件のなりゆきはね」とホームズは言った。「ステイプルトンという偽名を使った男の側からすれば、簡単明快なものなのだけれど、ぼくたちにとってはまったく複雑きわまりないものだったね。なにしろはじめのうちは彼の行動の動機もつかめないし、わかることは、事件のほんの一部分だけだったのだから。ぼくは、ステイプルトン夫人と二回、話すことができたので、事件がすっかり明らかになり、謎は何一つ残っていないと思うよ。ぼくの事件のインデックスの『B』の見出しを見てもらえれば事件に関する二、三の記録があるはずだ」

「もしよければ、記憶をたどって、この事件の概要を教えてもらえないだろうか？」

「いいとも、ただし、ぼくが事件のことを何から何まで記憶に留めているとは、保証できないけどね。強度の精神集中というのは過ぎてしまった記憶を消し去るという奇妙な副作用を伴うのさ。法廷弁護士も、自分の担当事件についてはあらゆることを知り抜いていて、その問題についてはどういう専門家とでも議論できるけれども、別の裁判に移れば、一、二週間で、すべてが頭から消し飛んでしまう。ぼくの場合もそれ

と同じで、前の事件は頭から追い出されてしまう。カレール嬢の一件で、バスカヴィル館の記憶はおぼつかなくなってしまった。明日、他のちょっとした事件が持ち込まれて、関心がそこに移れば、あの美貌《びぼう》のフランス女性や悪名高いアップウッド大佐のこともまた消えてしまうのだ。だから、あの魔犬の話も、なるべく記憶が遠のかないう

ちに、できるだけ正確になりゆきを君に話しておこう。ぼくがもし何か忘れていることがあれば、何なりと君が付け加えてくれたまえ。

　ぼくの調査結果によれば、あの一族の肖像画に偽りはなく、あの男はまぎれもなくバスカヴィル家の一員なのだ。彼はサー・チャールズの弟、ロジャー・バスカヴィルの息子だよ。この弟は良からぬ評判の持ち主で、南アメリカへ逃げ、結婚もしないで死んだという話だった。ところが、実は結婚して、子どもが一人いた。そして、これが父親と同じ名を付けられていたというわけさ。結婚したのは、コスタリカ(135)でも一、二を争う美貌の持ち主、ベリル・ガルシアだった。ところが、多額の公金横領の罪を犯して、そこにも居づらくなり、ヴァンデルーアと名前を変えて、再び、イングランドへ舞い戻り、ヨークシァ東部で学校を設立した。こういう特別な仕事を始める気になったのも、母国へ帰る旅の途中で、肺病の教師と知り合いになったからなのだ。彼はこの有能な男を利用してひともうけしようと思った。ところがそのフレイザーという教師が亡くなると、順調だった学校の評判も悪名をとどろかすまでにおちぶれてしまった。このヴァンデルーア夫妻は、次にはステイプルトンと名を変えて、残りの財産と、将来の計画を携《たずさ》えて、趣味の昆虫学を楽しむために、イングランドの南部へ移ってきた。ぼくも大英博物館で調べていて、彼がこの分野の権威であることを知ったのだよ。ヨークシァに住んでいる時に、自ら発見した新種の蛾《が》にヴァンデルーアと命名しているほどだ。

さて、ここからは、彼の生涯で、ぼくたちの関心をもっとも引く時期にさしかかる。この男もいろいろと調査して、あの莫大《ばくだい》な財産と彼との間にはじゃまな人間が二人しかいないことを知ったのだ。デヴォンシァに移り住んだ当初は、その計画も、まだ整っているとはいえない段階だったとは思うのだけれど、当時から、妻のことを妹だと称していたところをみると、はじめから悪事を企《たくら》んでいたにちがいない。その時点で、妻をおとりにする魂胆《こんたん》はできていたが、陰謀《いんぼう》の詳細はまだ構想段階だった。ついには、財産を自分のものにしようと決めた。目的のためには手段を選ばず、どういう危険もかえりみなかった。まず最初に彼ができることは、先祖の館にできるだけ近いところに居を構えることだった。そして次に、サー・チャールズや近隣の人たちと交友関係を築いた。

準男爵は自分から一族に伝わる魔犬について話した。結局は、このことが自らの死を招くことになってしまったのだ。ところで、この男のことはこれからもステイプルトンと呼ぶことにするけれど、あのお年寄りの心臓が弱っていて、ちょっとしたショックが死につながることも充分知っていた。このことはモーティマー医師から聞いていた。もう一つ聞いていたことは、サー・チャールズが迷信深いことで、彼はあの無気味な伝説を、心底、信じ込んでいたのだよ。この頭の切れる男は準男爵を死にいたらしめ、しかも、殺人の罪に問われることはほとんどないという名案をすぐに思いついた。

このアイデアを思いついてから、準備万端をとどこおりなく整えて実行に移した。並みの犯罪者なら、狂暴な猟犬を仕掛けて満足するだろう。普通の動物を人工的に手を加えて魔犬に見せかけるという方法は、彼の天才的ひらめきともいえるね。犬は、ロンドンのフラム・ロードの犬屋、ロス・アンド・マングルズ商会[136]で購入している。店の中でいちばん強くて、獰猛《どうもう》だった。噂《うわさ》の種にならないようにと、彼は北デヴォンシア線を使って犬を運び、ムアの長い道のりを徒歩で帰った。昆虫採集で、何度も往来して、グリンペンの沼を知りつくしていたから、動物の格好の隠し場所を用意しており、そこで飼育し、機会を待っていた。

ところが、機会はなかなか来なかった。この高齢の紳士を夜、館の外におびき出すのは不可能だった。数回、ステイプルトンは猟犬を連れてひそんではみたものの、うまくいかなかった。こんな待ち伏せを何回か失敗しているうちに、彼ではなく、お伴の犬のほうが農民に目撃され、あの魔犬の伝説がさらに信じられるようになってしまった。彼は、妻を使い、サー・チャールズをおびき出し、亡き者にできると楽観していたのだが、ここにきて、思いがけず妻が反旗をひるがえした。女の魅力で、紳士を引きつけ、命を奪おうとする夫の片棒を担《かつ》ぐことを固く拒んだのだ。どれほど脅《おど》かされても、また、口にするのもはばかられることだが、殴りつけられても、彼女は応じなかった。彼女が係わることを拒み通したので、さすがにステイプルトンも困り果てた。

サー・チャールズは、その前から彼に好意を持っていて、不幸なライオンズ夫人を支援する仕事を彼に任せた。これを機会に、この男は窮地《きゅうち》を切り抜ける道を見つけたのだ。彼は、自らを独身といつわって、彼女を思いのままに操《あやつ》った。彼女が夫と離婚すれば結婚するつもりだと思い込ませた。ところが、モーティマー医師の勧めで、サー・チャールズが館を離れることを知って、彼の計画も突然頓挫《とんざ》しかけた。彼も休養が一番だと、前々から考えていたと賛成しては見せた。しかし事をすぐにおこさなければ、肝心の相手は、力の及ばない所に行ってしまう。そこで、彼はライオンズ夫人に無理にあの手紙を書かせ、ロンドンへ出発する前の夕べに会ってほしいと頼み込ませたのだ。そして彼は、うまい口実を使って、彼女には会いに行くのを思いとどまらせ、待ちに待った絶好の機会を手に入れたというわけだよ。

夕方、クーム・トレイシーから馬車で戻ると、彼はすぐ例の猟犬を連れに行って、悪魔に見えるように燐《りん》を塗りつけて、紳士が待っているはずの門のところまで連れて行った。飼い主にけしかけられた犬は、小さな門を楽々と飛び越え、気の毒な準男爵を追いかけ、彼はイチイ並木を悲鳴を上げながら逃げた。ただでさえ陰鬱《いんうつ》な並木に、巨大な真っ黒な物体が、口から火を放ち、目をぎらつかせて、獲物に迫ってくるのだから、それはもうこの上なく恐ろしいものだったろうね。並木道の端《はし》まで来て、心臓病と恐怖のために、力尽きて亡くなったのだよ。準男爵は並木道の小道を走ったのだけれど、犬は端の芝生の上を追いかけたから、人の足跡だけしか発見できなかった。倒れているのを見て、おそらく犬は近づいて、臭いを嗅《か》いだのだろうけれど、死んでいるのでそのまま戻ったのだろう。モーティマー先生が見つけた犬の足跡は、この時についたものだろう。犬は呼び戻されて、グリンペン大沼に急いで帰っていった。そして、この事件は不可解な謎に包まれ、当局は頭を抱え込み、地元民はおびえ、ついにぼくたちにお鉢が回ってきたというわけだ。

ここまでが、サー・チャールズ・バスカヴィルが死にいたった経緯《けいい》だ。悪魔のような悪賢さだよ。だから、これを殺人事件として立件できる見込みはほとんどなかった。唯一の共犯者は、絶対に裏切らない犬だし、しかも考えられないくらい奇怪な方法だったからうまくいったのさ。この事件に係わった女性、つまりステイプルトン夫人とローラ・ライオンズ夫人だが、二人ともがステイプルトンに対して強く疑いを抱いていた。ステイプルトン夫人は、夫のあの紳士に対する陰謀も、猟犬の存在も知っていた。ライオンズ夫人はどちらも知らなかった。ただ、彼だけしか知らない約束と同時刻に死亡事件が起きたことで強い疑念を抱いていた。しかしながら、二人とも彼の思いのままだったので、彼も気にはしていなかった。こうして、あの男の計画の前半はうまくいったが、さらに厄介な仕事が残ることになった。

ステイプルトンは、カナダに遺産相続人がいることを知らなかったことも充分考えられる。どちらにしても、彼の友人でもあるモーティマー医師からそのことを知らされたのだろう。あとからヘンリー・バスカヴィルの到着についての細かい情報も聞かされていたのだ。ステイプルトンの最初の計画では、カナダからの若いこのお上りさんを、デヴォンシァまで行かせずに、ロンドンでかたづけてしまうことだった。しかし、あの紳士を罠にかけるのを助けなかったときから、彼は妻をまったく信用できなくなった。目を離しておくと思いのままに操れなくなることが心配で置いてもこられなかったのだ。それで、彼女をロンドンまで連れていったのだ。ぼくの調査によると、彼らはクレーヴン街のメクスバラ・プライベート・ホテルに泊まっている。証拠探しに行かせたぼくの手下の少年がまわったうちの一つだったのだ。ここに妻をとじ込めておいて、あごひげで変装して、モーティマー先生を尾行し、ベイカー街へ行って、そのあとは駅、ノーサンバランド・ホテルへ来た。妻はこの陰謀におぼろげながら気づいてはいた。しかし、夫が恐くて仕方がない。危険が差し迫っていることを手紙に書いて知らせるのもままならなかった。それもひどい虐待を受けていたからだろう。もし、その手紙がステイプルトンの手に入りでもすれば、自分の命までも危うい。それでも、ぼくたちが知っているように、単語を切り抜いて、とりあえず伝言を作り、手紙の宛《あ》て名は筆跡を変えて書いたのだよ。これが準男爵に届き、彼の身に危険が迫っていることを、誰よりも先に警告したということさ。

　犬を使って、サー・ヘンリーを追跡させるには、何か彼が身に着けてた物を手に入れ、それを常に犬に嗅がせておかなくてはならないのだ。そうとなれば、常日ごろのすばやさと大胆さとで、[137]二の足を踏むこともなく、ただちに仕事に取りかかった。ホテルの靴みがきか部屋係のメイド[138]を自分の悪だくみのために買収したのだろう。ところがたまたま、その時、はじめに盗ってきたのは新品で、その目的には役に立たない。そこでまた、これを戻させて、他のものを手に入れたのだ。このことが、ぼくには重要な手がかりとなって、実物の犬が関係していると確信した。新しいブーツではなく、古いものを切望するとすれば、他に説明のつけようがないからね。こういうことはよくあることとさ。できごとが奇妙だったり、奇怪だったりすればするほど、より綿密に調べる必要があるものなのさ。この点からすれば、事件を不可解なものにしていることをよく突き止めて、科学的に処理しさえすれば、それが事件を解き明かす鍵《かぎ》になるものだ。

　そして、翌朝、ぼくたちのところへ二人は訪ねて来たのだけれども、この時も、辻馬車からステイプルトンは監視していた。ぼくたちの住まいからぼくの顔形まで調べ上げて知っていたことを考えても、彼の行動様式からみても、ステイプルトンの犯罪歴がバスカヴィルの事件だけとは思えないよ。この三年の間に、四件の重要な強盗事件が西部地方で発生したのだが、どれも犯人は逮捕されていない。とりわけ、最後におきた五月のフォークストーン・コート(139)事件は、残忍で身の毛もよだつもので、覆面をした単独犯に出くわして驚いた給仕を情け容赦もなく、その場で撃ち殺したのだよ。ぼくは、これもステイプルトンが金に困っての犯行だとにらんでいる。こうしてみると、彼は長年にわたり手のつけられない、凶悪な犯罪者だったということになる。

　ステイプルトンがいかに機転がきくかは、あの朝にぼくたちの追跡を巧みにかわしたことでわかるし、馭者《ぎょしゃ》の口を借りて、ぼくの名前を騙《かた》ったことをわざわざ言わせるというのは、かなりの大胆さだよ。その時に、ぼくがロンドンでこの事件に乗り出したことを知って、ここでは勝ち目がないと悟ったのだろう。それで、ダートムアに戻って、準男爵の到着を待ち受けていたのだ」

「ちょっと、待って！」とわたしは言った。「君は、事件を発生から順を追って、的確に解き明かしたにはちがいないのだけれども、一つだけ説明しわすれていることがあると思うのだ。あの猟犬は、飼い主がロンドンに行っている間は、どうしていたのだろうか」

「ぼくもそのことは考えてみたよ、それは重要なことだからね。ステイプルトンに共犯者がいたことは確実だ。ただし、彼は計画すべてを打ち明けて、弱みを握られたりはしなかっただろう。メリピット荘にはアンソニーという年老いた使用人がいた。ステイプルトン家との関係は、学校経営時代からの数年にも及ぶというのだから、主人と女主人が夫婦だと知らないわけはない。この男は姿をくらまし、おそらくは国外へ逃亡してしまったのだろう。アンソニーという名前は、イングランドでは珍しいけれども、スペインやスペイン系の南米諸国では、アントニオというのはよくある。あの男はステイプルトン夫人と同じように、英語をよく話していたけれど、妙ななまりが残っていた。この男が、ステイプルトンの付けた印にそって小道を行き、グリンペン沼を通り抜けるのを、ぼくはこの目で見たよ。ということは、飼い主が留守の時は、彼が猟犬の面倒を見ていたのだろう。ただし、その動物が何に使われるかまでは最後まで知らなかったはずだよ。

　そうして、ステイプルトンたちはデヴォンシァに戻り、これを追いかけるようにして、サー・ヘンリーと君が行った。今ここで、その時、ぼくはどうしていたかにもふれておくよ。君も憶えているかもしれないけれど、印刷文字を貼《は》りつけた手紙を調べた時、透かしを見るためにその紙を近づけてみたのだ。目から数インチのところまで近づけると、ホワイト・ジャスミン(140)の香水の香りがほのかにおったのだ。香水は七十五種あって、犯罪の専門家となればその判別くらいできないと勤まらない。ぼくの扱った事件でも、香水を迅速《じんそく》に判別することで事件の解決を見たことも一度や二度ではないよ。この香りで、女性がかかわっているとわかった。そこですぐに、ぼくはステイプルトンたちを考えに入れた。西部地方に足を運ぶ前から、ぼくは、猟犬の存在を確信し、犯人にあたりをつけていたのだよ。

ステイプルトンを見張るのがぼくの作戦さ。当然のことだけれど、ぼくが君と一緒にいては、それはできないし、彼のほうも警戒をきびしくする。だから、君も含めて、皆を欺《あざむ》くことにした。ぼくはロンドンにいると見せかけてひそかに来ていたのだ。ムアでの生活は、君が思うほどはつらくはなかった。そもそも、このようなささいなことで、事件の捜査に支障をきたしては困るからね。おおかたの時間は、ぼくはクーム・トレイシーにいて、行動をおこす時が近づいている場合にだけムアの石室を利用したのだ。カートライトも一緒に来させていて、地元の子どもらしい変装をさせてね。ずいぶん助けてくれたよ。食べ物と清潔なシャツも、運んでもらったしね。ぼくがステイプルトンを見張っている時は、しばしばカートライトに君を見張っていてもらったから、ぼくは万事怠《おこた》りなく、すべてに注意を行き渡らせていたというわけさ。

君の報告がぼくのところに着いていた、と前に言ったね。ベイカー街からクーム・トレイシーにただちに転送するように、手はずを整えておいたからだ。あれは、非常に役に立ったよ。特に、ステイプルトンの、たまたまもれた本当の経歴の一部とかね。

そのことから、ぼくはあの男と女の正体を割り出すことができて、一度に展望が開けてきた。この事件は脱獄囚の事件と、それから彼とバリモアが親戚だったという事情が絡んでいて、ひどくまぎらわしくなっていた。だけども、君の見事な活躍で、すっきりした。もっとも、ぼくも、ぼくの独自の調査から同じ結論に達してはいたのだけれども。

君がムアでぼくの姿を見た時には、ぼくは事件の全容を完全につかんでいたのだけれども、立件できるだけの確証を握っていなかった。たとえば、ステイプルトンがあの夜、結局のところ、誤《あやま》って脱獄囚を殺してしまったことも、殺人罪として立証できる証拠は何もないのだ。彼を現行犯で捕まえるほかには、打つ手がない。そのためには、サー・ヘンリーを一人にして、見たところ無防備のままのおとりとしたのだ。そして、ぼくたちは、これを実行した。依頼人にはすさまじい精神的なショックを与えてしまったが、ステイプルトンを自滅に追い込み、事件を完全に解決することができた。サー・ヘンリーをあのような危険にさらしたことは、ぼくの事件の処理の不手際だと認めないわけにはいかないが。けれどもあの時点では、あの動物があそこまでものすごく、危険な状況を引きおこすとは、予測できなかった。それから、あの濃霧は予想外だったよ。あのおかげで、ぼくたちの前に魔犬が予告なしに突然現われることになったからね。専門医もモーティマー先生も二人ともがサー・ヘンリーは一過性の精神障害だと確証してくれたので、ぼくは安心はした。彼の犠牲によって、ぼくたちは目的を達成できたわけだからね。今回の長い旅で、彼のずたずたになった神経が回復するだけでなく、傷ついた心も癒《いや》されることになるだろうね。とはいうものの、あの夫人への彼の愛は、深く、純粋なものだったから、このいまわしい事件の中で、彼にとって何よりもつらいのは、彼女による裏切りだろうね。

今でもわからないのは、彼女が事件を通じてどういう役割を果たしたかなのだ。ステイプルトンが彼女を自在に操っていたのは事実だ。けれども、操られたのは、夫への愛のためなのか、それとも恐怖のためなのだろうか。おそらくは、その両方だろうね。一般に愛と恐怖が相容《あいい》れない感情だとはいえないからね。それはともかく、彼の影響力は有無を言わせないもののようだった。命令されれば、妹になりすましたのだからね。けれども、さすがに、人殺しの片棒を担がされるのはたまらなくなった。これが夫の力の限界だった。それればかりか、夫が犯人とさとられないようにしながら、サー・ヘンリーに警告までした。彼女は、繰り返しそれをしている。ステイプルトンは自分の計画だったにもかかわらず、たびたび嫉妬《しっと》に燃えていたようだね。準男爵が妻に言い寄るのをまのあたりにして、それまでは自制心のある静かな物腰でいたところが、荒々しい本性が出て、怒りに我を忘れて、間に割って入り、引き離しにかかってしまった。ふたりを仲よくさせる目的は、サー・ヘンリーをメリピット荘に足しげく通わせ、遅かれ早かれ、命を狙う機会を得ようということだった。運命のあの日、妻は突然彼にたてついた。脱獄囚の死で何かに感づいたのだろうね。今度はサー・ヘンリーが夕食に来るという夕刻に、猟犬を納屋に連れてきたことを知った。彼女は、夫の陰謀を非難したので、大げんかになった。というのは、ステイプルトンは、自分にも他に好きな女がいると、はじめて明らかにしたのだ。それまでの、夫への貞節は、猛烈な憎しみに変わった。彼は妻が裏切るかもしれないと考えた。そこで、彼女がどういう形ででも、サー・ヘンリーに危険を知らせたりしないようにと、妻を縛《しば》り上げた。さらには、筋書きどおりにいけば、一族の呪いのせいで、準男爵は死んだものと地元の誰もが信じ込むと、おそらく、彼は考えていたのだ。そうなれば、おきてしまったことは仕方がないと、妻をあきらめさせて、彼女を沈黙させることができると考えていた。この点で、彼はとんだ計算違いをしたとぼくは思うよ。たとえ、ぼくたちがあそこにいなくとも、彼の運命に変わりはなかっただろう。スペインの血が流れている情熱的な女性なら誰でも、あれほどの屈辱を容赦するはずはない。さてと、ねえ、ワトスン。ぼくの記録を参照しない限りは、この奇妙な事件を、これ以上くわしく君に説明できないよ。まあ、肝心な事柄で説明しなかったことはないとは思うのだけれどもね」

「高齢の伯父の時のように魔犬を使っておどしただけで、サー・ヘンリーを殺せるとは、彼も思っていなかったのだろうね」

「しかし、犬は狂暴で、飢《う》えきっていた。だから、その形相の衝撃で獲物を死に至らせられなくとも、すくなくとも抵抗できなくしてしまうくらいの効果は充分にあったよ」

「それはそうだ。それでもまだ、一つ問題が残るよ。もし、ステイプルトンが成功したとして、法定相続人が偽名を使って所有地のあれほど近くに住んでいた事実をいったいどう説明するつもりだったのだろう。どういう手を使って、疑惑と取り調べを避けて、相続権を主張できただろうか」

「それを説明するのは、至難のわざだ。ぼくにその答えを求めるのはおかど違いだよ。現在と過去はぼくの調査対象だけど、人が将来どういう行動をとるかを答えるのは難題だ。ステイプルトン夫人は、夫がこのことを話しているのを何回か聞いているようだ。可能性は三つ考えられる。南アメリカから相続権を主張し、その地の英国の機関に身元を証明してもらい、イングランドまで来ることなしに、財産を手に入れるのが一つの方法。または、必要な短期間だけロンドンにおもむき、変装して承認を得る。さらには、悪い仲間を引き込み、必要な証明書類をそろえ、これを法定相続人に仕立て上げて、収入の一定部分を自分の取り分とする。ともかく、あの男のことだから、なんとか道を見つけたことだろうね。それはそうと、ワトスン、ぼくたちは、ここ数週間というもの、きびしい仕事の連続だった。今夕は、楽しく気分転換をはかろうではないか。オペラ『ユグノー教徒』[141]のボックス席を取っておいたのだ。君はド・レシュケ[142]の歌を聞いたことがあるかい? もしよければ三十分ほどでしたくをしてくれたまえ。途中、マルツィーニ[143]の店でちょっとした夕食をとらないか」

注・解説

W・W・ロブスン（高田寛訳）

《バスカヴィル家の犬》注

⇓本文該当ページを示す

『バスカヴィル家の犬――もう一つのシャーロック・ホームズの冒険物語』の初出は、「ストランド・マガジン」誌の第二十二〜二十三巻、一九〇一年八月号〜一九〇二年四月号（並びにニューヨークの米国版「ストランド・マガジン」一九〇一年九月号から一九〇二年五月号）にかけて掲載され、シドニー・パジェットによる六十点の挿絵付きだった。

単行本としての初版本は、一九〇二年三月二十五日（即ち、最後の回が「ストランド・マガジン」に掲載される前に）ジョージ・ニューンズ社から初刷二万五〇〇〇部で出版された（外地版は一九〇二年四月二日、ロングマンズ・グリーン社から同社の「コロニアル・ライブラリー」中の一冊として出版）。米国における単行本の初版は、一九〇二年四月十五日、マックルーア・アンド・フィリップ社から出版された。

以下の注釈の地理学的な詳細に関しては、『「バスカヴィル家の犬」のダートムア』（一九九一年）の著者であるフィリップ・ウェラーに謝辞を捧げたい。

なお、当注ではいくつかの項目において、小林・東山による注を追加し、〔　〕で示した。

1　朝食の食卓

アーサー・コナン・ドイルが用いた、ホームズという名前の由来として、最も可能性が高い起源の一つに、オリヴァー・ウェンデル・ホームズ（一八〇九～九四）の名前を借用したとする説がある。彼の著作には『朝の食卓の独裁者』（一八五七年）、『朝の食卓の教授』（一八五八～五九年）、『朝の食卓の詩人』（一八七二年）がある。ウェンデル・ホームズはまた、一八四七年から八二年までの間、ハーヴァード大学で解剖学の教授を勤めており、またエディンバラで解剖学を学んだことがあった。

⇩13

2　客が忘れていったステッキ

ギャヴィン・ブレンドは『親愛なるホームズ』（一九五一年）の中で、次のように述べている。「ホームズの許を訪れてくる依頼人は（中略）非常に奇妙なことに、自分の持ち物に対してははなはだ無頓着である。もっとも結果は常に上々であった。というのは、ホームズは依頼人の忘れ物から、依頼人の人物像を鮮やかに再現してみせたのである」

⇩13

3　ペナン・ローヤー

マラッカ海峡に浮かぶペナン島に生えている小振りのヤシ（Lucuala actifidans）の幹から作られるステッキ。武器として使うこともできる。

⇩13

4　MRCS

“Member of the Royal College of Surgeons”〔「王立外科医師会会員」の意〕の略号である。 ↓13

5　石突き（ferule）

ステッキがひび割れしないように巻かれた金属製の輪を指す。 ↓14

6　狩猟クラブ（hunt）

“hunt”とは、狐狩りの会（fox-hunting association）をいう。 ↓15

7　チャリング・クロス病院

一八一八年に創立された（当初は、王立ウェスト・ロンドン診療所兼産科病院としてであった）。 ↓18

8　病院の勤務医であったはずはないね

即ち彼は、この病院で終身の地位を得ていたわけではなかった。 ↓18

9　外科か内科の、院内住み込み研修医（a house-surgeon or a house-physician）病院に住み込みの、若い医者〔"surgeon"は「外科医」、"physician"は「内科医」の意〕を指す。　⇩19

10　マスティフ〔肩高八十センチほどの犬で、毛色は茶で鼻先は黒っぽく、垂れ耳。ヨーロッパでは熊の猟犬や闘犬とされている〕　⇩19

11　ダートムア　デヴォン州南西部に広がる台地。　⇩20

12　グリンペン　架空の村である。　⇩20

13　疾病先祖返り説　先祖の特質が再び現出すること。　⇩20

14　比較病理学

人間や動物の病気や死因を研究する学問。 ↓20

15 客員会員

何かの協会に所属していて、その所在地から遠方に居住している会員を指す。 ↓20

16 隔世遺伝

遠い先祖に似ること（注13参照）。 ↓20

17 ランセット（Lancet）

「ランセット」誌は一八二三年創刊の有名な医学週刊誌である（〝lancet〟は、手術用メスの一種の名前）。 ↓20

18 フロックコート

膝の辺りまで届くダブルのコート。 ↓22

19 ドクターと呼ばれる資格はありません、ミスターと呼んでください

礼儀を重んじる会話の場合、英国では医師に対して「ドクター（博士）」と呼びかけるが、実際に医学博士号を持っている医師は少ない。アーサー・コナン・ドイル自身は、医師と

して開業するための資格である学士号を取得後、四年後の一八八五年に医学博士号を取っている。《緋色の習作》でワトスンは、医学博士号を持っているとされている（もっとも本全集⑥『シャーロック・ホームズの帰還』に「付録」として収めた、コナン・ドイル自身のパロディである「野外バザー」では、ホームズはワトスンに対して、君は医学博士ではない、と語っているが）。更に厄介なことに、博士号を持っているかもしれない男性の外科医に対しては〝Mr.〟と呼びかけても正しいのである。

⇩24

20 未知の大海からすれば、じつに小さな海岸で、戯れに貝殻を集めているようなものです

「私は、世間で自分がどのように思われているかは知らない。しかし自分自身では、未知の真理という大海原の海岸で遊んでいて、珍しいすべすべした小石や、奇麗な貝殻を見つけては喜んでいる子供に過ぎないのではないかと思っている」（「サー・アイザック・ニュートン（一六四二～一七二七）が没する直前に残した言葉」、エディンバラ大学学長サー・デイヴィッド・ブリュスター著『サー・アイザック・ニュートンの生涯、発見ならびに著述』第二版、一八六〇年刊、第二巻三三一頁より引用）――著者のブリュスター（一七八一～一八六八）もニュートン同様、眼科の分野では先駆者であった。それゆえ、コナン・ドイルにとっては興味と同時に崇拝の対象であったろう。

⇩24

21 眼窩上《がんかじょう》部の見事な発達を拝見できるとは夢にも思いませんでした

モーティマーは、ホームズの額が大きく張り出しているとは思っていなかったのであった。〔眼球が入っている頭骨前面の穴を眼窩という。眼窩上とは解剖学用語で、いわゆる額のこと〕 ↓25

22 頭頂骨の裂溝 (parietal fissure)

頭頂骨を左右に分ける裂溝のこと（"interparietal fissure"とも）。頭頂骨は、頭蓋骨の頭頂部とそのすぐ両脇を形成している骨を指す。 ↓25

23 ベルティヨン氏の業績

アルフォンス・ベルティヨン（一八五三～一九一四）はフランスの人類学者で、一八六六年に「人体測定法」、またの名を「ベルティヨン式人体識別法」を編み出した。これは人間の身体の測定値をカードに記録し、骨の長さ等に基づいて分類するものであった。 ↓26

24 クラレンドン卿

初代クラレンドン伯爵ことエドワード・ハイド（一六〇九～七四）を指す。ここで言及されている「史実」とは、彼の著作『大反乱史』（一七〇二～〇四年）のことである。

↓30

25　ミカエル祭 (Michaelmas)

大天使ミカエルの祝日で、九月二十九日。四季支払日〔この日に賃借料を支払ったり、賃借期限等を更新したりする日。英国では三月二十五日（レディ・デイ。聖母マリアのお告げの祝日）、六月二十四日（ミッドサマー・デイ。洗礼者ヨハネの祝日）、九月二十九日、十二月二十五日（クリスマス）〕のひとつ。　↓30

26　ムア (moor)

〔ヒースやハリエニシダが生え、地層部が岩盤になっている排水の悪い高原地帯の荒野、荒れ地をさす〕　↓31

27　三リーグ

約九マイル。　↓31

28　ワインの大瓶やら大皿 (flagons and trenchers)

ワインの入った大きな瓶と木製の大皿、の意。　↓31

29 巨石
ダートムアには初期青銅器時代の遺跡が多数存在する。そのなかには岩が直立して列をなしているものもある。

↓33

30 三世代四世代を越え、……永《とこし》えに罰せられることはない
「あなたの神、主であるわたしは、ねたむ神、わたしを憎む者には、父の咎《とが》を子に報い、三代、四代まで及ぼし、わたしを愛し、わたしの命令を守る者には、恵みを千代にまで施すからである」（旧約聖書『出エジプト記』第二十章第五、六節〔引用は日本聖書刊行会『旧約聖書』新改訳より〕）。アーサー・コナン・ドイルの作品「第三世代」（『赤き灯を巡りて』——一八九四年——所収）には、ヒューゴーのような祖先から、遺伝によって梅毒に感染していた無垢な青年が描かれている。彼は自らの婚約相手を捨てて自殺する。これはより正確に言えば、結婚後に彼女を危険にさらすのを避けるためであった。伝説の魔犬が子孫に祟るというのは、或いは病が遺伝することと対応しているのかもしれない。

↓34

31 デヴォン・カウンティ・クロニクル紙
実在しない架空の新聞名である。

↓36

32 成金《なりきん》 (nouveaux riches)

にわか成金、即ち急に財産家となった者を指す。 ⇩36

33　南アフリカでの投機

ここで言う「投機」とは、金鉱山事業への投資を指す（一八六九年、南アフリカで最初の金山がトランスヴァールで発見された）。 ⇩36

34　イチイの並木道

バスカヴィル館のイチイの並木道は、少なくともその起源として、ストーニーハースト・カレッジ〔エディンバラ大学入学前のアーサー・コナン・ドイルが学んだカレッジ〕の「薄暗い並木道」の存在が、いくらかは影響を及ぼしているだろう。その「薄暗い並木道」は、ここでのイチイの並木道の描写に似ている部分があり、同様に中ほどに門がある。「薄暗い並木道」の途中にある門は、霧や魔女を連想させる土地へと通じている。 ⇩38

35　マーフィーというロマ

マーフィーという名前（ロマ〔ジプシーのこと〕の名前としては奇妙な名前であるが）は、ストーニーハーストで地獄の業火に関する説教を行なったアイルランド出身のイエズス会司祭の名前だった。 ⇩38

36 検死陪審 (coroner's jury)

イングランドでは、一般人からなる陪審員は、検視官と呼ばれる法律上の資格を有する者の指導のもと、変死した人物の死因の調査に当たる。

↓40

37 バスカヴィル館に居住者を

借地料を地主に支払って地所を使っている借地人という普通の意味で使われているわけではなく、単にバスカヴィル館の住人の意である。

↓40

38 カメオ

彫刻を施した宝玉を指す。

↓41

39 法王

当時のローマ法王はレオ十三世(ヴィンツェンツォ・ジョアッキーノ・ペッチ、一八一〇〜一九〇三、在位一八七八〜一九〇三年)であった。ホームズは、ローマ法王からの依頼でトスカ枢機卿の急死の調査も手がけている(『シャーロック・ホームズの帰還』所収《黒ピータ》参照のこと)。

↓41

40 ラフター荘 (Lafter Hall)

架空の存在である（ただし、ダートムアにはラフター・ホール農場（Laughter Hole Farm）がある）。 ↓42

41　**ブッシュマンとホッテントット**　↓42
いずれも南アフリカの原住民である。

42　**馬車《ギグ》（gig）**　↓43
"gig"とは、一頭立ての軽二輪馬車を指す。

43　**蹄鉄工（farrier）**　↓52
"farrier"とは蹄鉄工を指すが、同時に獣医を意味する場合もある。

44　**ウォータールー駅**　↓54
ロンドンの主要なターミナル駅の一つで、大西洋航路の船が入港するサウサンプトン、並びにポーツマスへ向かう路線がこの駅から出ている。

45　**遺言執行人（trustee and executor）**
"trustee and executor"とは、一、他人の利益のために使用される財産の管理を委任された

人物、二、遺言に定められた条項が実行されるよう、遺言を残した者が指名した人物、を指す。 ⇩54

46 黄熱病
熱帯地方の疫病である。 ⇩54

47 教区委員
教区内の地方税納付者の集会で選出されるのが教区委員である。教区委員は教区内で起きた問題の収拾に当たる。 ⇩56

48 ブラッドレイの店
オックスフォード街にあったとされる架空の煙草屋。 ⇩58

49 シャグタバコ
パイプ用煙草としては粗悪なものの一つで、火皿の小さなタイプのパイプ用にはうってつけの煙草である。 ⇩58

50 スタンフォードの店（Stanford's）

地図販売店のエドワード・スタンフォードは、当時チャリング・クロスのコックスパー街二十六にあった。　↓62

51　陸地測量部作成の地図

陸地測量部が軍事目的で作成した大縮尺の地図を指す。　↓62

52　ハイ・トアとファウルマイアー

いずれも架空の存在であるが、ハイアー・トア、ハイアー・ホワイト・トア、フォックス・トア・ハイアーは実在する。　↓62

53　プリンスタウン監獄

ダートムア刑務所としても知られている。一八五〇年、プリンスタウン監獄は長期刑を科せられた懲役囚のための刑務所となった。　↓62

54　準男爵（Baronet）

準男爵の位は、世襲のナイト爵位であり、ジェイムズ一世が創設した。　↓67

55　ノーサンバランド・ホテル

架空の存在である。 ↓68

56 「タイムズ」紙
英国で最も有名な新聞であり、ロンドンで発行されている。当初「デイリー・ユニバーサル・レジスター」紙として、一七八五年に創刊された。一八八四年から一九一二年にかけては、やや力量に欠ける面もあったがジョージ・アール・バックル（一八五四～一九三五）が編集長を務めていた。 ↓70

57 眼窩上縁の隆起線
眼窩の上の盛り上がった部分を指す。 ↓74

58 上顎骨曲線
上顎の骨の曲線を指す。 ↓74

59 「リーズ・マーキュリー」紙と「ウェスタン・モーニング・ニューズ」紙の区別がつかなかった
ここで挙げられている二紙の名前は、プリマスで刊行されていた競合紙、「ウェスタン・モーニング・ニューズ」紙と「ウェスタン・デイリー・マーキュリー」紙に由来する

ものであろう。 ⇩74

60 ゴムのり（Gum）

〔"gum"はアラビアのりをさすが、転じてゴムのりや液状ののりの総称となった〕 ⇩75

61 透かし模様

ある種の高価な紙に見られる製紙業者の印で、紙を光の方向にかざした時にのみ見ることができる。 ⇩78

62 三文犯罪小説《ダイム・ノヴェル》

安手の煽情的な小説を指す。 ⇩78

63 タン革

黄色味を帯びた茶色の革をいう。 ⇩79

64 ディストリクト・メッセンジャー会社

個人の間にはまだ電話がほとんど普及していなかったため、エドワード七世の御世のロンドンでは、個人間の手紙や品物のやり取りには使いの者が立てられていた。 ⇩88

65　ボンド街
オールド・ボンド街とニュー・ボンド街に分かれていて、双方とも高級店が軒を連ね、美術商の店や個人所有の画廊もたくさんある。

⇩91

66　近代ベルギー派の巨匠たち
「この時代の現代ベルギー派の巨匠としては（中略）自分達の集まりを『二十人の集い』と称し、この集まりの指導的立場にあったフェリシアン・ロップス、英国人の血が半分流れていたジェイムズ・アンソール、そして魅力的な画風ではあるがやや落ちる、アンソール同様英国人の血が半分流れていたアルフレッド・スティーブンス等が挙げられよう」（H・R・F・キーティング『シャーロック・ホームズ：人とその世界』、一九七九年〔邦訳は『シャーロック・ホームズ――世紀末とその生涯』の邦題で東京図書刊〕）
⇩93

67　ニューカッスル
ノーサンバランド州の州都で、タイン河に臨む町である。石炭の産地として名高い。
⇩93

68　オールトン

ハンプシァ州の市《いち》の立つ町。 ↓93

69 **グロスター**

セヴァーン河沿いに位置する、大聖堂のある都市。 ↓94

70 **エナメル革のもの（patent leathers）**

パテント・レザー（即ちエナメル革）製のブーツ。表面に強光沢がある。 ↓96

71 **有価証券**

政府や会社が発行した、投資の証しとなる証書のこと。 ↓101

72 **ウェスト・モーランド**

以前のウェスト・モーランド州は、北部イングランドの山の多い地域に存在した州の名前だった〔現在はカンブリア州の一部となっている〕。しかし、ここでバスカヴィル家の遠縁の家の名前に使われているデズモンド（即ちマンスター南部）は、アーサー・コナン・ドイルの母親の一族の出身地に近い。 ↓102

73 **パディントン駅**

往時のグレイト・ウェスタン鉄道のロンドンにおける終着駅であった。一八五〇年代に建設され、駅の敷地はベイズウォーター、セント・ジョンズ・ウッドの二つの地域に跨っている。 ↓105

74 バラ

テムズ河南岸の地域の名前である。サザークの南、ウォータールーの東にあたる。 ↓108

75 ギニー

一ギニー金貨は二十一シリングに相当する。現在は使われていない。 ↓110

76 奥さんについては何もわかっていないからね

ホームズがモーティマー医師の妻を疑わしい人物の範疇に含めたのは正しかった。というのは、次のように考えるほうが理に適っていると思われるからである。即ち、彼女はバスカヴィル家の人々に対して敵意をではなく、関心と同情を抱いていたはずであり、さらにそうした感情は夫より強かったと思われるのである。しかし、彼女が物語に登場することはついにない。物語の最後で、サー・ヘンリー・バスカヴィルが健康回復のための世界一周の旅に出る際、モーティマー医師はサー・ヘンリーのお抱え医者として同行している。モーティマー夫人もおそらくは彼らに同行したはずなのだが、やはり彼女については何も言及されていない。こうした欠落部分に対して、映画版ではあれこれ想像を巡らせている。ベイジル・ラズボーン主演版の『バスカヴィル家の犬』（一九三九年）では、モーティマー夫人は心霊術の霊媒として登場し、創造者であるコナン・ドイルに対してふさわしい感謝を捧げている。また一九五九年製作のハマー・フィルム版『バスカヴィル家の犬』（ここではピーター・カッシングがホームズを演じている）では、ミス・ステイプルトンが農夫の娘として、また本物の悪役として描かれている。 ↓116

77 王立外科医師会附属の博物館

この博物館は一八三五年、リンカーンズ・イン・フィールドの南側に建てられた。 ↓118

78 花崗岩《かこうがん》

〔御影石《みかげいし》、グラニットとも呼ばれる。深成岩のひとつで、堅牢なので建築・土木用材として使われる。ダートムアから囚人が切り出した花崗岩が二代目スコットランド・ヤードの建物に使われていることは有名である〕 ↓119

79 二頭のコッブ種の馬（cobs）が付けられた四輪馬車（wagonette）

“wagonette”とは、無蓋もしくは取り外しの利《き》く覆いのついた四輪馬車を指す。“cob”は頑丈な足の短い馬をいい、通常は重い荷物を積んだ馬車を引くために使われた。 ↓121

80 セルダン……ノッティング・ヒルの殺人鬼
セルダンは、実在した非公式の刑務所の看守の名前に由来する、とされている。 ⇩123

81 石塚やトア (cairns and tors)
"cairn"とは先史時代に死者を祀って石を積み上げたもの、"tor"はごつごつした岩の丘を指す。 ⇩124

82 スワン・アンド・エジソンの白熱電灯
サー・ジョゼフ・スワン（一八二八～一九一四）は、英国の写真ならびに電気機器の発明家。トーマス・アルヴァ・エジソン（一八四七～一九三一）は米国の発明家で、一八七九年に白熱電灯を発明した。 ⇩126

83 とがったあご
このステイプルトンの人相の特徴はホームズとワトスンに強烈な印象を与えたらしく、カワカマスにたとえられている。 ⇩141

84 グリンペンの底無し沼

この名前は、グリムスパウンド・ホッグ、そしてフォックス・トア・マイアから取ったものであろう。 ↓146

85 スゲ

〔カヤツリグサ科スゲ属の総称。世界各地に一五〇〇〜二〇〇〇種もあると言われている。日本では、夏に葉を刈って笠や蓑《みの》を作った〕 ↓148

86 最後のサンカノゴイ（the last of the bitterns）

沼沢地に棲息する、脚の長い、鷺に似た鳥である。夜行性で、（繁殖期には）大きな鳴き声をあげるが、当時すでに絶滅の状態に近かった。 ↓150

87 有史以前にはたくさんの人たちが群棲していましたウィディカムにほど近いグリムスパウンドには、新石器時代（石器時代末期、紀元前六〇〇〇年〜紀元前三〇〇〇年）の都市、とも言うべき集落の遺跡がある。 ↓151

88 シクロペデス（Cyclopides）

架空の名前であり、一つ眼の巨人を仄めかした軽い冗談である。 ↓151

89　メリピット荘
実在するハイアー・メリピット・ハウスはぽつんと孤立しているわけではなく、ポストブリッジの近くに位置している。　↓152

90　スギナモ（mare's-tails）
よどんだ水に生育する植物である。　↓154

91　ラン
コスタリカ出身のベリル・ステイプルトンは、祖国の花を思い描いている。　↓154

92　ただの庶民（commoner）
しかし、サー・ヘンリーも貴族ではなく、ワトスン同様平民（commoner）である〔英国では貴族の範疇は通常、公爵（duke）、侯爵（marquess）、伯爵（earl）、子爵（viscount）、男爵（baron）までである〕。　↓156

93　鱗翅類《りんしるい》（Lepidoptera）
蝶・蛾の類を指す。　↓159

94　石柱（monoliths）
先史時代の石柱を指す。しばしば、記念碑のような形をしている。　⇩166

95　太陽が地球の周りを回っていようが、地球が太陽の周りを回ろうが、君はまったく無関心だった
《緋色の習作》第2章でのホームズの発言を、間違って思い出して書きつけたものである。《緋色の習作》で、ホームズは実際には「それがぼくにとって何だと言うんだい？（中略）ぼくたちが太陽の周りを回っているというけれど、月の周りを回っていたとしても、ぼくにも、ぼくの研究にも影響はない」と述べている。　⇩166

96　ヒューゴーの伝説の舞台
ハウンド・トアは谷を形成しているので、伝説の発祥地としては適当ではない。他の候補地としてはジャイアンツ・ベイズン、デッドマンズ・ボトムが挙げられる。　⇩168

97　ワタスゲ（cotton grass）
“cotton grass”とは、白い絹のような綿毛のある植物を指す。　⇩170

98　ロング・ダウン

架空の地名である。 ⇩172

99 古墳（barrow）
古代人の墓である塚を指す。 ⇩172

100 ファーンワーズィー村
ファーンワーズィーの村は、かつてはポストブリッジの北四マイルに位置していたが、一九三六年から四二年にかけてこの地に貯水池が造成されたため水没した。 ⇩174

101 ニュースの束（budget）
“budget”とは、一週間分のニュースを束ねてまとめたものを指す。 ⇩181

102 精神障害者用の拘束衣（strait-jacket）
暴れる精神障害者を押さえるために用いられる拘束服を指す。〔両そでを腰にしばりつけるように作られている〕 ⇩190

103 格子窓（lattice-window）
綾状に組まれた鉛の枠の中に小さなガラスを嵌め込んで作られる窓を指す。 ⇩194

104　もつれた糸かせ（the tangled skein）
これはホームズとワトスンの十八番とも言うべき表現で、《緋色の習作》の原題でもあった。　↓195

105　三階
〔通例、英国では first floor といえば、日本の二階をさす。ここでは“second floor”となっているので、「三階」と訳した〕　↓198

106　クレフト・トア（Cleft Tor）
おそらく、ホルンの近くにある“Cleft Rock”のことを指すものと思われる。　↓204

107　狩猟用のむち（hunting-crop）
“hunting-crop”は、狩猟の際に馬を駆り立てるための硬い鞭を指す。　↓205

108　妄想（delusion）
〔実際にはありえないことを思うこと、根拠のない想像や信念をいう。統合失調症（旧称・精神分裂症）の一症状名として使うこともある。「見えた」というのなら「幻覚」とし

たほうが、より的確な表現かと思う〕 ⇩212

109 泥炭（peat）

〝peat〟は、植物の繊維がイギリス諸島の沼沢地の水中で分解・炭化したもので、乾燥させて燃料として用いる。 ⇩212

110 クーム・トレイシー（Coombe Tracey）

架空の地名である。おそらくは、ダートムアの実在する村の名前であるウィディカム（Widecombe）とボーヴェイ・トレイシー（Bovey Tracey）からとったものであろう。 ⇩225

111 ブラック・トア（Black Tor）

〝Black Tor〟は四ヶ所存在するが、その中ではプリンスタウンから少し南西に行ったところにあるそれが、ここで言及されているものの候補としてふさわしいようである。 ⇩229

112 軽二輪馬車《ドッグ・カート》（dog-cart）

〝dog-cart〟は、一頭立ての軽馬車を指す。 ⇩229

113　エカルテ
二人で行なうフランスのカード・ゲームである。 ↓233

114　レミントン社製のタイプライター
商業的に成功を収めた最初のタイプライターは、ニューヨーク州のレミントン・アーマリー社が一八七四年に製造を始めたものであった。七六年から、同社製のタイプライターにはレミントンの名前が冠されるようになった。当時の女性の新しい職業として「タイピスト」が描かれているホームズ譚には、《花婿失踪事件》（「ストランド・マガジン」誌一八九一年九月号。『シャーロック・ホームズの冒険』所収）が挙げられる。 ↓240

115　ブルネット
〔白人ながら、肌は色黒、瞳は褐色か黒、髪も黒いこと、また、そういう人のことをいう〕 ↓240

116　黄バラ（the sulphur rose）
八重咲きの黄色いバラ。 ↓240

117　二輪馬車（trap）

"trap"はふつう、一頭立ての軽二輪馬車を指す。 ↓249

118 対王室（v.Regina）訴訟

この国の行政機関に対する訴訟が、警察による充分な警護を求めてのものであるのは明らかである。国の行政機関に対する告訴が受理されるためには、王位にある者の承認が必要とされる。 ↓254

119 ベリヴァ・トアやヴィクセン・トア

この二つの岩山は実在する。 ↓259

120 スパルタふう

古代スパルタ人は質素で忍耐強いことで有名であった。 ↓261

121 あの男がご自分からお出ましとはね、驚くべき度胸だ！（It's the man himself, by all that's wonderful and audacious!）

シェリダンの『悪口学校』（一七七七年）中の、ジョウゼフ・サーフェスの屋敷で衝立《ついたて》の後ろに隠れていたサー・ピーター・ティーズル夫人を発見した場面の科白《せりふ》から採られたものである。 ↓286

122　あすのことは、あすが心配します
ホームズは新約聖書を引用している。「だから、あすのための心配は無用です。あすのことはあすが心配します。労苦はその日その日に、十分あります」（『マタイの福音書』第六章第三十四節、引用は日本聖書刊行会『新約聖書　新改訳版』より）
⇓293

123　牛（steer）
“steer”は、若い去勢牛を指す。

⇓298

124　ネラー
サー・ゴドフリー・ネラー（一六四六〜一七二三）はドイツ北部の出身で、一六七五年に英国へやって来た。そして、レーリーの跡を継いでチャールズ二世の王室お抱え画家の地位に就いた。

⇓299

125　レイノルズ
サー・ジョシュア・レイノルズ（一七二三〜九二）は、多作の肖像画像として知られている。また、初代のロイヤル・アカデミー会長も務めた（一七六九年にナイトの位を授けられた）。

⇓299

126　ロドニー提督

ジョージ・ブリッジズ・ロドニー、即ち初代ロドニー男爵（一七一九～九二）は英国海軍の提督であった。彼は一七八二年、西インドにおいてフランス艦隊を破った。 ↓300

127　ピット

このピットが、小ピットことウィリアム・ピット（一七五九～一八〇六）を指しているのは明らかである。彼は一七八三年から一八〇一年にかけて、並びに一八〇四年から一八〇六年まで、計二回総理大臣を務めた。 ↓300

128　騎士（Cavalier）

“Cavalier”は、ピューリタン革命の時代、チャールズ一世の味方についた者を指す。 ↓300

129　巻き毛（love-locks）

“love-lock”とは、側頭部や額の部分の髪をカールさせた状態を指す。 ↓301

130　小ロシアのグロドゥノ（Grodno）

小ロシア（現在のウクライナ）にあるのではなく、白ロシア〔現在のベラルーシ〕にある

都市である。 ↓314

131 のど袋（dewlap）

喉の部分から垂れ下がるひだ状のたるんだ皮膚を指す。 ↓326

132 両種の混血のようであった

しかし専門家によると、ブラットハウンドとマスティフの雑種を作り出すのは不可能であるという。 ↓330

133 燐

この当時、人々は頻繁に燐を使い、また燐に直接触れることも多かった。しかし、燐は犬にとっても人間にとっても有毒であり、その害は数年を経てから発現したのであった。 ↓332

134 強力な毒気（miasmatic vapour）

〝miasmatic〟とは「マラリア性（malarial）の」の意で、明らかに毒性を含んだガスの意である〔昔は、マラリアの原因となる瘴気が沼沢地から発散すると考えられていた〕。 ↓339

135 コスタリカ

当時、中米最南端の共和国であった〔現在は、コスタリカの更に南にパナマ共和国がある〕。 ↓348

136 フラム・ロードの犬屋、ロス・アンド・マングルズ商会

ロンドンの西部から南西部に伸びる大通りにある、とされている架空の商店。 ↓350

137 靴みがき (the boots)

"boots"は、男性の使用人で通常は少年が務める。客の長靴や靴を磨くのが仕事である。 ↓354

138 部屋係のメイド

部屋係のメイドが靴を盗む手伝いをした可能性は、靴磨きのそれよりも低いが、自分が担当である個人客宿泊用の部屋に、いったん盗んだ片方の長靴を戻すことは充分できそうである。むろん、ステイプルトンは自分の男性としての魅力を武器にメイドを悪事に加担させたのであろう。 ↓354

139　フォークストーン・コート
架空のカントリーハウスの名前である。

↓355

140　ホワイト・ジャスミン
甘く香る花の咲く、つる状の灌木。

↓356

141　『ユグノー教徒（Les Huguenots）』
ユグノーは昔のフランスのプロテスタントであり、アーサー・コナン・ドイルの『亡命者達』の主役でもある。『ユグノー教徒』（一八三六年）は、ジャコモ・マイアベーア（一七九一〜一八六四）作のフランスのグランド・オペラである。

↓362

142　ド・レシュケ
ジャン・ド・レシュケ（一八五〇〜一九二五）は、ポーランド出身のオペラのテノール歌手であり、弟のエドワルド（一八五三〜一九一七）はバス歌手であった。

↓362

143　マルツィーニの店（Marcini's）
架空のレストランの名前だが、ロングマン社版の注釈によると、ストランドの三一六番にはジョン・マリオーニ（John Marioni）の経営するカフェ・レストランがあった。

↓362

解説

《バスカヴィル家の犬》は、シャーロック・ホームズが登場する四つの長編小説中、最高傑作であるとしばしば絶賛されている。この作品に対する高い人気は、これまでに製作されたもののうちで最高の出来栄えを誇る映画（ベイジル・ラズボーンが主役を務める）の存在によって、更に拍車がかけられてきたことは言うまでもない。

批評家が調べるべき問題はまず第一に、原作者は誰なのかということ、即ちフレッチャー・ロビンソンの《バスカヴィル家の犬》に対する貢献度がいかほどなのか、を論じることである。アーサー・コナン・ドイル（一八五九〜一九三〇）がバートラム・フレッチャー・ロビンソン（一八七二〜一九〇七）に会ったのは一九〇〇年七月、ブリトン号の船上である。ともに南アフリカから帰国する途上であった。ドイルについて言えば、休暇を取ることが絶対に必要な状況にあった。彼の健康状態は、ボーア戦争における野戦病院での激務にさらされ、大きな影響を受けていた。二人が以前から面識のある間柄であったかどうか、詳《つまび》らかではない。当時のフレッチャー・ロビンソンは、名声をかちえたジャーナリスト、編集者、そして文筆家としての地位を築きつつあった。彼は若き日のP・G・ウッドハウス（一八八一〜一九七五）の親友でもあった。そしてウッドハウスは、熱烈なドイルの崇拝者の一人であった。[*1]

一九〇一年三月、ドイルとロビンソンの二人がノーフォーク州北部沿岸の町クローマーへ短期のゴルフ旅行に赴いた際に、《バスカヴィル家の犬》の構想は具体的な形をとり始めた。J・E・ホッダー・ウィリアムズが、「ブックマン」誌（一九〇二年四月号）に寄せた記事によると、彼らは多忙な日曜日を共に過ごし、その折りにロビンソンが郷里の古い伝説について言及したという。数時間をかけて素晴らしい物語の構想が描き出され、ドイルが物語を執筆するという合意がなされた。四月初旬、ドイルはダートムアで数日間過ごした。ジョン・ディクスン・カーは、彼の手になる伝記〔"The Life of Sir Arthur Conan Doyle" 邦訳は『コナン・ドイル』（早川書房刊）〕で、ドイルがダートムアを訪れたのはこの時が初めてであったとしている。しかし、その可能性は低いと思われる。というのは、一八八二年にドイルはプリマスに住んでいて、ここからダートムアまでは、ほんの目と鼻の先であったからである。いずれにせよ、この時のダートムア行はドイルに強い印象を与えた。

ドイルによると、《バスカヴィル家の犬》のあらすじは、クローマーで過ごした週末の間に書き上げられたという。彼は自分の母親に、自分がロビンソンと共に「バスカヴィル家の犬」と題する、「本物の恐怖小説」を執筆中であると告げている。ここではホームズの名前は出てこないが、古《いにしえ》の伝説が採り入れられたのは明らかである。ドイルとロビンソンがダートムアを訪れた際、二人を乗せた馬車の馭者をつとめていたのはハリー・バスカヴィルと呼ばれる男であった。しかし、「バスカヴィル」という名前が彼に由来するものではないことは明らかである。のちにロビンソンは彼に対して、同じ名前（The name）を使ったことを謝罪してはいる。しかし、彼が「君の名前（your name）」と言っていないのは、意味深長であると思われる。

一九〇一年四月二日、プリンスタウンのロウイーズ・ダッチー・ホテルから、ドイルは母親に宛てて以下のように記している。

ロビンソンと私は、私たちのシャーロック・ホームズの本のために、一緒に荒れ地を踏査しています。この新しい本は素晴らしいものになるでしょう。実際のところ、もう全体の半分ほど書き上がっています。ホームズはまさに絶好調です。さらに物語の着想は非常に劇的です。これはロビンソンのおかげです。今日は二人で荒れ地を十四マイルも走り回って、心地よい疲労感に身をひたしています。ここは素晴らしい所です。荒涼たる未開の地で、先史時代の人々の住居跡、奇妙な形をした直立する岩、あばら屋、そして墓地があちこちにぽつぽつと点在しています。

この段階では、ロビンソンの寄与に対するドイルの感謝の念は、並々ならぬものがあった。「ストランド・マガジン」誌の編集長に対し、新しいホームズ譚のことを述べる際、ドイルは一つの条件にこだわった。

私は我が友フレッチャー・ロビンソンとこの仕事を進めなければならず、そして彼の名前は私の名前と共に掲げられなければならないのです。読者の嗜好に適うよう、物語そのものは私自身のものであり、また私自身のスタイルにはいささかの揺るぎもないとお答えすることはできます。しかし彼は、物語の核となる着想と、物語の舞台になる地域のカラーを私に与えてくれたのです。だから私は、彼の名前も掲げられなければならないと感じているのです。

「ストランド・マガジン」誌上での《バスカヴィル家の犬》の連載は、空前の成功を収めた。しかしこれは時期を同じくして「ストランド・マガジン」に連載されていた、H・G・ウェルズの『月に降り立った男達』(「ストランド・マガジン」一九〇〇年十二月号〜〇一年六月号」と、激しい人気合戦を繰り広げたのであった。読者からの要求に応えるべく、七回も刷り増しをするという事態は、「ストランド・マガジン」の歴史上かつてないことであった。ドイルが感じていたロビンソンに対する恩義は、以下に掲げる連載第一回の脚注に記されていた。

この物語の発端は、私の友人であるフレッチャー・ロビンソン氏によるものです。同氏はまた、物語の大筋や地方の描写の細かい部分で、私を援助してくれたのです。

アーサー・コナン・ドイル

単行本が出版された際に、ドイルはロビンソンに宛てた手紙の形で謝辞を述べているが、英国版と米国版では文章が異なる。英国版では、次のようになっている。

親愛なるロビンソン君

この物語は、君が話してくれたイングランド西部地方の伝説に、その端を発したものです。このことと、そして詳細に至るまで手助けをしてくれたことに対し、深く感謝いたします。

敬具　A・コナン・ドイル

この感謝の言葉は依然として誠意に溢れたものではあるが、「ストランド・マガジン」の編集者への手紙の中で示した、友人に対する感謝の言葉と比べると調子が落ちている。そしてロビンソンは依然として協力者ではあるが、対等の共同執筆者ではなくなっている。そして米国版では、彼の寄与は「示唆」にまで格下げとなる。米国版での手紙は、以下のとおり。

親愛なるロビンソン君
このささやかな物語の最初の着想は、君が聞かせてくれたイングランド西部地方の伝説からの示唆を受けて、私の脳裏に浮かんだものです。
このことと、君が与えてくれた物語の展開に関する助力に対して深く感謝します。
敬具　Ａ・コナン・ドイル

最後に、『シャーロック・ホームズ長編小説全集』（一九二九年〔英国における定本的存在であるジョン・マレイ版〕）における前書きでは、彼は以下のように述べている。

……この物語は、その早世を惜しんでも余りあるフレッチャー・ロビンソンが話してくれた、ダートムアの彼の家の近くに伝わる幽霊犬の伝説がきっかけであった。彼の話がこの物語のきっかけではあるが、物語の話の筋や実際の記述は、一言一句に至るまで、すべて私の創作であることを付け加えておくべきだろう。

記憶が次第にヴェールで覆われていき、ここではドイルは、ロビンソンの《バスカヴィル家の犬》の物語に対する注目に値する寄与を単に「話」と見做している。一方、一九〇五年にロビンソンはドイルに「物語の構想」を与えた、と記している。

《バスカヴィル家の犬》が書き上げられる過程で、ロビンソンが果たした正確な役割を決めることは、今日となっては不可能であるかもしれない。現存する原稿の一節や章は、全てドイル自身の筆跡で書かれたものである。またドイルは、ロビンソンが「イングランド西部地方の伝説」について語ったと記している。しかし民間伝承の研究者にとって、この種の伝説は数多く存在していること、そして十九世紀に書かれた小説と純粋な民間伝承を区別するのは困難であることは、周知の事実である。最も可能性の高い考え方としては、ロビンソンは魔犬という基本的な着想の源であったのであろう。しかし、物語の中で魔犬の存在を甦《よみがえ》らせ、それぞれの場面に出没させる手際は、想像力の産物であると同時に、文筆家としての手腕のなせる技である。ロビンソンがこうしたものを持ち合わせていた、と考えるべき理由は存在しない。そしてまた、『マイカ・クラーク』（一八八九年）の作者が、第2章に登場する「古文書」に説得力に富んだ時代の雰囲気を醸し出すために他の人間の助力を必要とした、と考えるべき理由もないのである。おそらく、著作権の問題に関して最も可能性が高いと思われる解釈は以下のようなものであろう。即ち、ロビンソンが語ったという伝説は正確にはどのような内容であったにせよ、いわば想像力の引き金を引くことになったのであった。そしてドイルは、ホームズが物語の構想に不可欠な要素であることが即座に理解できたのである。断片的な伝説を純粋なホームズ物語へと転換し終えるまでに、ドイルの心の中でロビンソンの寄与を過大評価する気持ちが薄れ、共著者としてロビンソンの名前を巻頭に掲げる可能性は消滅したのであった。[*2]

《バスカヴィル家の犬》を評価するに際して、最初にとりあげるべき事象は、既に定評のあるところではあるが、何よりもまず「バスカヴィル家の犬」という作品名のもつ絶妙の効果についてであるべきだろう。クリストファー・リックスは、『T・S・エリオットと偏見』(一九八九年)で次のように記している。「若きエリオットは、シャーロック・ホームズ譚の題名がもつ、読者の心に染みこむような力を楽しんでいた。シャーロック・ホームズという名前自体が一つの勝利であり、また『バスカヴィル家の犬』という題名も『ダーバヴィル家のテス(Tess of the D'Urbervilles)』〔トーマス・ハーディの小説。邦題は一般的に『テス』〕と比べて、遜色のない見事な題名である」。「バスカヴィル」という名前は、たしかにデヴォンシァでドイルとロビンソンが馬車を走らせた際、馭者をつとめた男の名前であった。しかし、この名前が彼に由来するという説は、バスカヴィルという名前が既にクローマーで書かれたあらすじの段階で登場している事実からすると疑問の余地がある。しかしバスカヴィルという名字はデヴォン州出身の人に見られるものであり、この名字が、ドイルと話をしている際にロビンソンの口をついて出たということは充分にありえる。そして、いくらかは幸運な偶然から、デヴォンに出かけた際にはハリー・バスカヴィルを雇おう、ということにつながったのかもしれない。他に考えられる名前の由来としては、可能性は低いが、活字のバスカヴィル書体がある。ドイルの作品のうちの幾つかは、この活字で組まれて刊行されていた。最後に、これはO・D・エドワーズ氏から編者宛てに御教示いただいたのだが、R・L・スティーブンソンには「バスカヴィル氏と後見人」と題する作品の断片が存在する。この作品の断片は、トゥシタラ版全集〔全三十五巻からなるスティーブンソンの全集。一九二四年から二七年にかけて刊行された〕の、『ハーミストンの堤防：未完成作品集』の巻に収められている。この断片が執筆されたのは、おそらく一八八〇年代のことと思われるが、一九二七年までは世に出たことはなかった。であるから、《バスカヴィル家の犬》に影響を与えた、とするには遅すぎたと言えるだろう。しかし『わが思い出と冒険』（一九二四年）で記しているように、ドイルは、結局は日の目を見なかったものの、スティーブンソンの遺言執行者から彼の未完の作品である『セント・アイヴス』を補筆して完成させるよう依頼を受けていた。『セント・アイヴス』が一八九七年に刊行される以前に、ドイルにはスティーブンソンの原稿を自由に閲覧する機会があったのは確実である。或いはその折りに、スティーブンソンの「バスカヴィル氏と後見人」の断片を、目にしていたのかもしれない。

物語に登場する幽霊犬は、ドイルの作品に登場する怪物的な動物達の例、とりわけ二つの短編に登場する動物からすると、充分に予期し得る存在である。この二つの短編の一つは「狐の王」〔邦訳は『ドイル傑作選1』（翔泳社刊）所収〕である。この作品は最初「ウィンザー・マガジン」誌（一八九八年七月号）に掲載され、のちに『緑の旗』（一九〇〇年）に収められた。もう一つの、そしてこちらのほうがよりいっそう《バスカヴィル家の犬》と相通じる要素を多分に含んでいるのは、「ブラジル猫」〔邦訳は『ドイル傑作集3―恐怖編』（新潮文庫）所収〕である。この恐怖譚は、「ストランド・マガジン」（一八九八年十二月号）に掲載され、のちに『炉辺物語』（一九〇八年）に収録された。「ブラジル猫」では、ステイプルトンの先駆者ともいうべき悪漢が、獰猛な獣を使って自分の従兄弟の命を奪おうと試みる。またステイプルトンの場合と同じように、ラテン・アメリカ出身の謎めいた彼の妻が、夫の犠牲者となるべき人物の命を救おうとする。

物語の構想を練り始めたごく初期の段階から、《バスカヴィル家の犬》には「悪」の側の相手と同等の「善」を代表する有力な主役が不可欠であることを、ドイルは明確に認識していたに違いない。そこで彼は、シャーロック・ホームズを復活させることを決意したのであった。長い間、ドイルの崇拝者達はドイルに対して、シャーロック・ホームズを甦らせるよう求め続けていた。しかし多くの取材や出版社とのやりとりの席上では、ドイルはホームズの復活をあくまでも拒絶してきたのである。ライヘンバッハの滝においてホームズの姿を消滅させた時点では、ドイルがホームズを永遠に葬り去るつもりでいた（自分の銀行口座の残高に及ぼす影響を苦い思いで思い浮かべずにはいられなかっただろうが）、というのは充分に考えられることである。しかし衆知のように、作者の意思というものは実に微妙なものであって、どこまで意識していたかを言明することは不可能ではあるものの、《最後の事件》において、ドイルは充分な抜け穴と隙間の残る結末で物語を締めくくっていた。そのため、のちに彼は、死なばもろともとホームズに摑みかかってくるモリアーティ教授の手から（ぎりぎりのところで）もっともらしくホームズを救う手立てを立案し得たのであった。自らが創造した最も素晴らしい登場人物に対するドイルの態度を要約するのは、簡単なことではない。《最後の事件》の執筆当時、自分が書きたいと考え、またもっと真面目に取り組みたいと考えていた歴史小説やロマンティックな小説に対して、ホームズの存在は障害であるとドイルが感じていたことは疑いようがない。彼が書きたいと願っていた歴史小説やロマンティックな小説は、時として根気の要る調査のみならず、洗練された文体と緻密な筆致が求められる。これに対して、ホームズ譚が無造作に書かれていたことはよく知られている。晩年になってドイルは、自分がF・アンスティーの『真鍮の瓶』（一九〇〇年）に登場するホーレス・ヴェンティモールのような、自分の存在を覆い隠す精霊をうっかりと解き放ってしまったのだ、と感じざるを得なかった。また彼は、自分の創造した人物の思考や姿勢が自分に帰せられることも好まなかった。「人形と、人形の作り手は決して同じからず」と、彼は詩に書いている。[*3] ホームズはドイルと異なり、超自然の存在を認めない合理主義を貫き通した。対してドイルも、自ら創造した人物の最初の設定には最後まで変更を加えなかった。ホームズはチャレンジャー教授のように、心霊学に転向することはなかったのである。《バスカヴィル家の犬》においても、ロンドンにとどまっているときのホームズは、悪霊の力に対してヴォルテール流の懐疑論者の立場を崩していない。しかしデヴォンシァにあっては、ホームズの会話からは皮肉っぽい調子はすっかり影を潜めてしまい、元どおりになることはないのである。

《最後の事件》が公《おおやけ》にされてからのち、ドイルはホームズに飽きてしまい、嫌うようになったとしばしば言われてきた。しかしこれは、あまりに単純化されたものの見方でしかない。たしかにドイルは、編集者や、あまりに多くを求める一般読者に強いられる、自分に課せられた締切りや酷使というものを嫌っていた。しかしその一方で、当然のことながら、彼は自らが創造した人物——おそらく文学の世界で最も有名な人物——に誇りを抱いてもいた。彼の心境は複雑なものであったかもしれない。しかし、世間が自分をホームズと同一視することに対して、いくばくかの喜びを味わうことがなかったとは考えられない。フレッチャー・ロビンソンは、ドイルと一緒にプリンスタウンのホテルの喫煙室で寛いでいた時のことを伝えている。鉛筆書きで残されたメモによると、二人の許《もと》にプリンスタウン刑務所の所長、副所長、教戒師、そして医師が「シャーロック・ホームズ氏を訪ねに」やって来たという。また今日に至るまで、犯罪学および捜査の分野において、ホームズは極めて現実的かつ実践的な影響を与え続けている。スコットランド・ヤードのコンピューター・システムが「ホームズ（HOLMES）」〔"Home Office Large Major Enquiry System"の略称〕と名付けられているのを知ったら、ドイルはおおいに満足を覚えたであろうことは確実である。

ドイルがホームズを復活させた要因の一つに、商業的なものがあったことは間違いない。米国では、ウィリアム・ジレットの舞台劇「シャーロック・ホームズ」が、一八九九年十月二十三日にバッファローのスター劇場で初演の幕を開け、その後ニューヨークでも十一月六日に輝かしい幕開けを迎えた。ドイルが南アフリカへ出かけて不在の間、このジレットの芝居はギャリック劇場で二百三十六回の公演を行ない、六月十六日に千秋楽を終える。

さらに米国内の巡演に出発し、ドイルがクローマーに滞在中も未だ巡演中であった。そして一行は、九月にロンドンへやって来る予定となっていた。この米国人俳優の企画に対する態度は、この時点でも無頓着なものであった（ドイルはジレットに対して、もしそうしたければホームズを結婚させてもかまわない、と述べていた）。しかし、ジレットの芝居が英国でも大成功を収めそうであること、そして再び新しいシャーロック・ホームズ譚を求める圧力が自分にかかってくるであろうことを悟らずにはいられなかった。ドイルはこうした圧力を何とかかわすため、ジレットの公演がロンドンで始まる前に、「ストランド・マガジン」誌上で新しいホームズ物語を書くことを決意した。ライヘンバッハでの一件と、以前に心の中ではホームズを復活させるのを拒絶していたことから、彼は一時しのぎの方策をとった。即ち、《バスカヴィル家の犬》の中には、この物語が何年に起きた事件であるかを示すはっきりした記述がないのである。そのため読者は、この事件はライヘンバッハの滝の一件以前に起きた事件をワトスンが後になって纏めたものと、はっきりと書かれているわけではないが、そう見做せるようになっていた（「ストランド・マガジン」連載中には「もうひとつのシャーロック・ホームズ物語」という副題が付けられていた）。これは、いわゆるシャーロッキアンと呼ばれる人達、即ちホームズ譚が実在するワトスン博士によって書かれた本当の出来事の記録であると考える（ふりをする）人々に、恰好の問題を提供することとなった。この問題は、日付が一致しているか、或いは整合性がとれているかということを気にかけぬ読者にとっては、別に何の問題でもないものである。

《バスカヴィル家の犬》は幾つかの点で、ライヘンバッハの滝での一件以前に起きた事件のように偽装されているが、実はライヘンバッハの滝での一件以後に起きた事件である、と考える理由を呈示したいと思う。まず初めに、ホームズが感情に動かされることのない「思考機械」であるとする一般的な見方に反駁するためにしばしば引用される、三つの一節を紹介したい。いずれもジェイムズ・ジョイスならば、「エピファニー」と呼ぶであろうものである。最初の引用は、《六つのナポレオン》のクライマックスに続く場面からのものである。レストレイド警部とワトスンは心からの賞賛を贈り、レストレイド警部が惜しみない賛辞を呈する場面である。

「ありがとう!」ホームズは言った。「ありがとう!」そして彼は顔をそむけた。彼はこれまでにない、やさしい、人間的感情に動かされそうになったようだ。

しかしホームズは自分をすぐに取り戻し、次のように続ける――「『ワトスン、真珠を金庫に入れておいてくれたまえ』彼は言った。『そして、コンク・シングルトンの偽造事件の書類を出してくれたまえ』」。次の引用は、《悪魔の足》でホームズとワトスンがぞっとするような経験をした後の場面からである。

「ああ、それにしても、ワトスン!」ようやくのこと、ホームズがおぼつかない口調で言った。「君には、感謝と謝りの言葉をどれだけ言っても言い足りないね。ひとりでするとしても、とても許される実験ではなかった。それを、友人までも巻き込んで行なったのだからなおさらのことだ。心から謝るよ」

「いや、いいのさ」とわたしも胸をつかれて、こう返事をした。ホームズの暖かい気持ちが、これほどまでに、わたしに伝わってきたことは、かつてなかったことだからである。「ぼくのほうこそ、君を手助けできて、何にも代えがたい喜びだし、ぼくの特権だよ」

第三のものは最も印象的なもので、《三人ガリデブ》でワトスンが「殺し屋」エヴァンズに撃たれた後に見られたものである。

「けがはないか、ワトスン？　お願いだから大丈夫だと言ってくれ！」

あの冷たい顔の裏に、深い誠実と愛があることを知ることができたのだから、怪我の一つ、いやさらに多くの怪我をする価値だってあるというものだ。澄んだ、厳しい瞳が一瞬うるみ、堅く閉じた唇が震えていた。偉大な頭脳の、偉大な心をわたしは一度だけ垣間《かいま》見た。ささやかだが、一心に務めてきたわたしの年月は、この真情の啓示の瞬間に最高点に達したのだった。

こうした深い人間らしさをホームズが垣間見せるのは、いずれもライヘンバッハの滝の一件以降のことである。こうした自分の人間らしさをちらっと示す場面は《バスカヴィル家の犬》にも見受けられる。それはサー・ヘンリー・バスカヴィルが殺害された、と思いこむ場面（第12章）でのことである。

「ワトスン、ぼくのほうがもっと責任が重いよ。今回の事件をうまくまとめ上げ、立証することばかりにかまけて、依頼人の命を犠牲にしてしまった。ぼくがこの仕事を志してこのかた、これほど惨めな敗北を味わったことはないよ」

この場面を「エピファニー」と結びつけているものは、魂と精神の成熟がここに見られる点である。ホームズはサー・ヘンリー、更にはワトスンを非難しうる立場にあったかもしれないが、矛先を彼らに向けようとはしていない。この一節が示している特質が、ライヘンバッハの滝の一件以後に見られるものであることは、疑いのないところである。[*4]

大半の読者は、《バスカヴィル家の犬》でのホームズは絶頂にあるというドイルの見解に同意することだろう。と同時にこの物語では、いつものようにホームズが物語を支配しているのではない。第6章から第11章まで、ホームズを表舞台から遠ざけたのは実に巧妙な工夫であった。「岩山の男」としてホームズが、再び物語の表舞台に登場して来る場面は、《バスカヴィル家の犬》における数々の驚くべき展開に更に新たな一頁を加えるものである。またホームズが物語の表舞台に現われないことで、荒れ地そのものを関心の対象として描き出すことが可能にもなっている。荒れ地の風景、そしてこの地が伝説の背景の地であるということが、《バスカヴィル家の犬》の物語に大きな広がりを与えている。こうした要素の起源がどこであるのか、説明するのは容易ではない。しかし、この地に生まれたフレッチャー・ロビンソンが、フォークロアのモティーフを反映した、土地に伝わる数多くの伝統に通暁していたと考えることは充分に可能であろう。イングランド西部地方の家に取り憑いたとされる巨大な幽霊犬の伝説は、ロビンソンが語ったものであろうと思われる。この幽霊犬の伝説は、キャベル家の伝説が基であると推測されてきた。十七世紀、ブルック荘園の当主であったリチャード・キャベルは、自分の妻が近くのバックファーストレイに住む者と不義密通をしたとして激しい嫉妬に駆られた。キャベルは妻を容赦なく打ちすえ、妻は荒れ地へと逃れた。キャベルは逃げた妻の後を追い、持っていた狩猟用のナイフで妻を刺し殺した。妻の飼っていた、女主人に忠実な猟犬はキャベルに襲いかかり、自分を刺し殺そうとするキャベルの喉笛を噛みちぎったという。伝説によると、この猟犬は哀れっぽく鳴き続けながら、ダートムア一帯をさまよい続けたという。そしてキャベル家の代々の子孫の許にも、その姿を現わしたと伝えられている。

　このキャベルの伝説と、創作されたヒューゴー・バスカヴィルの伝説との類似点および相違点は明らかであろう。しかしドイルの物語における荒野の呪いは、必ずしも一つの伝説のみを起源として考えなければならぬわけではない。ケルヴィン・I・ジョーンズは『『バスカヴィル家の犬』の神話研究」（一九八六年）中の小論文で、キャベルにまつわる伝説はキリスト教徒・異教徒の区別なく、英国諸島各地に伝わる古代のフォークロアのモティーフを具体化したたくさんの物語のうちの一つの例に過ぎないことを示している。例えば、ドイルの創作になるヒューゴー・バスカヴィルに関する古文書は、ヒューゴーの非業の最期の地を次のように記述している――「そしてひらけた場所に出ると、そこには先史時代の今は忘れ去られた種族が建てたという巨石が二つそびえたっていて、これは今日でもそこにある」。この巨大な岩にまつわる伝説は、時には人間が動かしたものとして、また時には岩の意志によって動いたものとして、ダートムアに伝わるフォークロアの一部を形成している。そして、いわば一つに組み上がった交響曲ともいうべき《バスカヴィル家の犬》に、不吉な響きを加えているのである。他のフォークロアのモティーフとして、ケルヴィン・ジョーンズが論じているのは、荒猟師、黒い犬、ダートムアに現われる他の猟犬たち、そして呪いの猟犬がある。こうしたモティーフの全てをドイルが知っていたかどうかは問題ではない。ステイプルトンを物語の登場人物として配置する以前に、ドイルの頭の中ではダートムアは、既に不吉な様々な連想で満ち溢れていたのである。

物語の題名にもなっている犬の存在がこの作品で挙げている効果には、本文で語られている内容と、読者が題名から予《あらかじ》め抱く期待が正反対であることに負っている部分が存在する。ドイル自身は、大半の読者と同様に犬が好きであった。物語に登場する犬は、一般的には共感を抱くことができ、そして人懐こいと期待しうる存在である（もっとも《ぶな屋敷》（『シャーロック・ホームズの冒険』所収）に登場する、飢えたマスティフ犬のような例外もあるが）。ドイルの書く作品の数々には、犬に対する鋭い関心と同様、犬の行動に対する深い洞察が示されている（G・K・チェスタトンのブラウン神父譚の一つ、「犬のお告げ」と比較されたい）。ドイル自身が飼っていた雑種犬――スパニエルとラーチャの雑種であった――は、《四つのサイン》に登場するトビーのモデルとなった。また、《スリー・クォーターの失踪》（『シャーロック・ホームズの帰還』所収）に登場するポンピのモデルにもなっている。この犬は物語の中で探索に一役買ってもいる。《這う男》（『シャーロック・ホームズの事件簿』所収）に登場するウルフハウンドのロイは、ホームズの「飼い犬というのは、飼い主の家庭生活を映し出しているのさ」というホームズの見解についての議論を喚起している（もっともワトスンは突飛な見解であると考えているが）。後期に書かれた物語の中では、《ショスコム荘》（同前）では、スパニエルが劇的な役割を演じており、《ライオンのたてがみ》（同前）では、エアデール・テリア（ドイルが新しく飼っていた犬と同じ種類の犬である）が、悲劇的な登場の仕方をしている。聖典に登場する犬達は、登場人物同様さまざまな要素を併せ持ってはいるが、大半が魅力的な存在であって、悪魔の化身といった観念を示唆するような犬は、ただ一例あるのみである。それがこの《バスカヴィル家の犬》に登場する犬であり、他の犬達とは違って大きく突出しているのである。

聖典における犬の存在は、聖典中もっとも広く知られた格言を導き出す場を提供している。《白銀号事件》でホームズは、グレゴリー警部の関心を「あの夜の、犬の奇妙な行動」に向けている。これに対してグレゴリー警部は「あの夜、犬は何もしませんでした」と答えている。ホームズは「それが奇妙なことなのです」と、自分の所見を述べている。また《バスカヴィル家の犬》では、モーティマー医師が忘れがたい言葉で、ある章（第2章）の最後を締めくくっている――「ホームズさん、それは、巨大な犬の足跡だったのです！」

こうした科白《せりふ》とホームズの存在によって、物語は読者にとって忘れられないものとなるのである。読者にとって自分の作品が、忘れられない存在になるかどうかということを気にしなかったレイモンド・チャンドラーのような作家であっても、こうした事実は認めざるを得なかった。しかし《バスカヴィル家の犬》での、登場人物の性格描写は適切なものであった。他の聖典の物語同様、この物語でのワトスンの寄与は必要不可欠なものである。《バスカヴィル家の犬》におけるワトスンは、ベイジル・ラズボーン主演のホームズ映画でワトスン役を務めたナイジェル・ブルースの滑稽さから、最も遠い存在である。ワトスンは普段どおりの常識、肉体的行動力、そして礼儀正しさをこの物語でも発揮している。

拳銃を撃てば傷を負わせ、逃げられないようにすることもできるだろうが、これは護身用に持ってきているので、武器を持たないで逃げる相手に発砲するつもりはない。

《バスカヴィル家の犬》では長期にわたって（第6章から第11章に至るまで）、ワトスンは事件の調査の責を課せられている。そして彼の働きは《フランシス・カーファクス姫の失踪》（『シャーロック・ホームズ最後の挨拶』所収）の時と異なり、ホームズからその努力に対して温かい賛辞を得ている。ワトスンはまた、バリモアとセルデンの間に潜んでいた謎を明らかにし、「ミス」ステイプルトンとローラ・ライオンズ夫人を巡る諸問題にも着手している。ここではワトスンの実力と、探偵としての実務面での有能さが強調されているのである。半ば喜劇的なワトスンの存在は、彼がここで語らなければならない、物語の悲劇的にしてロマンティックな含蓄に富む部分とはまったく相容れないものであろう。《バスカヴィル家の犬》の読者は、華々しい物語の幕開けから、お馴染みとなっているホームズの性格が現れると期待している。彼が他の人物から隔絶した存在であることは、冒頭の部分から微かにではあるが、正しく読者に伝えられている。しかし《バスカヴィル家の犬》の物語全体からすると、ホームズの魅力は追跡者であり、犯人の跡を追いかける存在であり、そして言わばブラッドハウンドであることにある。言葉を換えて言うならば、ホームズこそが真のバスカヴィル家の犬なのである。ヘスケス・ピアスンは『コナン・ドイル――その生涯と芸術』（一九四三年）で、ホームズの人物像が鮮烈であるばかりではなく、他の小説の偉大な登場人物達とは奇妙な相違点があることを指摘している。

ありきたりの性格ではないにしても（中略）、ホームズが実在しないと信じることは不可能である。偉大な人物像にはつきものの、謎めいた、極めて示唆に富む要素は完全に欠落しているが、ホームズはあたかもスナップ・ショットのようにいきいきとしている。（中略）あらゆる小説中の登場人物以上に、ホームズは読者にあれこれ連想させる強い力を有している。実際にはその時代に生きていたわけではない我々にとって、一八八〇年代ならびに九〇年代のロンドンとは、ホームズのロンドンにほかならない。そして、ホームズのことを考えることなく、彼の下宿はどこだったか見つけようとすることなしにベイカー街を通り過ぎるなどということはできないのである。

ホームズはその存在の大半が理性の象徴としてであって、それゆえに人間として温かく、思いやりのある存在ではない。しかしその知識、叡智、そして時には道徳的な気高さゆえに、彼は賞賛の対象となるのである。われわれ読者は、彼に犯罪者を許す権利があるかのように感じる。何かしらホームズには、聖職者の理想像的なものがある。ホームズが深く心を動かす人物として描かれたことは、ほとんど皆無に等しい。僅かに短編集の題名ともなった《最後の挨拶》において、ようやく読者は、作者がこの人物に対して何かしら愛情のような気持ちを抱いていることを知るのみである。聖典の物語全体を通じて、ホームズは常に「この世で最も完成した推理観察機械」〔《ボヘミアの醜聞》、『シャーロック・ホームズの冒険』所収〕である。後期の物語において、ほんの時たま感情の発露が垣間見られるに過ぎない。

その他の登場人物について見てみると、ドイルの作品にたびたび登場する謎めいた女性が、《バスカヴィル家の犬》にも登場する。彼女達は様相こそ異なってはいるが、いずれも男達の暴虐の犠牲者である。ホームズ譚には一貫して社会的な保守主義が流れているが、それでも彼女達の中には、旧式ではあるがフェミニズムが潜在している。ベリル・ステイプルトンとローラ・ライオンズは、《バスカヴィル家の犬》の物語の中で、食い物にされた女性の代表的存在である。食い物にされた女性達の抗議は様々な形で、搾取そのもの、或いは搾取する者に向けられる。彼女達の中に、食い物にされた度合いは小さいが、バリモア夫人を加えることも可能であるかもしれない。彼女は自分の夫ではなく弟の犠牲者である。と同時に彼女は、人間的な感情を持つことを疑問に思う文化の犠牲者でもある。《バスカヴィル家の犬》に登場するこうした女性達は、ドイルの初期の作品に登場する大半の女性達のように、紙のように薄っぺらな存在ではない。しかし《高名な依頼人》(『シャーロック・ホームズの事件簿』所収)に登場する、二人の対照的な女性ほど個性が鮮やかに描き出されているわけでもない。バリモアとセルデンの間の脇筋は、登場人物の面白みよりも、話の筋書きの面白みのほうが優っている。しかしバリモア夫人の「いつでもあの子は姉として、幼い時に、手をかけ遊んであげた、巻き毛のかわいい男の子なのです」というセルデンの思い出には、一抹の悲劇が感じられる。フランクランド老人は、この物語の中でワトスンが評しているように、笑いがとれる人物である。彼は物語の中では、ローラ・ライオンズの冷たい父親という役を担っている。また訴訟に情熱を注ぐ人物としても描かれているが、これは彼が再現されることのない過去に固執していることを示している。更に彼は「フランクランド対女王」という言い方をしているが、これは物語中における日付がエドワード七世の御世以前であることを、それとなく示している。

ステイプルトンを除いた残りの登場人物は、いずれも脇役ばかりである。モーティマー医師が忘れていったステッキを基に、ホームズは面白い推理の展開例を示している。このモーティマー医師には、どこかフレッチャー・ロビンソンに似た部分があるのかもしれない。彼はアレクサンダー・ポープが「趣味人(virtuosi)」と呼ぶ人々の典型である。こうした趣味人は、ドイルの作品に時折り登場する。捕虫網を持ったステイプルトンも、こうした趣味人の一人である。ステイプルトンのような趣味人の典型的な例は、ドイルの「甲虫採集家」(「ストランド・マガジン」一八九八年六月号掲載、『炉辺物語』(一九〇八年)に再録〔邦訳は「ドイル傑作集1　ミステリー編」所収〕)に登場する、サー・トーマス・ロシターが挙げられる。「世間の連中はスポーツだの社交だのと、つまらぬことには夢中になるくせに、それでいて甲虫となると見向きもせんのだ」とは、サー・トーマス・ロシターの言である。モーティマー医師は、サー・トーマス・ロシターと比較すると——サー・トーマスの殺人狂的要素を抜きにしても——遥かに人好きのする人物である。モーティマー医師が、実は密かにステイプルトンと共謀関係にあったとする考え方は、シャーロッキアーナの所説としても、極めて異端に属するものである。《バスカヴィル家の犬》並びに初期の物語におけるホームズとレストレイド警部との関係は既に述べたとおりである。レストレイド警部が捜査に使用する道具の中には、ブランデーの小瓶があるようである。事件の大詰めでの彼の寄与は、恐怖の叫び声と共に地面につっ伏したことだけである。サー・ヘンリー・バスカヴィルは物語の構成上、そして物語が現代性と科学性という趣向を帯びる際(彼の電灯に関する発言を参照されたい)には必要不可欠の人物である。しかしながら物語の登場人物としては、案外つまらない人物である。グレアム・グリーンは、自作の『ブライトン・ロック』(一九三八年)に登場するアイダについて語った際、いきいきと描かれることを拒絶する、小説中の登場人物に関しての興味ある発言を幾つか残している。サー・ヘンリーも、こうした人物の一人である。

ステイプルトンに関しては、《バスカヴィル家の犬》の他の登場人物とは分けて触れる必要があろう。彼は疑問の余地のない人物ではあるが、得体の知れない人物でもある。物語の展開から、彼が『マイカ・クラーク』に登場する悪漢ジョン・デリックのように底なし沼へ呑み込まれ、イアーゴーのごとく固く唇を結んだまま消え去らねばならなかったのは残念なことである。

何も俺から聞こうとするな。ご存じのとおり、ご存じのはずだ。
この今を限りに、俺はもう一言も口をきかぬぞ。(『オセロ』第五幕第二場)

サー・ヘンリー・バスカヴィルから想いを寄せられるベリルに対して、自分の策略に対する障害になるにもかかわらず、嫉妬する場面は彼の人間らしい部分が僅かにのぞく場面である。彼が二人の女性に対して性的にいかなる関係にあったのかという疑問は、様々な憶測を生むところである。ステイプルトンがちらっと登場する最も記憶に残る場面は、象徴的な特質を帯びている。ワトスンは古い無声映画からの一場面のように、その模様を描写している。

その時、サー・ヘンリーはステイプルトン嬢を突然ぐっと引き寄せた。腕は彼女を抱きしめていたが、彼女は顔をそむけ、逃れようとしているようにぼくには見えた。それでも、彼は顔を彼女に近づけたが、彼女はそれに抵抗するかのように、片手を突き出した。次の瞬間には、二人はさっと飛びのき、くるりと後ろを向いた。ステイプルトンが二人を妨げた原因だった。彼が、場違いな捕虫網を肩に、猛然と突進してきたのである。恋人同士を前にして、大声を張り上げ、興奮のあまり、踊っているように手足をばたつかせた。

この場面は、ステイプルトンが他人を網にかける機会を狙っていながら、自分自身が網にかかってしまうことを示唆しているのである。

残っているのは、《バスカヴィル家の犬》をただのわくわくする物語以上のものにしている深みを与えている工夫の幾つかに関して、である。こうした工夫は、物語に時間と空間の奥行きを与えている。荒れ地は現実のものより遥かに広々としているかのように描かれている。物語の中で荒れ地に存在する岩の小屋は、古《いにしえ》の人々の遺跡であると繰り返し紹介されている。こうしたセッティングは、アルフレッド・ヒッチコックの「めまい」の中の、セコイアの場面にも匹敵する効果を挙げている。人間の歴史や自然といった深みのある背景を読者に想起させることで、《バスカヴィル家の犬》は物語として新たな広がりを得ているのである。こうした過去への没頭は、隔世遺伝、べつの言葉を使うなら先祖返りと深い関わりを持っている。隔世遺伝はモーティマー医師の研究課題でもあり、物語の構成要素の一つでもある。セルダンを野蛮な古代の人々に擬《なぞら》えているのは重要である。更に、ステイプルトンがバスカヴィル家の一族であったという事実が明るみに出ることも、むろん重要な部分である。

物語に人間性と意義を与えている《バスカヴィル家の犬》における詩情は、「構成的なシンボル」*5と呼ばれるものを経由して現われてきている。物語の多くは、同質の象徴的意義を有している。しかし「構成的なシンボル」と呼ばれるものは、強力な表現上の蓄積があり、単なる実例や装飾ということではなく、物語に不可欠な存在である。《バスカヴィル家の犬》には、特筆すべきものが三つある。まずは、バスカヴィル家の犬そのものである。

それは、漆黒の巨大な猟犬であった。犬には違いないが、人が見たこともないものだ。

大きく開いた口から火をふき、ほのかに炎を宿す目はぎらぎらと睨みつけ、その鼻、逆立つ首の毛、のど袋、そしてその全体が小さな火を放っているのだ。

魔犬の背景となる伝説は、アイルランドのものと考えられる。しかしバスカヴィル家の魔犬は、地獄から脇目もふらずにやって来たようである。それはまたアイルランドの神話ではなく、この世に解き放たれた、ギリシャ神話に登場する黄泉《よみ》の国の番犬ケルベロスであったのかもしれない。そしてこの魔犬は、女性に対する犯罪者達への復讐を遂げる力を備えた、復讐の女神とも言うべき存在である。しかし物語の中での二重性（昔と今の）を保つためには、我々は、この犬が平凡なことにロンドンの畜犬商から買ってこられたものであって、その魔性は単に人間の貪欲さと憎悪の産物である、ということも受け入れなければならないのである。

特別の意味を与えられたもう一つのシンボルは、グリンペンの底なし沼である（この沼は、実際に伝説が存在するグリムスパウンドの沼に基づいている）。ベリル・ステイプルトンと話をした際に、ワトスンはこの沼の持つ霊的な意味合いを指摘している——「ここでの生活は、あの大きなグリンペン沼とまったく似たようなものです。安全な道しるべも一切なく、そのうえ、いたる所に緑色の斑点があり、そこに踏み込めば沈んでしまう」。

しかし「構成的なシンボル」として全てのものの上位に位置するのは、荒れ地そのものである。《バスカヴィル家の犬》における荒れ地は、トーマス・ハーディの『帰郷』に登場する「エグドン・ヒース」のように、或いは『ベーオウルフ』の「沼地」のように、物語の中で十全の支配力を発揮している。荒れ地に対する最高の賛辞を、次のようにステイプルトンに語らせたのは、正鵠《せいこく》を射た演出である。

……彼はこう言って、起伏の多い丘陵を見渡した。長く延びる緑は波を打ち、花崗岩のぎざぎざの鋭い頂きが、波がしらのように様々な隆起を見せていた。「ムアは、本当に飽きるということがありません。その神秘は人智をはるかに超えていますよ。広大で、不毛で、しかも非常に神秘的です」

しかし《バスカヴィル家の犬》の連載が終わって一年後、コナン・ドイルは同じ「ストランド・マガジン」に、『ジェラール准将の冒険』を連載した。この物語に登場する、個性という点ではステイプルトンに決してひけを取らない、ガスコーニュ地方出身のエティエンヌ・ジェラール准将は、「准将がイギリスで勝利を収めた顛末」（邦訳は『勇将ジェラールの冒険』〈創元推理文庫〉所収）の中で、同じように広がる風景を見てこう結論づけている。

ここダートムアは荒涼たるところ、土地は荒れ放題で、岩がごろごろし――風は吹きすさび、霧たちこめる地帯だった。ここを散歩しながら、イギリス人が不機嫌なのもむりのないことだと感じた。

＊1――シャーリー・パーヴェス編『猟犬と馬：ダートムア備忘録』所収の、ロビンソンに関するリチャード・ランセリン・グリーン筆になる論文（一九九二年）を参照のこと。

＊2――フレッチャー・ロビンソンは没後、ケンブリッジで発行されていた「グランタ」誌への投稿の中で、以下のように彼を尊敬している後輩達に語った、とされた。即ち、「『バスカヴィル家の犬』の連載の第一回は、ほとんど自分が書いたのだ」と語ったという。このためアーサー・コナン・ドイルは、『バスカヴィル家の犬』一千語当たり二十五ポンドをロビンソンに支払った、という（アーチーボルト・マーシャル著『元気になって』、一九三三年、四～五頁）。彼は自分自身の探偵小説『アディントン・ピース年代記』を「レディズ・ホーム・マガジン・オブ・フィクション」誌に署名入りで連載していた（一九〇四年八月号～〇五年一月号）。この連載の際に、ロビンソンが「サー・アーサー・コナン・ドイルのシャーロック・ホームズ譚の最高傑作《バスカヴィル家の犬》の共作者」と自己紹介をしていたのは事実である。これを見ると、フレッチャー・ロビンソンが少なくとも物語の一部は相当量の草稿を書いたかのように見えるが、実際には彼の書いた草稿はインスピレーションを得るために用いられたに過ぎなかった。ドイルがロビンソンに対して自分との共作であると主張するのを許したのは、或いはタイトル・ページからロビンソンの名前を削り、最終稿からロビンソンの執筆した素材を外したことに対する埋め合わせであったのかもしれない。もしマーシャルの挙げている数字が《バスカヴィル家

の犬》全体にわたるものであると仮定すると、ロビンソンは約二五〇〇ポンドを得ていたことになる。これに自己紹介文から得られる賞賛と合わせると、ロビンソンは《バスカヴィル家の犬》から相当のものを受け取っていたことになる。彼は亡くなった際、「ワールド」誌の編集を担当していた。その追悼記事（一九〇七年一月二十二日号）には、「当代随一の成功を博した冒険物語を、サー・アーサー・コナン・ドイルと共作したことは、想像力にあふれた作家としての彼の優れた天分の何よりの証拠である」と書かれている。しかし、彼の名前で発表されたアディントン・ピース譚や、その他の作品に関しては何の言及もなされていない。「彼ほど信頼の念を湧きたたせ、友情を結ぶ才能に恵まれていた人物はいなかった」と追悼文は締めくくられている。

＊3――「相手わきまえぬ非難に答えて」、「ロンドン・オピニオン」誌（一九一二年十二月二十八日号）掲載（邦訳は『シャーロック・ホウムズ読本』（研究社刊）所収）。この詩はアーサー・ギターマンの「サー・アーサー・コナン・ドイルへ」（ギターマンの「文学者達へ」シリーズ、同誌一九一二年十二月十四日号掲載中の一編）に応じて書かれたものである。ギターマンの「サー・アーサー・コナン・ドイルへ」、並びにドイルの「相手わきまえぬ非難に答えて」は、いずれもリチャード・ランセリン・グリーンの『未収録シャーロック・ホームズ集成』一五九～一六三頁に、詳細な書誌学的データと共に再録されている。この解説も、全体としてこの本に負うところ大である。

＊4――《オレンジの種五つ》（『シャーロック・ホームズの冒険』所収）で、依頼人が殺害されてしま

ったことを知った、初期の頃のホームズの主として感情的な反応とは対照的である。「『ワトスン、ぼくのプライドは傷つけられたよ』ようやく彼は口を開いた。『もちろん、これはつまらない感情だがね。しかしプライドは傷つけられたのさ。こうなれば、もうこの事件は、ぼくの問題だよ……』」

＊5――エリゼオ・ヴィヴァス『D・H・ロレンス』（一九六〇年）参照のこと。

本文について

本文は、一九〇二年三月二十五日にジョージ・ニューンズ社から単行本として最初に出版された本を底本としている（その際の正式な題名は、「バスカヴィル家の犬——もうひとつのシャーロック・ホームズ物語」であった）。また、最初のニューヨーク版であるマックルーア・アンド・フィリップ社版（一九〇二年四月十五日発行）、グロセット・ダンラップ社から同時に刊行された「特別限定版」、そして「ストランド・マガジン」誌掲載時（一九〇一年八月号〜〇二年四月号）の本文とも校合している。なお、ジョン・マレイ社刊の『シャーロック・ホームズ長編小説全集』、ダブルデイ社刊の『シャーロック・ホームズ全集』も参照している。

訳者あとがき——《バスカヴィル家の犬》における見えるものと見えないもの

この作品の執筆は一九〇一年三月以降であり、発表は同年八月号から一九〇二年四月号まで「ストランド・マガジン」に八回にわたって連載された。執筆のいきさつや舞台裏については、オックスフォード版の編者W・W・ロブソンによる「解説」を参照されたい。ホームズ物語のうちでも代表的な傑作とされる《バスカヴィル家の犬》の内容をメタファーとして読んだときの、象徴的ないし記号論的な私どもの解釈を次に記しておくので、ご参考までにお読みいただきたい。なお、論旨の都合上、物語のあらすじや犯人名も記してあるので、ご了承いただきたい。もっとも、人物の背丈などで犯人は早くから本文の中にも暗示されているので、この作品は犯人のわり出しを主眼にする性格のものではない。

作品の評価

ここで、《バスカヴィル家の犬》の一般的な評価についても触れておきたい。ホームズ物語のうちで代表作として採り上げられるのは、いつもこの作品なのである。

《バスカヴィル家の犬》が、推理小説全体の中でも、またホームズ物語全六十編の中でも、昔から現在まで圧倒的な人気を保ち続けていることは、下記の「ベスト作品のリスト」を見ると誰も否定できない。

　ドイル自薦第二位（一九二七年）。推理小説の中では、米国「オブザーバー」誌読者人気投票第二位（年度不明）をはじめ、「ミステリー・リーグ」誌ベスト20（一九三四年）、「新青年」誌ベスト10（三七年）、江戸川乱歩ベスト20（四七～五一年）、「鬼」誌ベスト10（五一年）、「ヒッチコック・マガジン」日本版ベスト10（六〇年）、全日本大学ミステリー連合ベスト20（七八年）などに入選。「ホームズ物語」だけについてのシャーロッキアン団体の投票では、「ブナ屋敷の息子達」第一位（一九五九年）、「スウェーデンの一人きりの自転車乗り」第一位（六六年）、「日本シャーロック・ホームズ・クラブ」第一位（七九年、九二年）。〔追記：二〇一二年の調査でも第一位〕

『シャーロック・ホームズ大事典』（東京堂出版、一〇七九頁、二〇〇一年）には、実に一一〇箇所にこの作品への言及があることを見ても、その重要性がわかろうというものである。

　そのことは、この作品の映画化にも反映されていて、私どもが知っているだけでも十三作（一九三九、五九、七二、七八、八二、八三、八八、二〇〇〇年）ある。ホームズ役を演じたのも、ジェレミー・ブレット、マット・フルワー、トム・ベイカー、ピーター・クック、スチュアート・グレンジャー、ピーター・カッシング、バジル・ラズボウン、ロバート・レンデルなど、そうそうたる顔ぶれだ。

人物の置き換え

《バスカヴィル家の犬》の筋を要約すると、次のようになる。

魔犬がチャールズ・バスカヴィルを殺し、その後継者であるヘンリー・バスカヴィルを襲おうとする。しかし、ローラ・ライオンズとベリル・ステイプルトンから犯人の名前を聞き出して、ホームズが魔犬とジャック・ステイプルトンを殺して、ヘンリーを助ける。

これは、一見、魔犬を利用した殺人物語のように見えるが、そうではなくて、物語全体が、実は著者コナン・ドイル家のスキャンダルをドイルが告白した実情告白録になっている。そのことは、魔犬による殺人計画が、現実ではいかにもありそうもない荒唐無稽なプランであることを見れば明らかになる。

ここでスキャンダルというのは、ドイルの母メアリが、エディンバラのドイル家に一八七五年から下宿していた十五歳年下のウォーラー医師と恋仲になり、八二年にウォーラーの出身地メイソンギル村へ駆け落ちのようにして二人で引っ越し、四十四歳だったメアリはウォーラー家の隣家に八二年から三十五年間暮らすことになった事件である（当時はヴィクトリア朝時代だったから、離婚や再婚、同棲が自由に行なえなかった。そのために、二人は、姉弟（?）のような形に見せかけて、隣家に暮らしたのであった）。この母メアリとウォーラー医師との婚外恋愛というスキャンダルをこの作品に重ね合わせて考察すると、今まで見えなかった《バスカヴィル家の犬》の裏側が見えてくる。

結論を先に言ってしまえば、ドイルが書きたかったのは、自分の母親メアリが父親を放り出してウォーラーと婚外恋愛をして、実際は夫婦同然なのにそうではないように見せかけて一緒に暮らしており、それゆえにウォーラーは罰されねばならぬ、ということであった（ベリルとステイプルトンが兄妹だと見せかけて暮らしており、最後にはステイプルトンが底無し沼に落ちて死ぬ、という形でそのことが物語られる）。しかし、それだけでは読み物にならないので、尾ひれをつけて長くしてある。しかも、それを無意識のうちにドイルが行なったのが興味深い。この作品は母メアリのメトニミー（換喩）である、ローラ・ライオンズおよびベリル・ステイプルトンがジャック・ステイプルトン（＝ウォーラー）にだまされて、チャールズ・バスカヴィル（＝ドイルの父、チャールズ・ドイル）殺人事件に一役かう、のが物語の発端になっている。これを現実世界での出来事で言えば、ドイルの父チャールズの精神病院への入院（一八七九年）から始まって、婚外恋愛した女性（現実にはメアリ）の苦労と、婚外恋愛の相手（ウォーラー）が死ぬ（一九三二年）ことを、象徴的に描き出したのが、この作品ということになる。

作品に出てくる魔犬は疾走する恐ろしいものとして描かれているが、早く走る恐ろしいものといえば、それは「世間に素早く伝播される噂話」つまり「スキャンダル」ではあるまいか。こう見てくると、魔犬はスキャンダルの象徴なのである。したがって、この作品全体は、スキャンダルに振りまわされるドイル家の人々を描いたものということになる。

ここで、実情告白録であることを明らかにするために、物語に登場する人物をドイル家の人物に置き換えてみよう（一人二役の場合もある）。

サー・チャールズ・バスカヴィル＝ドイルの父チャールズ・ドイルまたは、メアリの愛人チャールズ・ブライアン・ウォーラー
サー・ヘンリー・バスカヴィル＝アーサー・コナン・ドイル
ローラ・ライオンズ＝ドイルの母メアリ・ドイル
ジャック・ステイプルトン＝チャールズ・ブライアン・ウォーラー
ベリル・ステイプルトン＝ドイルの母メアリ・ドイル
シャーロック・ホームズ＝アーサー・コナン・ドイル
魔犬＝スキャンダル

ここで、なぜこのような置き換えが成立するかという理由を説明しておこう。
ローラ・ライオンズ夫人の夫は、ならず者で画家である。ここで、メアリの夫チャールズ・ドイルがアルコール症の飲んだくれで、日曜画家だったことを思いおこしてほしい。つまり、サー・チャールズ殺しに間接的にかかわったローラ・ライオンズ（L・L）は、ドイルの母メアリのメトニミーである。ローラは離婚したいと思っていたが、それには金が要るのでサー・チャールズに経済的援助を求めた。これは、ドイルの母メアリが愛人チ

ャールズ・ウォーラーに経済的援助を求めたのに対応している（メアリは六年間、ウォーラーに部屋代のみならず、ドイル家が借りていた家賃全部を家主宛てに払ってもらっていた）。

ローラ（Laura Lyons）は、偏屈者の訴訟マニアであるフランクランドの娘であり、美人だが、目がきつくて、ソバカスがある。父の反対を押し切って、ならず者の画家ライオンズと結婚し、クーム・トレイシーに住む。夫に虐待され、捨てられた。金があれば離婚できると知り、ステイプルトンを介してサー・チャールズに資金援助をしてもらおうと考える。

「十時に門においでください」というサー・チャールズ宛ての依頼状を、ステイプルトンがローラに口述筆記させる。しかし、そのあとで「私が金も出すし、あなたが離婚できたら結婚しよう」とステイプルトンが提案して、サー・チャールズに会う約束を破るように指示したので、ローラは会いに行くのをやめた。会う予定の時刻にチャールズが、それとは知らずにバスカヴィル邸のムアへ続く門でローラを待っていて魔犬に襲われることになる。彼女は、ステイプルトンの計画だと勘づくが、そのことを隠している。ホームズが「ベリルはステイプルトンの妻だ」と暴露すると、サー・チャールズを門へおびき出したのはステイプルトンの指示だったことをホームズに告白した。

ここで、ライオンズという姓について考えてみよう。ライオンは、犬よりも大きくて怖いから、魔犬の上をいく「性にまつわる大スキャンダル」の象徴であろう。《覆面の下宿人》のライオン、《悪魔の足》のライオン（＝レオン）・スタンデイル博士、《ライオンのたてがみ》のライオンなどは、いずれも性にまつわる話とともに登場している。《バスカヴィル家の犬》には女性が三人だけ登場しており、バリモア夫人を除いた二人、つまり、ローラ・ライオンズとベリル・ステイプルトンという二人（ともにステイプルトンの愛人）のキー・パーソンズの告白によってホームズは犯人がステイプルトンであることの確証をつかみ、ステイプルトンを追い詰めることができた。この二人はともに、ドイルの母メアリのメトニミーに他ならない。

彼女ら二人は、ともに美人だが欠点をもっており（そばかす、色黒、無愛想）、夫に捨てられたり、犯罪に協力させられるなど、不幸に苦しんでいる。夫に虐待されて、ベリルの腕はアザだらけである。このことは、ドイルの家庭でメアリがアルコール症の夫に虐待され、ウォーラーと婚外恋愛して苦しんでいた事実とも符合している。そこには、「母メアリの告白と懺悔によってウォーラーを亡きものにしたい」というドイルの願望を読み取れよう。

魔犬に襲われてショック死したサー・チャールズ・バスカヴィルは、スキャンダルに襲われたせいもあって気が違い、十四年間（一八七九〜九三年）も精神病院に入れられて社会的に抹殺された（ヴィクトリア朝時代にはこう考えられていた）チャールズ・ドイル（コナン・ドイルの父親）のメトニミーということになるが、またあるときには、サー・チャールズ・バスカヴィルがローラを経済的に援助したようにメアリを経済的に援助したチャールズ・ウォーラーのメトニミーでもある。チャールズという名前が一致しているのに注目したい。

チャールズ・バスカヴィルがチャールズ・ドイルであるならば、チャールズ・バスカヴィル（＝チャールズ・ドイル）の後継者ヘンリー・バスカヴィルは、チャールズ・ドイルの後継者であるコナン・ドイルのメトニミーということになる。ヘンリーはベリルに恋するが結婚できない。それは、コナン・ドイルがジーン・レッキーに恋しているのにもかかわらず、結婚できないという、この作品を執筆当時のドイルの状況と符合している。

ヘンリー・バスカヴィル（コナン・ドイルのメトニミー）を魔犬が襲って殺しかけるのも、スキャンダルを恐れるドイルの心情をくっきりと映し出している。セルダンが魔犬に襲われて死ぬ場面は、もしスキャンダルが暴露されたらどうなるかという恐怖の予想図である。

魔犬を操るステイプルトンは、ベリルの夫（その事実を隠しているが）であり、現実世界ではメアリの愛人（やはり事実を隠している）として、メアリとのスキャンダルをつむぎ出すウォーラーにほかならない。ステイプルトンが底無し沼に落ちて死ぬ筋立ては、「スキャンダルを生み出すウォーラーなんか死ねばよい」というドイルの願望充足を物語っている。

ステイプルトンは、蝶を捕らえるのを趣味にしているが、蝶は西欧では、精神の象徴であり、また快楽を追う移り気な人つまり「浮気っぽい人」の象徴でもある。ステイプルトンは、妻ベリルのほかに、ローラ・ライオンズを「結婚しよう」と言って誘惑している。

彼の家はメリピット荘（Merripit House）と呼ばれており、merry＝陽気な、pit＝地面の深い穴、pitfall＝落とし穴の意であるが、発音からは「メアリを陥れる落し穴」が連想される。ステイプルトン（Stapleton）という名前はステイプラー（日本ではホッチキスとして知られている文具。staple＝かすがいで固定する、の意）からも連想されるように、メアリの精神、つまり心を捕らえ、「浮気もの」のメアリを落とし穴に捕らえてその状況に固定してしまう。それは、現実世界ではウオーラーがメアリを捕らえた事実にほかならない。したがって、ステイプルトンは、ウォーラーのメトニミーなのである。ステイプルトンの名前ジャックは、いわゆる「売春婦」と呼ばれる女性をつぎつぎと五人も惨殺《ざんさつ》した、一八八八年の有名な殺人鬼「切り裂きジャック」を連想させる。

ホームズは、他の作品でもそうであるように、いつもドイルのメトニミーである。ホームズはヘンリーを助けようとして魔犬（＝スキャンダル）を拳銃で撃ち殺す。それによって、ホームズは、ヘンリーとベリル（＝メアリ）を助け、ステイプルトン（＝ウォーラー）を殺す。しかし、実際には、走っているホームズが魔犬にピストルで命中させて殺すことなどありえないはずなので、これは象徴的な話であることがわかる。つまり、スキャンダルを殺すことによって、ドイルはメアリとドイル自身を助け、スキャンダルから身を守ることができるのである。

このほかに、新しい解釈として、市川恵美子は二〇〇〇年八月に日本シャーロック・ホームズ・クラブ軽井沢セミナーで《バスカヴィル家の犬》についての「読み方の試み」を発表した。そのあらましを以下に紹介しておく。

その中で市川は、人物を次のように考えている。チャールズ卿＝チャールズ・ドイル、ヘンリー卿＝コナン・ドイル、ステイプルトン＝ウォーラー、ベリル・ステイプルトン＝メアリ・ドイル、ローラ・ライオンズ＝メアリ・ドイル（以上は五ヶ月前に開かれた第四十四回日本シャーロック・ホームズ・クラブの大会で公表された小林司による説と同じ）、バリモア夫妻＝ドイルの両親、セルダン＝子ども時代のドイル、ヘンリー卿の靴＝メアリ・ドイルの愛情、モーティマー医師＝医師としての過去のドイル、ワトスン医師＝医師としての現在のドイル、ホームズ＝コナン・ドイルの理想像、セルダン＝コナン・ドイル、魔犬＝ドイル家の家風。

メアリと思われる女性は三人登場しているが、ベリルは「愛情の対象としての母」を意味し、ローラは「社会人としての母（生活苦）」を、バリモアの妻は冷たいが子を思う「育ての母」を意味している。この三人を併せると、ドイルの母の全体像が現われる。

市川説で物語を見なおしてみると、両親とドイル、家庭に割り込んできたウォーラー、これら四人の物語である（ここまでは小林説と同じ）。ドイルの成長物語と父母への愛情、そこへ割り込んできた人物への憎しみ、メアリ（＝ベリル）をめぐってのウォーラー（＝ステイプルトン）との三角関係、が物語の軸になっているが、広く考えれば、スコットランド全域か大英帝国が舞台であり、同時代の青少年全員が主人公、魔犬はスコットランド魂（伝統、風土）、青少年にとっては恐怖と感じるもの、古い価値観、を象徴しているとも考えられる。二十世紀という新しい時代の幕開けに際して、古い時代の遺物を切り捨てて再出発しようとするドイルの姿勢がうかがわれる。自分の半生を振り返って、自叙伝としての物語にしたかったのではないか、というのが市川の解釈である。
上記のようなテキストを読み解くという方法をホームズ物語に当てはめる小林と市川による象徴的解釈は諸外国では全く行なわれておらず、日本独自の説であることを付記しておきたい。

作品に現われたドイルの深層心理

この作品には、到底ありそうにもないことがたくさん並んでいる。そのいくつかを例示しよう。

(1) ステイプルトンがロンドンでヘンリーのホテルを突き止める。
(2) ステイプルトンがつけ髭で変装してロンドンでヘンリーを尾行し、シャーロック・ホームズだと名乗る。
(3) 夜十時にサー・チャールズを門まで誘い出して、犬を見せて殺そうとする。
(4) 犬がサー・チャールズの側まで行ったのに、嚙まずに戻ってくる。
(5) 犬がセルダンを追ったが、追いつけず、嚙まない。
(6) 底無し沼の中の島の隠れ家で犬を飼う。
(7) 霧の中でヘンリーを襲っている魔犬を追跡したホームズが、走りながらピストルを五発も撃って命中させる。
(8) ベリルがロンドンでヘンリーに警告の手紙を出す。
(9) ベリルが色仕掛けでヘンリーを誘惑する。

このほか、物語全体が無理やりに作られたという感じを拭いえない。たとえば、ステイプルトンはバスカヴィル家の財産をのっとろうとたくらむ。そのために、当主のサー・チャールズを、ロンドンに長期滞在するために出発する前の晩の夜十時にムアに連なる寂しい門に来させて、そこへ魔犬をさしむけ、驚きによってサーを殺す。さらにその後継者のサー・ヘンリーを自宅へ招待した帰途に魔犬に襲わせて殺そうと計画する。これらの計画のために魔犬を底無し沼地帯の中の島で飼育している。これを見ただけでも、そんなにうまくいくはずがない、と感じない人はいないだろう。

以上のような不合理な点は、作品の真の筋が他にある（ドイル家の実情暴露）ために構成に無理が生じて、ほころびが目立ってしまった結果である。このような矛盾点の多い作品ほど、ドイルの深層心理（無意識）が露呈されやすいのだ（たとえば《最後の事件》）。言い方を変えれば、ありえないでたらめや嘘が並んでいることは、「ストーリー全体が現実の事件ではなくて、他の事柄を象徴的に物語っている」ということを暗示している。

《バスカヴィル家の犬》は、一九〇一年三月以降に執筆され、八月号から翌年四月号までの「ストランド・マガジン」に発表された。精神的には、彼がいちばん苦しい時期の作品であることも述べておきたい。一八八五年にルイーザ・ホーキンスと結婚したドイルは、内気なルイーザをあまり気に入っていなかった。一八九七年三月、ドイルが三十八歳の時に、二十四歳の才気煥発の美女ジーン・レッキーに出会い、ドイルは恋に陥《おち》いる。しかし、ルイーザは重症の肺結核で療養中であり、ヴィクトリア朝の厳しい性モラルのなかではジーンとの逢瀬《おうせ》もままならず、病人を放り出して離婚することも許されない。一九〇六年七月四日にルイーザが亡くなり、翌〇七年九月十八日に、四十八歳のドイルがジーン（三十四歳）とやっと再婚できるまで、この苦しい状態が続いたのだった。したがって、この作品にはドイルの再婚願望が、ローラやベリル、ヘンリーの結婚をめぐるいきさつという形を借りて顔を覗かせている。ヘンリーはベリルに恋するが結婚できない。それは、コナン・ドイルがジーン・レッキーに恋しているのにもかかわらず、結婚できない事実に符合している。

次に、作品の題名について考えてみよう。

“The Hound of the Baskervilles”（《バスカヴィル家の犬》）が、もしドイル家の実情を告白した物語であるとすると、物語の中心的な家族名であるBaskervillesは、当然Doyleを意味しなければならない。したがって、題名は“The Hound of the Doyles”（ドイル家の犬）と読み替えられなければならない。

Houndはdog（犬）と違って、各種の「猟犬」の総合名称であり、そのなかには秋田犬なども含まれている。「狩猟の獲物を追う犬」という元の意味から転じて、hound dogといえば、「女の尻ばかり追い回す、セックスのことしか頭にない男」という意味がある。したがって、The Hound of the Doyles = hound dog of the Doyles = 「ドイル家の女たらし」となり、これは、ほかならぬチャールズ・ウォーラーを指しているのである。つまり、「バスカヴィル家の犬」は、魔犬の物語なのではなくて、ウォーラーをめぐる物語なのである。と同時に、前に述べたように、魔犬がスキャンダルの象徴であるならば、“The Hound of the Baskervilles”は、“The Scandal of the Doyles”（ドイル家のスキャンダル）でなければならない。この題名は、第一短編作品《ボヘミアの醜聞》（The Scandal of Bohemia）によって既に暗示されていたものであった。このボヘミアを、ボヘミアンと解せば、それはホームズを意味しており、ホームズはコナン・ドイルのメトニミーであるから、ここでもまた“The Scandal of the Doyles”（ドイル家のスキャンダル）という裏の意味が立ちのぼってくる。

かくて、チャールズ・ドイルの精神病院への入院（一八七九年）に始まり、メアリがウォーラーと同棲（?）を始める（一八八二年）話は、ウォーラーの死（一九三二年）によって終幕を迎える。それが、《バスカヴィル家の犬》の真のストーリーなのである。これが、作品の上では、サー・チャールズのショック死に始まり、ステイプルトンとベリルが一緒に住み、最後にステイプルトンが沼に落ちて死ぬ、という形で示されている。

《バスカヴィル家の犬》は、都市と自然との対比（小池滋による）とか、科学と超自然との対立を描いたものだとか、美しいダートムアの自然とおどろおどろしい魔犬伝説を対比させたものだ、などと一般的には批評されている。

しかし、それは「見えるもの」の次元であって、「見えないもの」の次元では、再婚願望、反復強迫（後述）とメトニミー、スキャンダルを魔犬にみたてる象徴化などから、この作品全体がドイルの当時の精神状態をくっきりと投影している壮大な見取り図、パノラマであるということができよう。ドイルがもし《バスカヴィル家の犬》というストーリーを夢で見て、その詳細を精神分析医に語ったとすれば、分析医によってここで述べているような解釈がなされるであろう。ダートムアの荒涼たるムア（荒れ地）は、ドイル家の家庭崩壊の荒れ果てた精神状態を象徴している。メアリは夫を捨ててウォーラーと婚外恋愛関係にあり、ドイルの妹たちは英国を捨ててポルトガルへ逃れ、ドイルは妻ルイーザを嫌っていて、ジーン・レッキーと密かな恋愛関係にあった。こんな家庭の精神状態はダートムアの荒廃そのものである。

視線の交錯

米国の作家エドガー・アラン・ポー（一八〇九〜四九）が著した、いわゆる「デュパンもの」と呼ばれる三つの短編「モルグ街の殺人事件」（一八四一年）、「マリ・ロジェの迷宮事件」（四二年）、「盗まれた手紙」（四五年）にはいずれも名推理家オーギュスト・デュパンが登場しており、その三作の中では、「盗まれた手紙」が「圧巻」とされている（岩波文庫『黒猫・モルグ街の殺人事件　他五篇』に付いている中野好夫の解説による）。

その「盗まれた手紙」の筋は次に述べるように非常に単純なものだ。

王宮の奥の間に高貴な婦人（王妃？）が一人で手紙を受け取って読んでいるときに、突然王がその部屋に入ってきた。この手紙を王に知られたくないと思っていた王妃は手紙を隠そうと考えたがその暇がなく、やむを得ずひろげたまま机上に置いた。ちょうどその時にD大臣が入室し、その手紙の筆跡に見覚えがあり、王妃のあわてぶりを見て秘密を嗅ぎつけてしまった。彼は似たような手紙をポケットから取り出して、それを問題の手紙のすぐ脇に置き、退出するときに手紙をすり替えて、問題の手紙を持ち出した。この手紙を持つことによってD大臣は有利な力を得て、手紙を極めて危険な程度にまで利用し始めた。王妃はおおっぴらに手紙を取り戻すこともできないので、困って、内密の取り戻しを警視総監に依頼した。そこで、警視総監は大臣宅を三ヶ月にわたって徹底的に家捜しさせたが、見つからない。一年半後に、絶望した警視総監は取り戻しをデュパンに依頼する。デュパンはD大臣を訪問し、マントルピースにぶら下げてある名刺差しにひどく汚れた手紙が一通差さっているのを見つけた。その汚れた手紙の大きさが盗み出された手紙と同じなので、それこそが問題の手紙だろうと確信して、彼はそれを巧みに他の手紙にすり替えて盗み出した。

この作品を、フランスの精神分析家ジャック・ラカンは『エクリ』（邦訳第一巻、弘文堂、一九七二年、七〜八〇頁）の「《盗まれた手紙》についてのゼミナール」で七二頁にわたって取り上げ、さらにフランスの思想家ジャック・デリダが「真実の配達人」（「現代思想」

誌一九八二年二月臨時増刊号、青土社、一八〜一一三頁）で九五頁も取り上げている。

王宮の奥の間が芝居の第一幕とすれば、大臣の部屋は第二幕で、第二幕は第一幕の反復になり、次第に真実が見えてくる。第一幕では、王妃―王―大臣が三角形をなしており、第二幕では、王妃―大臣―デュパンが三角形をなしている。それぞれの筋がそこに動機づけられている相互主観性と、三つの項に注目すべきである。注視の瞬間に完了する決定を急がせる役を果たす三つの論理的時間と、それが指定する三つの場所において答える三つの項は、筋の運びに構造を与えている。①最初の時間の主体は「何も見ないまなざし」（王と警察）であり、②第二の時間の主体は、最初の主体が何も見ていないのを知って、「隠されているものを見るまなざし」である（女王とD大臣）。③第三の時間の主体は、隠しているものが剝《む》き出《だ》しに「さらされているのを見ているまなざし」（デュパンと大臣）である。①〜③の相互主観的複合体による時間経過も、ことがらが次第に真実へと近づいていくことを示している。

これを砂漠の砂の中に頭を突っ込んで、自分を隠したと思い込んでいるダチョウにたとえれば、①の主体（人物）は砂に顔を突っ込んで単純に目を閉じ、何も見ていない、②の主体は「自分は見られていない」と思いこんでいる。しかし③の主体がこっそりと自分のしっぽの羽をむしって、露出を知っていることに②の主体は気づいていない。主体は、二つのシニフィアン（意味表現）の連接から生じている。主体は、こういう喪失した機能を担う、原初の反復の水準における二つのシニフィアンの間にある。〔注：記号論の述語

「シーニュ（記号）」を交通信号の「赤ランプ」と考えるとわかりやすい。「シニフィアン」は単なる「赤い色」、「シニフィエ」は「停まれという意味」にあたる。」

これを《バスカヴィル家の犬》に当てはめて考えてみると、ローラ・ライオンズをワトスンが訪ねるのが第一幕、ライオンズをワトスンとホームズが訪ねるのが第二幕で、やはり第二幕は第一幕の反復強迫になっている。犯人を確定するカギをこのライオンズが握っているのだが、彼女はなかなか口を割らない。第一幕では、手紙にサー・チャールズの幻を見るライオンズとワトスンとのまなざしが特徴である。第二幕では手紙にステイプルトンの姿を見るホームズとライオンズとのまなざしが特徴である。この二つの場合のシニフィアンは、手紙のうちで焼け残った追伸部分であり、第一幕では、L・Lがチャールズを呼び出した事実しかわからないが、第二幕では、ステイプルトンがライオンズを裏からあやつって、この手紙を書かせたことがシニフィエとなっている。第一と、それを反復した第二のシニフィアンとの間に、主体が立ちのぼってきたというわけだ。

反復強迫

上に述べたように、作品中で犯人を確定する大事な段階になると、二人の女性が登場し、ドイルの無意識がさらけ出されてきて、相互主観性を示すまなざしの交錯と、反復強迫とが現われてくることは、はなはだ興味深い。

ワトスンがバスカヴィル館に初めて到着したときに食堂で一族の肖像画を眺めるのと、

ホームズがライオンズ夫人を訪ねる前夜に摂った夜食の席上で一族の肖像画を眺めるのとは反復になっている。この他に、何も見ないワトスンのまなざしと、ヒューゴー・バスカヴィルの肖像画の上にステイプルトンの面影を発見するホームズの「さらされているものを見ているまなざし」との交錯も示されている。この二つの視線交錯場面の間が、先に説明した「追伸」の場合と同じように、シニフィアンの差となって現われる。

ステイプルトンの面影を発見したことによって、ホームズはステイプルトンもバスカヴィル一族の一員であることに初めて気づき、「バスカヴィル家の財産相続を狙うために、その妨げになる人をステイプルトンが片端から殺そうとしている」という計画が見えてきた。

ヒューゴーと、チャールズと、セルダンと、ヘンリーとを四回にわたって襲う魔犬も反復強迫の例である。この場合、魔犬は、前に述べたようにスキャンダルの象徴なのである。

このように、《バスカヴィル家の犬》では特に同じシーンが何回も反復して描かれており、物語の進行順にこれを挙げてみると次のようになる。

魔犬の襲撃　ヒューゴー／チャールズ／セルダン／ヘンリー　四回
靴を盗まれる　新しい茶色の靴／古い黒い靴　二回
あとをつける　黒ひげの男／ホームズとワトスン／カートライト　三回
先祖の肖像画を見る　ワトスンとヘンリー／ホームズとワトスン　二回

ローラがサー・チャールズへ送った手紙を読むシーン　ローラとワトスンとホームズ　三回
ライオンズに会う　ワトスン／ローラ、ワトスンとホームズ　二回
あごひげ　ワトスン／ホームズとワトスン　三回
ステイプルトンが会いにくる　馬車であとをつけた男／バリモア／セルダン　二回
妻の反抗　ワトスン／ホームズとワトスン　二回
ヘンリーに「ダートムアへ来るな」と警告　ライオンズ／ベリル　二回
匿名の手紙／ベリル　二回

人は、幼児期に抑圧された衝動を意識化するのに抵抗を示す。幼時体験を想起する代わりに行為として再現する抵抗現象を、フロイトは「反復強迫」と呼んだ。反復強迫は、フロイトの著作『不気味なもの』（一九一九年）や『快感原則の彼岸』（二〇年）に詳説されており、「反復」とは無意識の定義の一部であって、これが、精神分析の四つの基本理念の一つであると、フランスの精神分析学の大家ジャック・ラカンは一九六四年に指摘している。例えば、恋愛が必ず悲恋に終わることを反復する場合、それは実は（母）親への憎しみの代わりであって、「親への憎しみが幼児期の体験に根ざしているのだ」と気づくことへの抵抗を示していると彼は言う。

反復強迫は喪失した対象を追求する反復的な固執の表われであり、シニフィアンの連鎖のしつこい自己主張であり、それを通して、個体は支配の喪失と無力さとに出会い、シニ

フィアンの効果としての主体が服従の位置にあることが明らかになる。

その症状によって、患者は他の形では語れないことを物語っているのだ。反復とは、抑圧された記憶の回帰であり、自我防衛の失敗を示している。

不快な概念を意識から遠ざけておくという抑圧に失敗すると、反復がおきる。ドイルの場合には、母の婚外恋愛を憎み、その結果として母を憎んだのであるが、子が母を憎むことは倫理的に許されないことなので、ドイルとしては許しがたいこの考えをどうしても意識から遠ざけることができず、その結果として、作品の中に同じことを何回も反復してしまったのであった。

反復は抑圧の失敗を示すが、同時にこの失敗に対する自我防衛にもなっている。つまり、あまり重要でないことを繰り返し繰り返し述べている間に、「母への憎しみ」への注意も分散して薄まってしまうのであろう。それが薄まれば、自我が良心に苦しめられる度合いも少なくなり、自我の危機は回避される。

そして、この反復こそが、主体を構成し、決定づけている。例えば、「女性が婚外恋愛をするとそれに関係している男性が必ず死ぬ」というパターンはホームズ物語には何回も反復して描かれている。《緋色の習作》、《曲がった男》、《バスカヴィル家の犬》、《踊る人形》、《犯人は二人》、《アビ農園》、《ボール箱》、《隠居絵具屋》、《覆面の下宿人》などなど。この中でも、特に《アビ農園》と《ボール箱》とでは、女性主人公の名前をメアリ（ドイルの母の名前）としていることに注目したい。

ドイルは、ステイプルトン（ウォーラーのメトニミー）を殺すことによって、「メアリの婚外恋愛の相手であるウォーラーなど死ねばよい」と願っていたことを示したのである。反復は不安を増幅させる効果をもっている。芥川龍之介は「歯車」の中で、黄色のタクシー、黄色の表紙、黄色の膏薬、黄色の翼に出会って、不安と無気味さにおののいた体験を語っている。レインコート、緑色、鼠、バラ、黒と白、などがそれぞれ何回も現われて、主人公は震え上がる。

逆に、不安があると反復が記されるということもある。さらに、《バスカヴィル家の犬》では、反復によって物語の無気味さが増幅されて、読者の不安とサスペンスを高める効果をもたらしている。ドイルは自己の不安を語って、期せずして思わぬ効果を上げたのであった。

＊

このあとがきの内容は、第四十四回日本シャーロック・ホームズ・クラブ大会（二〇〇〇年三月）での発表「《バスカヴィル家の犬》における見えるものと見えないもの」（要約は「ホームズの世界」二十三巻、一六一〜一六四頁）および「ＪＭＳ」誌に発表された「シャーロック・ホームズ・あらかると」第三十九〜四十二回（二〇〇〇年四〜九月号、ジャパン・メディカル・ソサエティ）、さらに、『シャーロック・ホームズ大事典』（東京堂出版、二〇〇一年）の《バスカヴィル家の犬》関連項目に、加筆したものである。

二〇〇二年四月

小林司／東山あかね

文庫版によせて

このたび念願の「オックスフォード大学出版社版の注・解説付　シャーロック・ホームズ全集」の文庫化が実現し非常に嬉しく思います。今回は中・高生の方々にも気軽に親しんでいただきたいと考えて、注釈部分は簡略化して、さらに解説につきまして若干短くまとめたものを再録することにしました。これを機会にさらにシャーロック・ホームズを深く読み込んでみたいと思われる読者の方には、親本となります全集の注釈をご参照いただくことをおすすめします。

文庫化にあたりまして、注釈部分を切り離して本文と並行して読めるようにページだてを工夫していただいてあります。河出書房新社編集部の携木敏男さんと竹花進さんには大変お世話になり感謝しております。

二〇一四年二月

東山　あかね

＊非営利の趣味の団体の日本シャーロック・ホームズ・クラブに入会を希望されるかたは返信用の封筒と八二円切手を二枚同封のうえ会則をご請求下さい。
一七八－〇〇六二　東京都練馬区大泉町二－五五－八
日本シャーロック・ホームズ・クラブ　ＫＢ係
またホームページ　http://holmesjapan.jp からも入会申込書がダウンロードできます。

The Hound of the Baskervilles, First Edition was originally published in English in 1993.
This is an abridged edition of the Japanese translation first published in 2014, by arrangement with Oxford University Press.

シャーロック・ホームズ全集《ぜんしゅう》⑤
バスカヴィル家《け》の犬《いぬ》

二〇一四年 四 月二〇日 初版発行
二〇二五年 七 月三〇日 3刷発行

著　者　アーサー・コナン・ドイル
注・解説　W・W・ロブスン
訳　者　小《こ》林司《ばやしつかさ》／東山《ひがしやま》あかね
発行者　小野寺優
発行所　株式会社河出書房新社
〒一六二-八五四四
東京都新宿区東五軒町二-一三
電話〇三-三四〇四-八六一一（編集）
〇三-三四〇四-一二〇一（営業）
https://www.kawade.co.jp/

ロゴ・表紙デザイン　粟津潔
本文フォーマット　佐々木暁
印刷・製本　大日本印刷株式会社

Printed in Japan ISBN978-4-309-46615-6

緋色の習作　シャーロック・ホームズ全集①

アーサー・コナン・ドイル　小林司／東山あかね〔訳〕　46611-8

ホームズとワトスンが初めて出会い、ベイカー街での共同生活をはじめる記念すべき作品。詳細な注釈・解説に加え、初版本のイラストを全点復刻収録した決定版の名訳全集が待望の文庫化！

シャーロック・ホームズの冒険　シャーロック・ホームズ全集③

アーサー・コナン・ドイル　小林司／東山あかね〔訳〕　46613-2

探偵小説史上の記念碑的作品《まだらの紐》をはじめ、《ボヘミアの醜聞》、《赤毛組合》など、名探偵ホームズの人気を確立した第一短篇集。夢、喜劇、幻想が入り混じる、ドイルの最高傑作。

シャーロック・ホームズの推理博物館

小林司／東山あかね　46217-2

世界で一番有名な探偵、シャーロック・ホームズの謎多き人物像と彼の推理を分析しながら世界的人気の秘密を解き明かす。日本の代表的シャーロッキアンの著者が「ホームズ物語」を何倍も楽しくガイドした名著。

宇宙クリケット大戦争

ダグラス・アダムス　安原和見〔訳〕　46265-3

遠い昔、遙か彼方の銀河で、クリキット軍の侵略により銀河系は絶滅の危機に陥った——甦った軍を阻むのは、宇宙イチいい加減なアーサー一行。果たして宇宙は救われるのか？　傑作ＳＦコメディ第三弾！

宇宙の果てのレストラン

ダグラス・アダムス　安原和見〔訳〕　46256-1

宇宙船が攻撃され、アーサーらは離ればなれに。元・銀河大統領ゼイフォードとマーヴィンがたどりついた星で遭遇したのは⁉　宇宙の迷真理を探る一行のめちゃくちゃな冒険を描く、大傑作ＳＦコメディ第二弾！

銀河ヒッチハイク・ガイド

ダグラス・アダムス　安原和見〔訳〕　46255-4

銀河バイパス建設のため、ある日突然地球が消滅。地球最後の生き残りであるアーサーは、宇宙人フォードと銀河でヒッチハイクするはめに。抱腹絶倒ＳＦコメディ「銀河ヒッチハイク・ガイド」シリーズ第一弾！

タイムアウト

デイヴィッド・イーリイ　白須清美〔訳〕　46329-2

英国に憧れる大学教授が巻き込まれた驚天動地の計画とは……名作「タイムアウト」、MWA最優秀短篇賞作「ヨットクラブ」他、全十五篇。異色作家イーリイが奇抜な着想と精妙な筆致で描き出す現代の寓話集。

O・ヘンリー・ミステリー傑作選

O・ヘンリー　小鷹信光〔編訳〕　46012-3

短篇小説、ショート・ショートの名手O・ヘンリーがミステリーの全ジャンルに挑戦！　彼の全作品から犯罪をテーマにした作品を選んだユニークで愉快なアンソロジー。本邦初訳が中心の二十八篇。

不思議の国のアリス

ルイス・キャロル　高橋康也／高橋迪〔訳〕　46055-0

退屈していたアリスが妙な白ウサギを追いかけてウサギ穴にとびこむと、そこは不思議の国。「不思議の国のアリス」の面白さをじっくりと味わえる高橋訳の決定版。詳細な注と図版を多数付す。

シャーロック・ホームズ　ガス燈に浮かぶその生涯

W・S・B＝グールド　小林司／東山あかね〔訳〕　46036-9

これはなんと名探偵シャーロック・ホームズの生涯を、ホームズ物語と周辺の資料から再現してしまったという、とてつもない物語なのです。ホームズ・ファンには見逃せない有名な奇書、ここに復刊！

新　銀河ヒッチハイク・ガイド　上・下

オーエン・コルファー　安原和見〔訳〕　46356-8　46357-5

まさかの……いや、待望の公式続篇ついに登場！　またもや破壊される寸前の地球に投げ出されたアーサー、フォードらの目の前に、あの男が現れて——。世界中が待っていた、伝説のＳＦコメディ最終作。

カリブ諸島の手がかり

T・S・ストリブリング　倉阪鬼一郎〔訳〕　46309-4

殺人容疑を受けた元独裁者、ヴードゥー教の呪術……心理学者ポジオリ教授が遭遇する五つの怪事件。皮肉とユーモア、ミステリ史上前代未聞の衝撃力！　〈クイーンの定員〉に選ばれた歴史的な名短篇集。

シャーロック・ホームズ対切り裂きジャック

マイケル・ディブディン　日暮雅通〔訳〕　46241-7

ホームズ物語の最大級の疑問「ホームズはなぜ切り裂きジャックに全く触れなかったか」を見事に解釈した一級のパロディ本。英推理作家協会賞受賞の現役人気作家の第一作にして、賛否論争を生んだ伝説の書。

フェッセンデンの宇宙

エドモンド・ハミルトン　中村融〔編訳〕　46378-0

天才科学者フェッセンデンが実験室に宇宙を創った！　名作中の名作として世界中で翻訳された表題作の他、文庫版のための新訳３篇を含む全12篇。稀代のストーリー・テラーがおくる物語集。

塵よりよみがえり

レイ・ブラッドベリ　中村融〔訳〕　46257-8

魔力をもつ一族の集会が、いまはじまる！　ファンタジーの巨匠が五十五年の歳月を費やして紡ぎつづけ、特別な思いを込めて完成した伝説の作品。奇妙で美しくて涙する、とても大切な物語。

とうに夜半を過ぎて

レイ・ブラッドベリ　小笠原豊樹〔訳〕　46352-0

海ぞいの断崖の木にぶらさがり揺れていた少女の死体を乗せて闇の中を走る救急車が遭遇する不思議な恐怖を描く表題作ほか、ＳＦの詩人が贈るとっておきの二十二篇。これぞブラッドベリの真骨頂！

カーデュラ探偵社

ジャック・リッチー　駒月雅子／好野理恵〔訳〕　46341-4

私立探偵カーデュラの営業時間は夜間のみ。超人的な力と鋭い頭脳で事件を解決、常に黒服に身を包む名探偵の正体は……〈カーデュラ〉シリーズ全八篇と、新訳で贈る短篇五篇を収録する、リッチー名作選。

クライム・マシン

ジャック・リッチー　好野理恵〔訳〕　46323-0

自称発明家がタイムマシンで殺し屋の犯行現場を目撃したと語る表題作、ＭＷＡ賞受賞作「エミリーがいない」他、全十四篇。『このミステリーがすごい！』第一位に輝いた、短篇の名手ジャック・リッチー名作選。

著訳者名の後の数字はISBNコードです。頭に「978-4-309」を付け、お近くの書店にてご注文下さい。